U0520108

团圆记

杨云苏 著

浙江文艺出版社
Zhejiang Literature & Art Publishing House

果麦文化 出品

一

我只去过一次潮汕，那是二十世纪最后一个春节。今后我大概不会再去了，并不是不想去，是再也没有理由。公差或者旅游去潮汕都不能算去潮汕，真正的去潮汕，我的体会，如果你本身不是潮汕人的话，那只有一个理由，走亲戚。

你得有亲戚在那边，远一点都不怕，只要是过硬的亲戚。另外还有个条件，你这亲戚不能跟你一样是外地人，他们一定就得是潮汕土著，往上数至少三代四代都是在这里生长婚嫁。他们家里堂屋里还坐着晒太阳的老太太，颤巍巍地向客人宣讲墙上画像里的人是谁。她说一口古老的潮汕话，若非直系亲属根本听不懂，只知道大意是"我高我曾我祖父"。另外他们家虽不一定富贵，但乡下祠堂里有名分，山上墓园中有碑石。隔三条巷离五里地打听，只要提户主大名，街坊乡亲都能给你指路。在路上碰到三五孩童，冲上来抱住大腿一通儿叫舅叫婶，你也别惊慌失措，叫的就是你，人家早认过你相片儿了——你得有这种品质这个档次的亲戚，在那边做内应，去潮汕才称得上"去潮汕"。不然就去不纯正，去不酣畅。

我那次去潮汕是一次真正的"去潮汕"，就是因为有这样整整一族的亲戚，阿嬷、姑奶奶、姨奶奶、二姨奶奶，二姨小姨及对应姨夫,大舅二舅三舅小舅及对应舅妈,四个表弟一个表妹。遗憾的是,现在我再没资格这样叫人家,毕竟我跟他们家长外孙最终没能谈拢,最终没能做到长外孙媳。然而这么多年过去,我并没有忘记他们,他们长什么模样讲什么口音还记得清清楚楚,而且心里是改不了口的,阿嬷姑奶奶姨奶奶二姨奶奶……想起来的时候还是这么叫,并没有叫成"那谁的"阿嬷姑奶奶二姨奶奶……有一份奇异的情感,温暖亲切,像后天产生的血脉,与他们丝丝缕缕地系上了,联结了。即使这缘分最终筝线似的断了,但因为那样叫过他们,喉咙里总还有很久的余温。

二

二十世纪最后一个春节,我没回自己家,早就讲好的,要跟着檀生和他父母回潮汕。

檀生妈妈是那里人,虽然很早来北京,在北京生活了四十多年,口音还是跟昨晚刚到的一样。她常常是话到嘴边了还没找好发音位置,同时又不忍心看我费解吃力,所以格外慢条斯理,仿佛字字珠玑。但越是如此我头越大,像重回听力考场,刚开始就一败涂地了。我跟未来的婆母大人很难背着人说几句私房话,也是没办法,因为总得不叫檀生过来做同声传译。

檀生爸爸应该算老派北京人,吐字归音可以录作教科书的。

我留神听过，他的舌头卷得既松弛又有力，儿化音并不频繁，但说一次就非常透，把这个字的一辈子都说尽了。现在回忆，檀生爸爸的声气与袁阔成好有一比，很平常的闲话经他说起来都有沧海桑田的意味，像含着一段悠久的古都正史。

照理这家子的口音真可谓南拳和北腿了，奇怪的是他们老夫妇一点语言障碍也没有，常常飞快地对话，急了还能拌嘴。有时他们吵完，我都没法说软话和稀泥，因为拿不准要点，更辨不清风向。檀生说根本也不用掺和，他们晚饭前就好了，而且好也听不明白是怎么好的——都多少年了。

檀生说这话带着一种不屑，不屑里是无奈，但最终还是得意，幸福家庭的孩子知道自己幸福。他说父亲当年跟着部队所谓"南下"潮汕，在母亲家乡与她相识，然后母亲跟着他一起来北京，然后他们结婚，然后就有了他。说得相当乏味，似乎他们一切都是为了"然后有了他"。檀生并不能算"妈宝男"，还是很独立的，只是有一点过头的骄矜，认为自己是家庭乃至家族的"硕果"，是这棵树上最大最红的桃子。我倒也赞同他这骄矜，觉得可不是吗，他高大英俊朝气蓬勃，骄矜一点很有道理——当然还是因为那时很爱他。

檀生身上没有太多潮汕的痕迹，母亲的家乡话一句不会，能做同传只是因为熟悉母亲的表述规律。甚至学舌也没有一丝天分，北京话似乎是种排他的语言。他跟那些无忧无虑的北京大男孩一样，虽然高大却早早地有点发福，在胸肌和大长腿之间鼓着个胃，里面都是他喜欢的各种面食。檀生的面孔真是英俊,他常笑着不耐烦:怎么老有人说我像老外?都说他至少像混血。我国幅员辽阔,从华北到华南那么远的路,人种恐怕会有些变化了吧?或者将变未变、眼看要变,檀生的英俊大概就是这个微妙变化的体现。

我们认识时他三十多一点,虽然大我不少,但还是跟那些无忧无虑的北京大男孩一样,他的岁数就是个摆设。我们自己其实并不急着结婚,不是不够相爱,而是暗地里都不太愿意成年,都想能拖就拖,最好拖到中年再成年。这一点檀生妈妈最看不得。尽管妈妈在北京的大机关供职多年,自诩开明现代,但对儿女婚姻的态度可以说是,呃,很潮汕。她希望儿子"负起责来""像个三十岁的样子",要给女孩子"一个保障",成为"一个依靠",同时我也要"尽快地成熟",对檀生要"既照顾又管理",要"把生活的方方面面处理好"。这番话我记得很清楚,虽然过去了二十几年,那种庄严的压力好像仍然在我头上。我跟檀生毕竟都是乖孩子,对长辈的语重心长总是本能地心悦诚服痛改前非。听完这番话之后的事我记得也很清楚,从他妈妈家出来我们就直奔新街口那家碟店,买了几十张新出的 D9,当天夜里看了三部电影,其中有部西班牙的《关于我母亲的一切》,相当地好,我们激动得握手拥抱,互相劝着吃了很多薯片、可乐,到天亮才睡。大概每一个乖孩子都是阳奉阴违的。

就是在这种情况下要举家回潮汕。我们理解是"回潮汕玩儿",但妈妈的定义是——回潮汕。一次巡礼,一个成就展,一个奠基仪式。

回潮汕。

去潮汕的真谛是回潮汕。

我那时再愚顽，也知道自己戏份重，一定要演好，下了决心。带的衣服鞋子都是最好的，头发去店里搞过。上飞机前檀生妈妈望着我，笑赞："金气绳。"檀生附耳译道："夸你有精气神儿。"

然而真到了那边，从下飞机起，到进家，到与亲戚们一一厮见，我发现我哪里吃重了，根本是个小角色。真正的主角还是檀生妈妈。因为老太太健在，所以檀生妈妈仍算是归宁的女儿，带着女婿，及子女。老太太端坐在堂屋正中间，一条胳膊搭在八仙桌左边，不起身，等着女儿女婿来行礼。其实大概也没有严格的礼仪，檀生爸妈笑盈盈着，俯身拉手大声问候，亲戚们轰轰烈烈地围上去，这个就算是礼成了。檀生和我在后面，过了一分钟，大概是里面问起了，听见爸爸叫道："在呢在呢，也来了也来了！"众人又推推搡搡把我们挤到前面，檀生大喊："阿嬷，给您请安啦。"故意学戏里念京白，又学清宫剧里打千儿，好逗他阿嬷开心。

我们管阿嬷不叫外嬷也是在北京就想好的，一是檀生奶奶早已过世，二是揣摩潮汕那边的情感风俗，外嬷似乎终究没有阿嬷亲，叫阿嬷的话外嬷肯定更乐意。果然乐意，她颤巍巍说了一个长句，众人安静听完立刻哄然抢着翻译："檀生听见没有，叫你们住到元宵，有好东西给你们！"

阿嬷看了我一两下，她似乎还有一点害羞，不好意思多看，只再三叫他们招待我。檀生旋即拉着我退出去,他要到门口去抽口烟,趁着他妈顾不上说他。我走到门外,转身再看潮汕的这户人家,傍晚紫蓝色空气里一窗杏黄的灯光,忽然就依恋了。

三

阿嬷家在潮安和汕头之间,算潮州的城郊。堂屋大门朝公路开,我和檀生站在门外,公路的来龙去脉一眼望穿。马上要过年,路上跑的车不太多,临街的铺子大半都关门闭户。除了远远听见鞭炮声,整个大街上就是我们自己家最喧闹。家门口种了三四棵树,树上稀稀落落开着粉红色的花。我看花,觉得既熟又生,熟的是眼睛瞬间提炼出的线条,生的是它在风里轻摇的生机。忽然想到是不是洋紫荆,那时香港已经回归,区花的美术图案看到过很多次,实物活物却见所未见。又蹲下来仔细看落花,几乎可以断定。问檀生,他说花的事情问他做什么。他烟抽了一半掐掉了,不断瞄堂屋里的动静,终究还是不敢太放肆。其实他妈妈哪有工夫管他,里面仍然团团围住,叙说不停。除了偶尔旁人为照顾檀生爸艰难地说几句普通话,其余对我来说真是,语意上一点蛛丝马迹都没有。我屏息听了一会儿,觉得太需要字幕了。

家里椅子虽多,规矩却是不让都坐,坐下的只有阿嬷、檀生爸妈和大舅二舅。三舅小舅都站着，舅妈们也都站着。刚才妈妈已经介绍过诸位长辈，她的四个弟弟两个妹妹，我们脸对脸叫过大舅二舅三舅小舅以及二姨小姨，扎扎实实逐一相认，但一眨眼就又乱了。尤其舅舅姨夫们，瘦长脸深眼窝长得都一个样，而且为了显得郑重他们还都特意穿了西装，连西装也不脱深深浅浅的灰色，好像就怕我们分清楚谁是谁。

从人缝里看见，阿嬷一条胳膊被檀生妈挽着攥着，另一条胳膊始终保持搭在八仙桌上。她并不太说话，光是笑，对着女婿笑得更剧烈，一方面实在语言不通，只得在表情上加量加码，同时大概也是因为太满意女婿，多少年了这份满意还没释放完。檀生爸背朝我们，只见他坐在高凳上身体不断前倾，凳子后腿一直吃力地悬空着。"妈妈，妈妈，您气色真好，真好，真好，真好。"他京腔浓得酥酪一样。阿嬷虽然被众星捧月，什么问候都是朝她说的，什么愿都是朝她许的，她本该应接不暇，可时不时地要走神。闲置的那条胳膊一会儿抬起来，手去碰碰瓶里的梅枝，捡几颗桌上的落花凑在鼻子上闻闻，或者拨弄下水仙叶子，看看丛中可有花剑。对那些热闹话吉祥话她大多任它们飘在半空，懒得去采摘。一样是老寿星老太太，她比贾母似乎迟钝一些，仿佛与整个家族还有一丝疏离。九十年代末，时装的面料样式已经非常丰富，人们很少再穿绸缎了，人堆里只有阿嬷还是古装，对襟缎袄，袄上黑底红花，因为人瘦，袄子不消气的地方鼓起来，朝灯光回应出黑红的幽光。像一个天球瓶被供在那里。

四个表弟除了最小那个钻进人堆里凑热闹，三个大的全都远远地溜到屋角,手插在裤兜里,非常冷酷,非常厌倦,非常桀骜不驯。他们不时地瞟瞟檀生,嘀咕几句,但不知是被什么拘住,并不过来相认。檀生也瞟弟弟们,更不肯主动招呼,非端着大哥的架子不可。他们兄弟眉来眼去很微妙,按说这时就该我这准大嫂发挥点作用了。我看黑帮片里都这样,大嫂莺声燕语笑容可掬,把大家拢到一起。然而他们都不看我,好像没有我似的,我也犯了牛劲,就不出手。僵着呗。

僵到已经很尴尬的时候,忽然檀生妈妈站起来,从人堆里脱身而出,直奔门口,拎起我手,转头向他们说了几句,不管他们叽喳,牵着我向街上走去,连檀生也没有带,只叮嘱他"陪阿嬷聊天"。我还是听檀生爸对大家解释说:"她带她出去逛逛,一会儿就回来。"

我们穿过公路,拐进条巷子,一进巷子我大吃一惊。原来以为这小镇萧索寒碜,实在是误会,巷子里张灯结彩人声鼎沸,比北方年节规模气氛丝毫不输。再细瞧,街上年宵花是露天摆着的桃花蕙兰,熟食铺挂出油漉漉的叉烧和整只鹅鸭,五谷店里兼卖巨型鱼脯,小饭馆招牌上的"粿"字从来没见过,发音在"拐"和"鬼"之间——至此确定无疑,这是正宗南国了。我已经发现,字到了南国,要么不认得,认得也不见得是它一直以来的意思。

檀生妈妈不让我逛,一径拉着我疾走。我正待提气发足,她倒又招呼我在路角一张矮圆桌边坐下了,原来到了一家小吃店,里面堂吃已经客满,我们坐在延伸到街面的最后一个位子上。

"双菜小馋汤。"她跟我说。真是一个很别致的名字。我抬头去看招牌，却没有招牌，不禁肃然起敬，已经不需要招牌了。伙计马上就上来两碗，碗好小。妈妈从筷筒里抽筷子给我，催道："咦，你等什么？"我年轻时很懂事，她不动我哪里好动。但她偏偏半天不动，向店堂里张望，点点头转回来解释说："原来的老板已经过世啦，现在是他儿儿你细做老板了，不知道还行不行——"终于喝了一口，"还是一样！"她喜道。

碗里是棕色的蔬菜和肠肚一类，我尝了一口，鲜得来。有高脂肪浓厚奢靡的腴香，但不腻，因为菜叶的酸辛。"妈妈，"我起了疑，"您说这叫什么汤？"

"双菜小馋汤——双菜白肉、双菜鱼的双菜，大馋小馋的馋呐。"她说。

原来是酸菜小肠汤。

"我小时候都是我爸带我来，后来我大了，他就悄悄塞墙（钱）给我，叫我自己来——弟弟妹妹都不给，背着他们，他就给我。"妈妈说，拿纸巾不断压着涌出来的泪，但还是有落进汤里的。我记得听檀生说过，妈妈幼时最得她父亲宠爱，以至于一开始他根本不同意她嫁去北京。但妈妈非要走，几乎决裂，伤了他的心。过了好些年她才和檀生爸爸带着孩子回娘家看望，第一次还好，她父亲还能走动，见到牙牙学语的檀生颇感欣慰。又隔了大半年她接到加急电报赶回时，他已经在医院弥留，虽然睁开眼睛像是知道她回来，但喊爸爸他已经没有回应，不过一两个小时就下世了。这之前妈妈都没来得及跟他多说几句话，一是好像这边的风气，子女成年后就不兴谈心，另外她总以为来日方长，慢慢再说，然而并没有几日的来日。

从店里走过来一对中年男女，羞赧笑道："大姐回来了噢！早就听见说的。"他们说普通话，为了我的缘故。妈妈站起来向我道："呐，老板的你儿你细！手艺不比他差哦！"原来是女儿女婿，我忽然开窍。趁他们寒暄，我想再叫一碗汤，却被妈妈制止："马上要吃晚饭了。""不——！"我痛苦地喊叫，在心里。巴掌大的碗，我五碗的量都有，却叫我一碗即止，妈妈，你真做得出来。往回走时我深深地记下了路，左拐右拐一丝不差，我一定会回来的。

到家时堂屋里竟然一个人没有，细听原来都去楼上安顿了，传下来麻将碰撞声、说笑声。我独自穿过堂屋寻到厨房去洗手，一抬眼看见院子里有个人深埋着头，坐在板凳上择菜，已经择了一大堆，还有一大堆，想是择了好半天了。此地隆冬虽然不冷，但风地里坐久了总还是凉浸浸的。那人系着灰扑扑一条旧围裙，围裙下面是一件古香缎袄，袄上黑底红花，因为人瘦，袄子不消气的地方鼓起来，朝天光回应出黑红的幽光。像一个天球瓶倒在那里。

四

不是吹，我有眼力见儿。揣摩他们的风气，孙媳妇这个时候应该去一把抢过她手里的活计，表示今天有我在呢，怎么能让老祖宗亲自做啊！假是假点，但得拿出一份儿假意的真情，我感觉这比纯粹的真情还能体现出决心，一种粗鲁莽撞、没规矩，但实际上最乖觉最温顺，最服从"规矩"的决心。做好媳妇要从做好演员做起，我下过决心的，出发前。

"阿嬷，今天有我在呢，怎么能让老祖宗亲自做啊？您交给我吧！"我动手要抢。

"*#@%#*%^*&# ￥&*……"阿嬷说，她没有站起来，只是抬头看了我一眼，带着羞怯的笑。

我真是不自量力。我蹲在她身边，演不下去了。阿嬷也不再看我，也不再说话，笑倒是一直笑着。我在想我是不是直接就帮她一起择菜呢，可是我看了看菜，根本不认得。我观察她怎么择，她手又快，根本看不明白。但管它呢，我拎起一根，去掉根根再摘掉老叶子，按照择一切叶子菜的经验。我动作也很快，因为要凸显出一种做惯做熟的麻利，瞬间我就择了一小把。然而阿嬷突然大叫起来："……@#*-&？！"她惊骇地看着我，我也惊骇地看着她，我们都愣住了。她又伸长脖子向楼上喊话:"……#@*!"

楼上探出头来,是舅妈中的一个。

"&*~%#@*?"舅妈又望向我,笑个不停。转眼就咚咚咚咚跑下来,拉我的手。我大概能猜到阿嬷的意思,肯定是让人把我弄走呗,免得我乱搞碍事。

舅妈一边拉着我往楼上走一边笑,一边解释:"阿嬷说叫我把你弄走,免得你乱搞碍事。她说你把能用的部分都扔了——那是中草药啦,不是菜。"啊,真是臊死了。真的,决心都下了,却没想到一开场就演砸了。我感到身子有点虚脱,上楼梯腿差点磕着。

正沮丧着,忽听楼上传来三四声巨响,似乎是什么家具被撞倒了,什么东西撒了一地。一连串。紧接着又听见一句地道的北京话:"你大爷的——!"是檀生。然后是一群人的惊呼。其中有清晰的呵斥:"唐僧——你干什么?!你疯了啊你?!"是妈妈,她一向叫檀生"唐僧"。

我跑上去一看目瞪口呆,麻将桌上下分体,三把凳子东倒西歪,麻将牌满地都是。连旁边小茶几也给带翻了,盛着干果茶食的一个大瓷盘子砸成好几块,橄榄、梅子、红枣、桂圆骨碌碌滚出好远。檀生像站在废墟上,使劲甩着右手,好像很疼,手腕子快要断了,脸上残留着怒火。四周是傻眼的舅舅舅妈们,檀生妈妈伸手要打檀生,被舅妈拉住。檀生爸爸不在圈子里,坐得远远的,也是目瞪口呆看着檀生这边。我再一转头,看见二表弟斜靠在墙上,以失去平衡的姿态,血从他鼻子里流出来,把白衬衣的领子尖染透了，尽管能看出来他使劲忍，可眼泪还是噼里啪啦地落着，砸在他挺括的皮夹克上。

我之前溜过一眼，这个二表弟是最像檀生的一个，或者比檀生还要英俊。他也很高，但瘦，毕竟才十八九岁，刚刚有一个架子。他穿着很时髦的皮夹克和牛仔裤，头发抹了胶，尖刺似的全竖着，仿佛随时临战。手背上似乎还有一小块刺青，刀枪剑戟一类的代表着战斗的图案。起先一帮表弟站在堂屋不肯过来认哥哥嫂子，流露出叛逆不屑的神情，主要就是集中在二表弟的脸上。

檀生妈妈跑过去抱住他，找手绢给他擦血，他虽然不挣扎，但倔强地扭过头。

"阿康！让大姑妈看看，阿康！出了那么多血啊，阿康——！"檀生妈妈边说，已经泣不成声。又转头回去喝骂檀生："你是怎么啦？这样打弟弟？！这么狠呐——"

檀生不看她也不看任何人，噌噌噌噌冲下楼去了。我愣了几秒钟也跟着下去，但已经找不到他，楼下堂屋里没人，厨房里没人，走廊里没人，后院没人。这时天已经黑了，堂屋灯雪亮，显出外面的大街很寂静。我走出去，眼睛半天适应不了，缓缓往前走了几步，差点撞到紫荆树。我扶着树站住了。忽然身边地上一颗火苗哧地一亮，我才发现，是檀生蹲在地上抽烟。

他打着火机给我照了一下路面。"那儿有个花台，别摔着了。"他说。

"怎么了啊？"我轻声问。路灯离得远又很微弱，只有烟火燃烧起来的一瞬间，我才能看清他的脸。

"我就是看不惯他那德行——欠揍。"檀生不是内敛的个性，爱憎不愿藏着，藏也藏不好。

原来就是他们几个弟兄打麻将，二表弟阿康，更加充分地表现出他对整个世界的叛逆和不屑，并不为来了一个陌生的大哥就哈腰赔笑脸。檀生说他"都没正眼看我一眼"，让他叫哥哥他也"稀里糊涂地昂一声"，甚至哥哥打错牌他还笑着说哥哥蠢。惹怒檀生的就是这个"蠢"字。因为阿康之前一直跟兄弟们说潮语，檀生说听不懂，他便大笑道："普通话讲就是蠢呐！你打这张牌很蠢呐！哈哈哈……"还没哈出第四声，阿康鼻子上便挨了一拳，鼻血跟着就喷出来了。等他睁眼再看，家具都排山倒海了。

"你这一拳够狠的啊。"我说。这可咋办啊？刚来就把弟弟揍了，当着全家，当着他父母的面。虽然我还闹不清哪一对舅舅舅妈是阿康的父母，但我知道他们就在人堆里。这让我们怎么跟人家相处下去啊？可我们至少还要相处两个星期呢。还有，这让妈妈爸爸怎么办啊？

"X。"檀生说。然而他似乎不再愤怒，而有种疲惫颓然。大概那一拳使他体能消耗过大吧。檀生有一半的潮汕血统，另一半是北京。我不知道使他今天这么暴躁的究竟是哪一半。他自尊心很强，别看平常春风和气的，对"敬"字有较高的需求。我觉得完了，这臭弟弟真是撞着他老哥哥的七寸了。

"阿康确实有问题，可你也不能动手啊——"

"他问题大了我告儿你,没大没小的,野得跟没家教——哦对了,他亲妈早就死了,现在这三舅妈是三舅后来娶的——"檀生说。他沉默了一会儿,把烟掐了,然后站起身来搂着我,往回走。

"走,冷了吧?回去吃饭吧。"他说。我也听见里面叫吃饭了。唉,这可咋办啊?

进到堂屋里,亲戚们都下来了,檀生松开我叫我"去吧,去跟爸妈坐"。他自己并不坐,一直朝里走,经过妈妈时他不停,妈妈叫他他也不应,只管往里走。满屋子亲戚都不敢说话,不知道该说啥,只好把注意力又转向阿嬷,七手八脚脱了她的大围裙,簇拥着她坐上首席。檀生穿过人群,我意识到他的目的地是屋角站着的阿康,心里一紧,还没揍舒坦吗,大哥?我颤抖着在心里替阿康叫了一声大哥。阿康站得远,表情看不清,只觉得他已经一级戒备,俗话夵毛儿了。然而檀生一把揽住他的肩:"过来,阿康——"他们俩一拐弯消失在走廊里。我感觉整个堂屋寂静了,果然没有一个人的心思在阿嬷身上,都竖着耳朵听走廊呢。妈妈要追过去,但爸爸拽住了她。

就这样寂静了十来秒钟。忽然阿康从走廊探出头来,并不理会大人们,冲着其他几个表弟说:"阿茂、阿耀、阿煌。"歪头示意他们也去走廊。那三个于是傻头傻脑跟进去。又过了三四秒钟,弟兄们呼呼啦啦出来了,脸上看不出表情。他们走过餐桌也不落座,径直去往门口,一抬脚又都出去了。

"你们吃吧,我们出去吃——"檀生扔下一句话。不管妈妈和舅舅舅妈姨妈姨夫在后面一迭声劝阻喝止,他们一帮男生头也不回地走了,跟着他。我慢慢溜出去看时,他们已经走出去了一大截。在路灯照着的时候,我看见檀生搂着阿康的肩膀,还拿脑袋去轻轻碰了一下他的脑袋。阿康没有躲,消失在黑暗处的一刻,搂住了檀生的腰。

五

我娘家的家族就算是够庞大了,每年团年外婆家的大长方桌一桌是坐不下的,孙辈必须另开一小桌,一大一小两桌满满当当。外婆在长方桌上居中,自以为儿孙满堂、香火鼎盛。可是跟阿嬷这边一比,居然还是显得萧索。而且不知是潮汕的风俗还是自己家里的习惯,他们家长幼不分桌,四世同堂好像专门就要体现在饭桌上。

这边的排场大得骇人。首先一张圆桌台面,我就没见过。我也是见过一些世面的人了,也没见过这么大的台面。尺寸说不好,总之圆周能坐下二十几个人。阿嬷右边是我们家四口的位置,左边依次为大舅、小舅、二舅、三舅及各舅妈,阿嬷正对二姨、小姨及姨夫。不过我看出来二舅妈的位子其实是虚设的,因为她得不停地在厨房和席上伺候着。

本来按照习惯,年夜席上一般是没有三个女儿女婿及外孙的位子的，因为人家在婆家团圆呢。但今天并不是团年，姨妈姨夫才会出现。按规模，今天超过以往团年。所以落座的时候大家把凳子挨得很紧很紧，坐不下也要坐。忽然一阵喧闹，原来是舅舅们使劲把姨夫们往凳子上按，一定要他们先行就座，就怕他们不好意思。两位姨夫似乎真是有点不好意思，讲了很多谦辞，表示自己绝对不可能拥有这个荣幸，舅舅们也绝对不应该把注意力错误地放在他们身上，推让半天，终于敌不过某个舅舅暗下狠手，跌坐下来。然而他们真是多虑，毕竟一下子走掉五个后生仔啊，席上座位松快了好多。

我猜要是没缘没故地这五个后生仔溜号儿，敢一齐缺席这样的家族盛宴，必定是要挨骂挨到脑壳裂掉，即便他们各家关起门来都当皇太子养着。这大概也是这边的规矩，一旦出了自己小家的门来到家族里，就统一受到家法的管制了。传统传到今时，家法中棍棒的实物早已经消失，但奇妙的是，威压似乎仍然存在。

今晚倒是网开一面，他们五个扬长而去拦也拦不住。因为长辈们都受了惊吓，根本反应不过来，绝没想到还有这种情况，脑子里搜遍家法也没找到能处置这种情况的法条。毕竟家法还是落伍了。

我附在妈妈耳边，告诉她檀生和阿康应该算是和好了，他们弟兄几个勾肩搭背的，檀生肯定后悔得不行。妈妈不看我，只轻轻捏了下我的胳膊。一股微风拂动我鬓角的碎发，我知道她长舒了一口气。她又附耳告诉爸爸，刚说两句，爸爸就乐了。

"早跟你说嘛,就没事儿。"他冲她挤挤眼。

我这时已经大致辨清了几位舅舅,发现哎呀不好,席上我们家和三舅夫妇正正相对。挨揍的阿康是三舅的宝贝儿子呢。偷眼看他俩,三舅低头与三舅妈嘀咕,一边嘀咕一边摇头,他脸上的笑在灯光下时隐时现,乍看浅浅的,我却觉得意味深长,当然是做贼心虚的缘故。果然檀生妈妈坐不住了,往三舅那边走去。她还没走到呢,三舅夫妇就双双站起来,迎向她。可见他们心里也密切关注着我们这边呢。

妈妈哇啦哇啦说了一大堆,根本不给三舅说话的机会,三舅一直笑一直笑,顶多能插嘴说两个字,我猜是"大姐"。他翻来覆去叫"大姐大姐"。大姐就是不停地说,说的什么我听不懂。忽然说着说着妈妈哭了,眼睛瞬间就红得很厉害,好像暴出血丝,眼泪哗哗流,她虽然尽量抑制可还是大声抽泣起来。我给吓住,不知要怎么办才好。我问檀生爸爸,爸爸摇头不让我过去。三舅先是握着他大姐的手,拉着她坐下,结果他们两个一坐下,三舅也哭了,默默地淌眼泪。三舅妈拿了手绢递给他,他自己不擦,给大姐擦。好容易大姐才不抽泣了,他们姐弟俩一时都说不出话,就那样枯坐着,擦泪。

"妈妈是替檀生跟三舅道歉吗?三舅咋说啊?"我悄悄问爸爸。

"就说了一句,妈妈说你说的,看见他们兄弟出门就搂一块儿了。"爸爸悄声说。

"那妈妈咋哭了?后边又说什么了?"我问。

"说的是他们小时候,后边有户姓徐的人家,大儿子是个恶霸,有次来咱家捣乱,你妈跟他吵,被他打了,阿公那时候不在,大舅二舅都在学校里,你三舅还不到十三岁,看见姐姐挨打就去找那恶霸报仇,结果两条腿都被打流血了,回来姐姐找的纱布给他包扎的——他们俩说这个呢。"爸爸年轻时在潮汕待了一两年,能听懂一些当地话。

"我去把她接回来吧。"爸爸说,"要不没法开席了,都等着呢。"真的,妈妈和三舅说话那会儿,我瞟见二舅妈从厨房跑出来两趟,大概是要张罗开席,但看见他们姐弟说话落眼泪,就愣了,俯身向二舅讨主意,二舅轻轻摇头。等到爸爸同三舅三舅妈寒暄着把妈妈接回座位,二舅妈才端着一口大砂锅登场。第一道菜是汤。我帮二舅妈数了下,足足要盛十六碗。她边盛边向我笑笑:"很饿很饿喔?"我忙说没有没有:"并没有,之前妈妈——"我想说妈妈刚刚才带我去对面巷里喝过酸菜小肠汤,但被妈妈打断了:"之前我们在飞机上吃过点心的,还不太饿不太饿。"啊,我真不懂事,差点说漏嘴,明知道家里为了我们大排筵席,却先溜出去吃独食,说出来岂不扫人兴致。

"在飞机上吃过点心的。"我附和道,接过汤碗端给妈妈。汤碗里是棕色的蔬菜和肠肚一类,看着格外眼熟。

"哎呀,怎么——"妈妈接过碗,随即大叫一声,"双菜小馋汤!是双菜小馋汤啊!"

果然是酸菜小肠汤,我们几十分钟前刚刚喝过。

"几十年都没喝过了噢,大姐?"二舅得意扬扬,指着二舅妈背脊道,"她跑去跟王记学的啦,硬要了人家的祖传秘方。"二舅妈只是笑。原来那家小店叫王记。

"大姐最喜欢的嘛,小馋汤,老是偷偷去王记喝,其实谁不知道——"小舅从见面起就没有说过话,甫一开口四座皆惊,真没想到他那么矮小嗓门却那么大,"阿爸给她墙(钱),背着我们给,那么多小孩就只喜欢她一个人哦。"小舅笑,但几十年憋着的醋意和气恼并没有消。"我怎么知道的?——我偷过大姐的墙呐!不偷不知道,一偷吓一跳,好家伙我讲——这么多墙!"

大家一边喝汤一边要笑死了。阿嬷听不懂小舅的潮普,小舅妈又翻译回潮州话讲给她听,她也笑,并进一步揭露二舅也偷过,不止一次。二舅害羞到脸通红,自己斟酒喝了掩盖。

"你尝尝,这就是我们这儿的名菜,双菜小馋汤,你从来没喝过吧?"妈妈一边劝我多喝,一边挤眼。她不能挤单只眼,要闭上两只眼睛都得闭上,笨笨的样子真滑稽可爱至极。我瞄了一眼大砂锅,掐指一算,十六碗汤盛出来,里边应该已经快到底了,终究没有勇气再讨。唉,我本是五碗的量啊。

一时间又站起来两个舅妈跑去厨房支援,端出来好几个菜。我一看都是我最喜欢的小海鲜。大舅站起来一一介绍,虽然菜并不是他做的,但我感觉到他有一种权威性。果然,妈妈说:"你大舅是我们家的第一厨师,他最会做的。"

"这些都是我们本地的小海香(鲜),薄壳是一种贝壳啦,我们这边用炒的,炒的是金不换,听见过吗?金不换。金不换就是——你们叫九层塔。"看我一脸迷茫,大舅又道,"九层塔嘛,就是你们叫香菜仔啦。"我的迷茫在加剧。大舅皱了皱眉头,立刻又舒展开:"就是臭苏叶子!懂了噢?"我终于痴呆了。大舅失去了自信:"鱼生草?鱼生草知道吗?就是鱼生草。"大舅看着我,我也看着他。他轻轻叹了口气,放弃了我,转过脸去,道:"那个是箬(肉)骨煲竹胎。"好些年后我才知道,金不换,九层塔,香菜仔,臭苏叶,鱼生草,就是罗勒呀。

薄壳真是好吃,舌头一卷就把肉卷出来,滑嫩鲜香不用说,肉汁还有清淡的甜味,与罗勒的柠檬气息相配至极。可喜这道菜就在我面前,我趁着他们聊天劝酒吃了一大半,壳子都堆到爸爸那边,他偶一低头,失声叫道:"啊——"发现是我,也不便声张,只得默默认了。

"二嫂,你这肉骨煲竹胎真好,方子给我抄下来,我拿回气(去)斜一斜(学一学)啦。"

"蒋当蒋当,一两季话啦。"二舅妈笑道。他们之间本不需要说普通话,但为了我们特意勉为其难。这时我已经具有相当的听力,知道二舅妈说的是"简单简单,一两句话"。我在心里向自己翻译出来,脸上露出神秘而得意的笑。

"跟狗肉煲一样香哦!"小舅赞。

"狗肉煲?"大舅忽然插口,"你吃狗肉煲了?你几时吃的?跟你讲过不可以吃狗肉煲的,讲过的吧?"大舅生气了。

小舅知道自己说走了嘴,企图嘻嘻哈哈混过去。"早先吃的了。"他含混地说。但大舅不放过他,火气更大了:"狗肉不可以吃的,懂吗?那些狗是哪里来的你知道?是给毒死的!狗肉是带有毒素的,卖狗肉的没有天良。"

"没有吃了已经。"小舅嗫嚅,完全没有底气。

"医院里我见得多了,吃死的也不是没有!"大舅根本不管一大家子人看着,不给小舅留面子,只顾自己申斥得痛快。他还把小舅看作是幼弟,他长兄当父,有出手管教的权力。他越说越怒,恨弟弟不争气,几乎要动手揍他——这暴脾气,呵呵,他们家真是基因里带着的。

幸好二舅妈又端上两个菜,机智地请大舅解说菜名,算替小舅解了围。整个席桌的气氛这才缓和下来。趁大舅发言,二舅轻轻拍拍小舅后背,又给他斟酒。大舅妈坐在小舅妈旁边,原先一直没说话,这时附耳向小舅妈嘀咕了几句,小舅妈笑着直摆手摇头。二舅妈把最后一勺酸菜小肠汤盛出来,正要倒进妈妈的碗,但妈妈拿我的碗替下了。阿嬷大概已经吃饱,又开始走神。她东看西看,上看下看,又别过身子,看看后面桌上的蜡梅花水仙花,望了望墙上挂着的画像,我高我曾我祖父。

檀生妈妈娘家姓陈,在本地虽然不算望族,但也五代人定居了,而且还有些声名,因为从妈妈的爷爷起,陈家就开着一间五官科私人诊所,其中尤擅眼科。诊所传到我们的阿公手里,更兴旺了,因为家里有远见,送阿公去日本留学,学的就是眼科。那时整个镇上,沿公路两侧以及下面的几个村子,只有一家卫生所,长年排着长队,医术也未见高明。一般人假如有些毛病宁可上陈大夫家来。老一辈还更相信陈大夫。时至今日,陈家做大夫已经三代人。现在坐堂的陈大夫,其实是两位陈大夫,二舅和三舅,他们一个大学毕业,一个去省里进修回来,证书就被裱在玻璃框里,玻璃框挂在面南的堂屋,侧对着老陈大夫的照片和老老陈大夫的画像,仿佛是一种告慰,也表示在祖宗眼皮子底下不敢胡来。

确实治好了很多眼耳鼻喉疾病。证书下面又挂着一溜锦旗,"妙手回春""高术仁心""名不虚传"等等,一看落款,无非附近村镇乡民。虽然写的套话,但据说好些都是治好了以后亲自敲锣打鼓送来,亲自爬墙敲钉子挂上,不顾陈大夫一再劝阻。

不过业务太好也有不好,常常有患者在不太合适的时间上门看病,乡里乡亲的,二舅三舅也不好说什么。因为诊室和堂屋几乎连着,中间仅有半扇墙壁隔断,所以病人等于是到家里来看病,家里就别想有什么隐私了。还是的嘛,乡里乡亲,人家要进来,二舅三舅也不好不让,只得在半扇墙壁下面预备了工夫茶具,希望转移他们的注意力。

就在我们家吃得美满欢欣之际,大门忽然被推开了,进来一个老头,他含笑挨个把我们巡视一遍,宣布自己是来看眼睛的。檀生爸爸笑着为我逐句翻译道:"他讲——我的眼睛这两天看不清字书,趁今晚有空,过来请陈大夫诊一下。没关系,你们吃,陈大夫你慢慢吃,我就在这边等着好了,我不着急,你们吃。"

老头带着诧异的笑看着檀生爸爸,他们都骄傲地说这是我们陈家的长女婿,从北京来的喔!老头马上起了敬意,伸出一只手竖起大拇指，专向爸爸道："一门四杰！——陈家！"大家哄笑，大舅小舅都嚷"哪有哪有"，请他入席他不肯，说就愿意站着看。

但陈大夫们哪里还坐得住，二舅按住三舅，嘱他只管吃喝，自己领着病人进了那边诊疗室里间。他刚离席，热气腾腾的大菜上来了，而且并不是仅仅一口大锅就能概括的，其余构成元素分别由三位舅妈各跑两个来回才上齐。

六

这道大菜是火锅，却不尽然是现在常见的潮汕火锅。现在所谓潮汕火锅，凡请客像样一点的，没有鲜牛肉绝不行，而且鲜牛肉也还得有好几个古怪名头才算上档次，比如吊龙、吊龙伴、匙柄、匙仁等，我在北京吃到过两回，因为浑不可解而更觉得美味得神秘，敬畏得更为盲目。

在阿嬷家吃的火锅并不是这种，远远没有这样奢靡。那时虽然二舅三舅业务很兴旺，但陈家毕竟不算太富裕，二舅妈持家也不像大手大脚的人，所以即便今天很铺张了，也没到离谱的程度。锅里主要涮四五样荤食，我得说，就这四五样也够棒了，绝不寒素，比今时那些金碧辉煌的大馆子只更实惠。

"我们这边饮食讲究两个字。"大舅站起来解说道，"——

庆。——甜。庆甜。甜,是因为极新鲜的食材本身就有甜味。那么庆,就是单纯,我们不多加调味,你们看锅底,只有我们土产的姜而已。所以叫庆,庆爽,庆香。——庆甜。"大舅很瘦,外套里看不出有身子,领口袖管空荡荡的,站在袅袅蒸汽中衣袂翩然,有一点仙风。说的话也叫人如堕雾里。

"什么庆甜!什么庆爽庆香!"妈妈朝他嚷道,"清!念清!一僧(声)!清甜!清爽!清香!——我说你这普通话也太差了,人家都听不懂了。"

大舅笑道:"啊,我普通话确实不好,以后还是要跟大姐多斜一斜(学一学)——大姐现在已经是一口北京话,完全听不出来乡音了。"

"那是!普通话的发声规立(律)不一样。"妈妈说。

火锅不是铜锅,仍是一口砂锅,比刚才酸菜小肠汤的砂锅还大。舅妈们又端上来几个大不锈钢深碗,一样是丸子,一样是很细小的饺子,一样是皮皮虾,还有一种青黑色的虾和一种橘红色的贝类。

这丸子就是潮州牛丸。不用解释。不用解释成"潮州风味的牛肉丸子",因为"潮州牛丸"就是一个固定词组,誉满天下那么多年,简直可以算成语了。第一次吃到潮州牛丸,那滋味真是永生难忘。其实要说丸子,我那时已经有相当的见识,全国各地吃过不少。而且我自己就是个制丸子能手,但凡吃过,大多能翻制得像模像样。

但潮州牛丸我根本无从想象它的核心技术。连吃两个不行,又连吃两个,又追加一个,还是不行。喝茶过口重新再吃一个,嚼着嚼着我明白了,这不是牛肉,没有牛能长出这个质感的肉,这应该只是一种称号,表示这种肉能吃出牛肉的浓香味。

"这这这当然是牛肉!"大舅说,"吃起来不像平常的牛肉,是因为工艺改变了它的质感。"他又徐徐站起来,讲起了潮州牛丸的古老传说、历史沿革,悠悠自适娓娓不倦,像一个潮州版的赵忠祥。

核心技术就是剁烂摔打搅拌、剁烂摔打搅拌,直至出胶。总之一块牛肉要叫它万劫不复之后脱胎换骨重新做人。牛肉坚韧,想要出胶,确实得跟它拼了。世上第一个潮州牛丸,一定起源于一场愤怒吧。下这么狠的手,什么仇什么怨。然而竟然在人类美食史上结出了这样的硕果。

丸子下下去之后,原本的一锅白水汤立刻就香气四溢。潮州管皮皮虾叫"虾蛄",听着像虾姑,姑姑的"姑",长了它的辈分;管油菜叫"白菜团",透着疼爱;管蒿子秆叫"层屋",管豆腐叫"豆刚",古意盎然仿佛都从《诗经》里来。蔬菜里最好吃的是芥蓝,整棵菜像一株枝繁叶茂的小树。其实那会儿北京也能吃到芥蓝,但大多是光杆司令。

"所以讲了,岭南的风味总体就,"大舅歪头微笑看向我,带着考校的口气,"讲究两个字——"

"庆甜。"我说。

七

南国冬季的美，什么时候想起来心里都会颤一颤。尽管我本身就算是南方人，我家乡的冬季也不寒冷，也有绵绵冬雨，江河水也从不封冻，草木依然葱茏也有应季花卉，可正牌南国冬季的美还是出乎我的想象。

我们到潮汕时，我第一眼看到的风景是从飞机上俯瞰的海岸线。那时飞机已经飞得很低，这真是一个特别的视角，既辽阔苍茫，又集中精微。我能看到海水清浅的地方，一大丛一大丛浓密的海草在细浪里曼舞，有个比喻说像"海妖的乌发"，是贴切的。海滩并不纯粹，黄沙里也有漆黑嶙峋的礁石耸立着，即使远眺也觉出它们坚硬锋锐。目力及处一个人影也没有，是个野滩，大概既无法泊船物产也贫瘠，荒凉是被遗弃的荒凉。海面似乎没有风，因为没有起波涛，海水只是静静漫上岸，又缓缓退下去。那个下午不晴朗，海上暗淡阴沉，我从天上来，知道云层很厚很厚，阳光在青灰色的水汽里迷失了。

我有奇异的体感，整个飞机上是喧闹的，因为即将降落，人们谈笑吵嚷，我的耳朵是入世的世俗的，饱看了人间形色。但从舷窗遥望，是无边无际的荒滩，我的眼睛去了渺冥虚妄之地，听到旷劫旷古的寂静。

檀生从他的座位横趴过来，本来说看一下到机场没有，但就那样看住了，保持着一个别扭的姿态，扶手硌着他的腰他也忍着。我偷瞄他的眼睛，他棕色透明的眼珠子一动不动，他不是在搜寻，而是看得呆了。我知道他也尝到了那样的奇异。

出机场有一段长路，却再看不到海，阴郁的天空下是南国辽阔的田野。我们从北京出发时机场高速上也能看见田野，彼时已经满目枯荒。而南国的田野，它不知道冬天。我们一路辨识，有甘蔗、芭蕉，绵延的苍翠。城郭显现时，远远看见浓绿的榕树树冠，在云脚低垂的地方。

我和檀生坐在最后排，我向他伸过手，正撞上他也伸过来，一刹那骨头碰骨头竟然撞痛了。我们忍痛握住，十指相扣，我感觉不到他掌心的凉热，因为体温在那一刻相等。我看他，他也看我。我看见他脸上有种似笑非笑似忧非忧的表情，还有忐忑，仿佛南国冬季绵延的苍翠使他怅惘了。他从来没有过这神情。

"你这是不是那个那个，人家说的近乡情怯啊？"我悄悄问。我不想让爸妈听见。

"不知道啊。"他悄悄说。他也不想。

"可能有点。"他又说，"但是又好像没那么具体，我就觉得景色太美了，但是我高兴不起来……"他凑到我耳畔，"我有点想哭。"

"我也是！太美了。好像突然没力气了，虚脱了。"

他不再说话，更用力地握着我的手。我懂的，那一刻我们没啥可说的了，我们只是相依为命。

八

早上醒来时以为不过六点，看钟才知道竟然已经七点半，这边亮得比北京晚。天光透过纱帘、布帘、蚊帐照进房间，有温柔靡丽的气息。醒来那一刻我糊涂了，慢慢才记起来这不是自己家，是潮汕，是二舅家二楼的客房，二舅妈专门给我和檀生准备的。

我爬起来坐着细细看，房间里除了地板和几件家具是棕黄色，天花板是白色，余下所有细软都是粉红。有的还是双重的、三重的粉红。从远到近，粉红纱帘上钩着粉红条纹，粉红桌布上撒着粉红圆点，粉红蚊帐外坠着粉红缎子搓成的帐绳。最狂热的是枕头套，粉红底上绣着粉红花，荷叶边自己还锁着两道粉红边。这个房间像一朵重瓣玫瑰，又像那种玫瑰的酥皮儿点心，我被层层包裹着，像花心里的一条虫，又像酥皮儿深处的一团馅儿。

听说这是临时布置起来的一个房间，二舅妈赶在我们来之前购置了全套设备，按照她对年轻情侣的想象，大概也按照檀生妈妈在电话里对我们的描述。嘻嘻，什么意思，就是"芙蓉帐暖"的意思嘛。我一时不想起床，就抱膝坐着，很舒服。

墙壁虽然是白墙，但贴了几大张画儿。有四季花卉水果，有烛光美酒下的钢琴，还有四五个一两岁的洋人宝宝。连起来看，这几张画语法准确、逻辑清晰、结构完整。可以说是规划得相当充分的人生了。

领受着长辈们的美意，我乐啊乐啊乐到最后忽然有点犯怵。我想起了我们自己的家。那是北京西边一个半新的居民区，檀生租的房子。名义上是一室一厅，但厅里被房东自己的家具占满了，他理亏租金就便宜，檀生捡到了这个便宜。虽然只得一室，好在大。衣柜、大床、书桌椅、电视柜、组合音响和一把椅子都是檀生的，书柜和另一把椅子是我的。其实我原也租了房子，离得很近，认识檀生的第二年搬过来。书柜和那把椅子是我在我的出租屋里仅有的属于自己的家具。巧极了，他之前刚好还想再买一把椅子，而家里电视柜那一边的墙，也刚好放下我那一个双开门的书柜。安顿好这一切时，我们自己也觉得不可思议，这就是所谓"天作之合"了吧？他仅缺的正是我仅有的。

为了迎接我自己，我张罗换掉了家里全部的织物。窗帘、桌布、被罩床单，毫无创意，全都是浅蓝色，顶多有一点本色的条纹或者碎花。也许浅蓝色的语意很丰富，但我只懂得也只图它的明亮干净。檀生喜欢天蓝，因为像北京的晴空，光明灿烂，他误以为我这浅蓝是为他布置的。而我将错就错绝不点破，我这浅蓝是水蓝，与天蓝的不同在于多了一层透明的绿，是水里的晴朗。只是光明灿烂入了水就多少有一点氤氲，多亏檀生视而不见。"我们都喜欢浅蓝色。"他又发现一条我们的共同。"就是哈。"我同意。

"浅蓝色好像有想象力那种意思，就是说喜欢浅蓝色的人喜欢想象。"檀生不是个爱钻研这类话题的人，这话多半是他学舌来的。"我看一个电影里有这么个说法。"果然。果然也有影，檀生和我都喜欢想象。他喜欢想象他自己的专业和专业上取得的各种成功，他是职业摄影师。我会想象一个女人会想象的一切。我们偶尔谈谈各自的想象，然而在这件事上我们实在就找不出一丝共同了，非要找也有一点，那就是我们都从不想象我们的未来。其实我也想象过，但总是卡壳，像一张数据严重损坏的 VCD，电影刚开演就一动不动了。而他谈到未来就犯困，不知道是嫌乏味，还是觉得非常有把握，必定水到渠成的事情哪里有想象的余地。

我们还没有这间客房想得多。客房的想象是粉红色的。有烛光美酒钢琴和洋宝宝。可以说把这世上最好的想象献给我们了。我猜这也是檀生妈妈的想象。

一九九九年立春前的一个早晨，我坐在潮州东南一座小镇上的一间春光旖旎的卧室里的一张婚床上，感觉很异样，在完全陌生的环境里得到最亲狎的祝福，我能觉出自己脸上的笑有点惶惶然。

檀生不在我身边，我夜里起来时发现他和弟弟们在隔壁的客厅里潦草地睡了。就是白天他毒打阿康的这个厅。厅里很宽敞，有电视、麻将桌、卡拉 OK 设备，有沙发茶几、电水壶、工夫茶具、食品柜，四边石膏线上还牵了双线的七彩闪烁小灯泡，墙角塑料花盆里盛开着生机勃勃的塑料花。一切潮汕人钟爱的娱乐都能在这里找到设施支持,二舅得意地说这是个"纯享受"的房间,享受的至少是厅级,因而庄严地命名为"多功能厅"。

他们必是喝了不少酒,回来得太晚,不敢惊扰人。除了最小的弟弟回了自己的卧室,另三个弟弟睡藤椅的也有,拼凳子的也有。檀生仰躺在一张三人沙发上,以无法撼动的姿态。

我刚推门要出去,檀生恰好进来,原来他被外面鞭炮吵醒了,想回房间接着睡。他本来迷迷糊糊的,一进房间发现陷入粉红的包围,马上一激灵,"我×!"他嗫嚅。我知道他给吓住了,没有人比一个摄影师更知道影调的含义。他脚下一步一步拖着往里走,眼花缭乱的。"我×!"他说,又看到洋宝宝,他们正用蓝色的眼睛盯着他。"我×我×!"他吓得转过头,冲我低声嚷道:"这是要干什么?!"

我笑得不行了,坐在粉红桌布边的粉红凳子上,抬不起头来。檀生的惊恐使我感到踏实和温暖,他也想从祝福声中叛逃,与我一起。

他刚坐在床沿上,楼下妈妈喊:"唐僧!你们下来了,今天事情多——"

"噢——"他惨叫一声,只得去洗漱。

我挑了件米黄的丝质衬衣,外面套鹅黄的羊毛开衫,底下咖啡色裤子,自以为如花似玉了,然而下楼妈妈第一句话:"哎呀——过年啊,怎么穿这么素?"吃过早饭她到底还是提出了整改要求,"你上楼去涂一点口红。"我涂好下来,她笑道:"红配黄——金气绳。"又转头看儿子,檀生胡乱洗了个澡,换了牛仔裤和一件细小格子的棉麻衬衣，她明明喜欢，却戳他一下："看你这肚子！"

爸爸早就准备好了，戴着他心爱的蛋壳形呢子帽子，穿着酒红色的西装。他正俯身看八仙桌边的椅子，呢喃："噢，酸枝的……"又转头对妈妈说，"我想在这边买两把红木椅子带回去。"妈妈不耐烦："硌死了，你自己坐。"

爸爸充耳不闻，爱惜地摩挲着椅子扶手，"你妈还潮汕人呢，居然欣赏不了。这木头好，真好啊……瞧瞧这纹理……"又让檀生把椅子抬起来去体验红木的沉重。

我觉得真不好理解，潮汕人大多精瘦，吃得再好也长得皮包骨头，怎么会喜欢红木沙发？在这么坚硬的沙发上怎么放松啊？檀生说还是怕热呗，皮的布的都热。爸爸却笑道："这就是潮汕人的精神，我就佩服他们这种硬碰硬的精神！"哪跟哪啊都，爸爸完全是欲加之"誉"，何患无辞。

二舅妈捧了一捧小橘子给妈妈，檀生正要拣出一个来吃，妈妈却说这个不是吃的："你们俩衣兜里装几个，到时候见了姨奶奶就拿出来，说大吉大利，记得啊！"我不明白为什么要献上橘子，妈妈笑道："吉利啊，谐音嘛，吉子吉子，吉就是吉利嘛！发音一模一样，这不是明明白白的嘛。"

这一上午真是繁忙，去凤塘和饶平拜访了两位姨奶奶。两位姨奶奶是阿嬷的大妹妹二妹妹，我们本该叫姨婆的，但既然已经管外婆叫阿嬷，只得一改俱改，好在没人跟我们较真，反正彼此都听不太懂。两位姨奶奶都嫁在汕头，丈夫们去世都早，她们据说也早就没有当家，一家之主都是大儿子。

她们两家的格局跟我们阿嬷家几乎一模一样，也是儿子攒钱翻修了房子，客厅餐厅厨房在楼下，老太太住楼下，楼上是夫妻俩带孩子。八仙桌一样，八仙桌边的两把酸枝木椅子一样。桌上蜡梅、水仙一样。墙上除了照片上的人脸不一样，照片的尺寸、位置也一样。连老太太穿的衣服，古香缎夹袄，阿嬷是黑底红花，姨奶奶是——我留意看过，红底黑花，乍看也一样。

也都是一屋子儿孙媳妇。中午在二姨奶奶家吃的饭，也是各式海鲜和牛丸火锅。姨奶奶家的两个儿子是妈妈的表弟，从小也是一起玩的，他们一个在揭阳某机关，一个在汕头本埠某国营公司，按本地人看是相当有出息了。他们的媳妇不知道是做什么的，这里好像不兴问这个。

午后回到阿嬷家，都筋疲力尽。本来要各自回房小睡，然而二舅坐在客厅里喊住檀生妈妈，"大姐——"他迟疑笑着，"要不要下午去看下姑妈？——好像不去也不好——"

檀生妈妈经过二舅时原不打算停留的，听见这话只得坐下。"是哦——"她说，"姑妈。"但是他们姐弟半天也没有下文，好像陷入了很激烈的思想斗争。

我后来才知道，他们这位姑妈，我们应该叫姑奶奶，是檀生阿公最小的妹妹，老陈家一共三个儿子一个女儿，儿子都作古了，只剩这个女儿还在。按理何止应该去看，分明应该第一个就去看啊，在潮汕这样强调姓氏的地方。不明白妈妈和二舅到底犹豫什么。

"那就——去吧。"妈妈说。

"我跟桂芝陪你们一起去好了,也带着阿煌,有小孩子总要好一点咯。"二舅说。桂芝就是二舅妈,阿煌是他们的儿子,我们最小的表弟,刚上二年级。听见说要带他去,他凑到我们面前来很得意地捅檀生的肚子。檀生一把抱起他挂在肩上,他立刻哇啦哇啦大叫。二舅一边叫他闭嘴,一边站起来去拿电话。"那我先给那边说一下嚯。"他说。然而他拨通电话,刚刚说"喂——姑妈哦——我是——"是谁都还没说呢,就愣住了,然后挂了电话。

"怎么啦?"檀生妈妈问。

"姑妈说吵死了,就挂断了。"二舅说,又转身去骂阿煌叫他闭嘴。檀生放阿煌下来,老哥细弟都矮下身,蹲在一起闭了嘴。

二舅又打过去,潮州话说了几句,停住,那边说了几句,二舅好像很吃惊,很为难,努力向那边解释几句,又愣住,最终只得唯唯诺诺,挂了电话。他勉强赔个笑,向檀生妈妈抱歉道:"我真多事——姑妈先说不要去看她,她不想见人,嫌吵。我说那我们不带阿煌去,她说叫我们也不用去。我说那就大姐一家四个人去,她说不要烦她了,谁也不许去。"我和檀生不由相视,这姑奶奶脾气够怪。

"还是那样——没变。"檀生妈妈道,"不去就不去吧。"二舅看姐姐碰一鼻子灰,想找话安慰,但檀生妈妈摆摆手,表示不用。她似乎早料到了。

忽然电话响起来,二舅一接,"喂"还没完,就又被揸住喉咙一样愣在那里,过了几秒钟刚要说"好的再见","再"字还没说完呢又噎住了,可想那边已经挂掉了。他转头朝我和檀生,"姑奶奶叫你们两个去。"又对他大姐艰难道,"说只要两个小的去,多一个人她也不见——还有嘛——她不留他们两个吃晚饭,叫他们一定晚饭前就走掉。"

九

尽管只是檀生和我两个人去姑奶奶家,但出门时还是拉出了一支长长的队伍。阿煌领路,檀生和我跟着,再后面是二舅妈同檀生妈妈,二舅同檀生爸爸走在最后。

阿煌得意扬扬走在最前面。他手提一柄偃月刀,虽然是塑料的,但漆得匀停,刀作银灰,吞口浅金,长柄就是朴素的深棕色。不像是一般乡镇作坊的审美。他时而奋起劈砍,时而倒拖迤逦,一路斩杀无数,不断威胁着我们的安全。

那时离年三十很近了,家家户户都在冲刺的阶段,潮汕把繁文缛节又看得山高,所以巷陌里竟然有种紧张的空气。出来走动的人不多,出来也是急匆匆的。

阿煌逢人就大声搭腔:"阿伯啊。阿姈啊。阿叔啊。阿姑啊。"见人家敷敷衍衍不把他放在眼里,就主动知会:"我大哥来了,对的,首都北京那个。"专门清好喉咙庄严地说普通话,体现一种高度。等人家反应过来郑重注目我们，他又忽然换成土话，嘴巴凑过去叽里咕噜一堆，眼睛瞄着我，指指戳戳，神秘而亲狎。我猜是介绍我呢。果然阿伯阿姈阿叔阿姑都含羞朝我点头。

走到巷尾遇不到人了，阿煌很扫兴，刀也不想提，转身交给檀生叫他替他拿好，要他大哥做他的亲兵马弁。又不放心，就采取一种倒骑驴的走法，面朝着我们倒着走，根本不看路。这又使他逐渐得意起来，因为显示出对这一片土地了如指掌。二舅喝他好好走他也不听，还把双手揣进兜里以增加难度。

檀生和我本来是牵手依偎着走在后面，但阿煌一转过来我们只好把手松开，像两个不相干的亲戚。接过偃月刀时檀生表示很惊喜很荣幸，发誓绝不会磕坏。真好笑，都是弟弟，他对几个大的要摆大哥架子，但对阿煌简直宠爱得无可无不可。也是，这一对长兄细弟差了二十几岁，檀生若是本地人，完全有可能早早就做了父亲。

檀生爸爸本来想午睡一下的，但听二舅说去姑奶奶家会经过祠堂，就不肯睡了，一定要去看。他说三十多年前阿公带他去过，一个灵位一个灵位细细给他介绍了家族史。那天忽然下雨，翁婿二人在祠堂的檐下避雨，阿公问了些他们在北京的居家生活，爸爸知道他不放心女儿，答话净拣好的说，阿公却没有再吭气，默默地看着雨，想是知道他报喜不报忧。他们等了好久也没等到家里送伞来，快吃晚饭才冒雨狼狈跑回去。到家一看，一家子都在逗顽皮可爱的檀生，欢声笑语地早把他们忘了。

爸爸讲到这里,顿了顿,说那祠堂对他来说"感情不一样不一样",必得去凭吊一番。檀生妈妈一听见"阿公"两个字就出眼泪,一路上都攥着个手帕团不停地印眼睛。二舅妈默默地陪着,偶尔小心地宽慰妈妈说,阿公生前知道女儿在北京很好是很开心的。但越说反倒越招妈妈抽泣,二舅妈只得完全沉默了。当年妈妈为了去北京跟家里闹翻,伤了阿公的心,那时二舅还小,距离二舅妈进门还早,可二舅妈今天好像也是很了解这件往事,讳莫如深的,可见有人原原本本给她讲过。

二舅没有上去劝慰姐姐,一路上都在反复斟酌他的计划。

"我的意思呢,三点一刻到姑奶奶家最好,晚了的话礼数上不对了,晚饭讲好不吃的,所以晚过三点一刻就太晚了,好像怎么样,跟长辈没几句话好讲吗?那么假如早了,早过三点一刻,还是不好,姑奶奶睡中觉睡不完整,影响身体。所以三点一刻最好。"

檀生爸爸嗯嗯嗯听着,虽然没啥兴趣,但对这个多礼的内弟他是喜欢的,因为老北京也极其讲究这一套,可以说他们郎舅一南一北在这个领域都有颇深造诣。

"东西,这次东西带得好。我们也准备了东西,但是一比就给你们比下去了。我们土。"二舅说到这个,声音突然大多了,为了要给我听见。他说东西指的是带去给姑奶奶的礼物,中午临时决定去看姑奶奶,檀生妈妈忽然发现压根儿就没有准备给她的礼物,就催二舅二舅妈现搜罗。

我倒是有件合适的东西,这时正好献宝出来。是一条朋友从美国带回来的丝巾，玫红色底子上画满腰果花纹。人家说了是一个什么牌子我没记住，只知道很出名。檀生妈妈和二舅妈都赞叹丝巾漂亮，赞叹我懂事、大方，又含笑相视一眼。二舅更欣慰，觉得这真是寄托了小辈们的拳拳孝心。

我转头偷眼看檀生妈妈，一听二舅说这个，她的泪好像渐渐止住了。

从曲折的窄巷里走出来，豁然开朗，眼前是一片广阔的池塘。半环塘边蔚然矗立着连绵不绝的巨树，乍看以为有近百株，细数不过十几株而已，人家说古榕孤木成林真不是盖的。树冠碧沉沉映在水面，透出塘底乌幽幽的蕴藻。塘边有三两石凳却没人坐，大概这时候完全没有游客了。

"水这么清啊！"我喊。

"这池塘里不是死水。"檀生爸爸说，"下面有暗河，好像是从潮州过来的。"

"哎，这你也知道？"檀生妈妈惊讶。

爸爸不回答。妈妈忽然明白："我爸说的嚯？"眼泪又淌下来。

"到了到了，前面到了！"二舅走到队伍前面，牵住阿煌的手，不许他挣脱，"前面人多。"他说。

我以为祠堂总该在比较背静、比较偏一点的地方，没想到偏偏建在闹市，在镇上最热闹的十字路口。虽然能清楚地看见祠堂的门楣和高挑的檐角，但走过去却要费工夫，一是有点拥挤迈不开步子，二是两边开着各色店铺，一路上都需要抵御它们的诱惑。

街上的老房子,二楼三楼久没人住,外墙缝隙里伸出石榴枝,草也从阳台蔓进房间,一楼店堂还在兴兴轰轰一碗一碗煮粿条,吃客也还在认认真真一碗一碗嗦粿条。我看小店这么破败,以为拿不出什么像样的食材呢,结果浇头的丰富叫我吃惊:鸟贝肉、猪肉片、打花刀的鸭肫、很大的虾,还有青菜。

阿煌忽然塞给我一袋花花绿绿的水果,草莓芒果条和切成海星形的杨桃。我本来怕酸,鼓起勇气尝了下杨桃,竟然浓甜。但又甜得古怪,好像不关杨桃的事。"甘草腌制的呀!我们这里的特产。"阿煌得意地解说道。怪不得有点淡淡的药味,我吃不来,得慢慢学。

走到祠堂门口,眼前没那么多人了,定睛看时,祠堂修得真美。外墙一人半高,材料仿佛是一种石头,乳白色,即使经年风吹日晒雨渍斑斑,仍是乳白色。不仅立面,连延伸到街上的地面也铺着一样的石头,走出十几步远时才与普通水泥路面接壤。不知是不是因为石头地面太完整,无法排水,在石路中间横着开凿了一条四指宽的沟渠,通往路边。

墙根儿潮湿,野草丛生,粗粗一看,鳢肠、鬼针、莎、蕨、何首乌,好多都认得。细看有一样真叫人吃惊,竟然是芦荟。二十世纪九十年代末,家庭装修热在城市里已经渐渐开始,常看见新装好的人家会买几盆芦荟养在室内,因为迷信这种昂贵的、珍稀的、神秘的南国植物有去除有害气体的功效。我们去做客时看见它坐落在青瓷花盆里,盆子供在弯腿的楠木花几上,花几在客厅有专门的席位。叶片一尘不染。然而今天再相逢，它竟成了路边草。

"傻笑什么？"檀生问。他刚刚趁着路上拥挤的掩护偷偷抽了半支烟，现在人少了，险些暴露在妈妈眼前，只得悄然掐了。

"认得吗？"我指着地上的芦荟笑道。

檀生并不顺着我的指引凑上去看，反倒后退两三大步，虚眼去瞄整扇白石墙，又揸开双手拇指食指拼出一个框框，微微上下移动一番便停在半空："牛X。"

"老白墙。墙头有一百年的雨渍。墙根儿有一百年的野草。"他又向我简略解释。

我想我就是在这些时候、这种事情上爱上他的。我们站在祠堂白墙下面，没什么话，光看着对方笑，往前走时我伸手搂住他的腰。

祠堂虽然古雅，门楣上的字却简单，我一看全认得，一点没挑战，无非恩荫子孙、泽被后人之类，不由得兴趣大减。正要迈腿过门槛，忽然觉得里面黑黑的，很深的地方有几点烛火，好像跟外面明亮的青空一点关系也没有。我想也许是白墙看久了一时适应不了暗处，我闭了闭眼睛。

老实说我不怎么喜欢庵堂佛殿的气氛。佛像上的烟尘，供桌上的烟尘，柱梁上的烟尘，芒鞋僧袍上的烟尘，善信头上的烟尘，因为幽暗才看不见。有皈依的朋友笑着替我开解，说这就对了，本就是尘世嘛，佛祖需要对尘世有直观的了解感受。然而我还是迟疑。

没想到祠堂里也是差不多的空气，就有点犹豫。

"我还进去吗？"我拉住檀生悄悄问。

"随你，不想进去就不进去。"檀生非常敏感，"是不是觉得阴森森的？"他轻轻搂住我肩膀。

我把脚收回来，带得他站不稳晃了一下。阿煌嬉皮笑脸凑过来扶住大哥。

"大哥，你到时候不要气哦！"阿煌说。

"什么？我气什么？"檀生莫名其妙。

"陈家祠堂里没有你的名字哦——有我，陈、增、煌。阿茂、阿康、阿耀他们都有名字。但是没有你，因为大姑不是陈家的人嘛。"又殷勤朝我，"也没有你啦——你们结婚以后也没有你。Sorry 啦，你们女生。"

我当然知道不会有我。根本没关系。对祠堂这种古代建筑、古代礼仪，我跟它较什么劲。

"我不进去了。"我说。

"为啥？"阿煌问。

"我怕黑。"我朝他挤挤眼。

"你装的吧？"阿煌缠住不放，檀生笑着把他拖走了。爸爸妈妈跟着二舅已经走到里面，只听见他们与看守祠堂的阿伯寒暄。

"我就在外面转转。"我说。二舅妈看我不打算进去，倒也没劝，只微微笑着，说："那我陪你在外面转转囖。"

我有点不好意思，总归是给人家添了麻烦，因笑问二舅妈：

"二舅妈的名字肯定有的吧?"

"嗳嗳。"二舅妈说。她好像并没觉得怎么开心骄傲,只淡淡地表示是有那么回事。"你不要不开心噢,小孩子胡说八道不要睬他。"她担心阿煌冒犯了我,脸上带着抱歉。"是我们这里规矩太旧了,重男轻女,其实嘛——不好的啦。"

忽然她笑起来,"你刚才不肯进去,说怕黑?"

"嗨嗨嗨——"我讪笑。

"姑奶奶也讲一样的话,怕里面黑——就是等下你们要去见的这个姑奶奶,她那时不肯跟大人进祠堂,就说怕黑的啦。做姑娘的时候她脾气还要大。就不肯进祠堂,她爸爸的话她也不听的,叫她进去她就不进去。问急了她说她怕黑。告诉她里面有灯火有蜡烛的呀,还是说怕黑。都很大一个人了,还跟她二哥,也就是你们阿公吵,叫他不要当封建帮凶,她爸爸她二哥都没办法对付她——你二舅他们那时还小,但记得很牢。"二舅妈当然是听二舅说的,二舅那么讲规矩的人,毕恭毕敬,背地里却也要讲他姑妈的不妥,大概是她的匪夷所思使他太受刺激。

"姑奶奶的名字祠堂里总有写的吧?她叫什么名字啊?"

"姑奶奶有两个名字,原来叫引凤,后来她自己改了,单叫一个恒字,陈恒。"二舅妈顿了一顿,好像遇到一道很难的逻辑题,不知怎么下嘴。

"这边祠堂里原本陈引凤这个名字是有的,不仅我们家有,她嫁到黄家以后黄家也有,但是——后来我们家这个记录呢,她自己嫌不好,非要叫改成陈恒,你们阿公不同意,不给她改,所以就放在那里，姑奶奶说她反正不承认——情愿今后不留名字也不肯留陈引凤这个名字；黄家那边呢，她嫁过去以后原本也是有陈引凤这名字的，但黄家那个人后来走掉了，再也不回来了，在外面又结了一个老婆，生了小孩，把姑奶奶停在这边不管了，所以姑奶奶告诉说黄家也不许留她的名字，留了她也不承认的——其实黄家是留了大儿媳妇陈氏引凤这个名字的，没有写那边那个新老婆，觉得对不起我们姑奶奶呀，但是姑奶奶自己不答应。怎么办呢？这就没办法了。"

二舅妈讲普通话终究很吃力，讲得很慢，自以为讲得再清楚不过，可我还是糊涂。我们在祠堂外缓缓地走着，她又从头讲起。

十

说我们姑奶奶陈引凤，从小就被父亲娇惯，一是那时家里相当宽裕，五官科诊所开到了潮州；二是她父亲毕竟是大夫，思想先进，对女孩子的观念与一般潮汕家庭大为不同，要开化得多。幼时送姑奶奶去学堂里读书写字，待遇与族里子弟们一样。据说姑奶奶厉害，功课好，先生送她两个字考语，流传到现在，"敏捷"。她父亲当然得意，也不管旁人怎么说，大一点时又送姑奶奶去广州新式学堂。这时族里就开始讲他们了，"没体统"。最后祠堂里传出话来,叫他们停止这种荒唐的规划。父亲陷入矛盾,因为祠堂之前的确是"恩荫子孙"的,对他家送儿子去东洋留学可谓全体通过举族赞助,父亲极其感激骄傲,然而对引凤,对这个天资奇佳,甚至远超其他弟兄的女孩子,他们却不许他用他的方式宠爱她。听说有一位白须白眉的阿翁在祠堂里气得狠狠地摔了他的拐杖,砸在白石头铺的地上发出金石般的脆响,因为提起他家这一番荒唐的育儿经。"还送回乡下去。"叫把引凤送回乡下去,连潮州也不许她再踏足。阿翁恨他们不守礼教。乡下是什么样子呢?实际上陈家那时候自己已经不种田,只赁给族人去打理。假如引凤回去,倒也没什么大苦头给她吃,她要做的还是被训练成一个"合格"的潮汕女人,操持各种家务,研习各种礼仪,所以"回乡下"的本质就是待嫁。这话传到引凤那里,马上大闹,哭骂:本来就怕祠堂里面黑,现在看来果然是黑。她不仅不肯回乡下,还提出来更疯狂的想法:要跟二哥一道走,去东洋。

那时引凤的二哥,也就是我们的阿公,已经买好船票,一个月以后就要踏上留学征途。家里媳妇也给他定好了,等他学成回来就正式行礼。对陈家这儿子的温顺谨厚,祠堂相当满意,说他是"子弟典范"。所以陈家真是让祠堂头疼的一员,居然同时生长出典范和叛逆。

最后当然没去成东洋,但也没有回乡下,引凤在父亲的掩护下还是回广州了,继续她的学业。然而父亲终究还是与祠堂达成妥协,引凤读完这一年就出嫁。夫家家世很好,韩文公祠那边的黄家。这一点祠堂里说"绝不会耽误",嫁过去就只有好。

"是真的好。姑奶奶嫁过去以后是真的好,家里都没想到,以为她做小姐做惯了一定不行的,结果是真的好。"二舅妈说,又补充道,"一开始。"

本来韩文公祠那边的黄家就是殷实的商人,做香料药材一类的生意,几个儿子都被送去念书。老大学的海事船政,非常洋派。都说陈家得了这个"仔婿"不知多么中意。然而结婚没多久,竟然传出两人不和,而且不和并不是因为我们姑奶奶引凤哪里不好,婆婆家并没有挑出她的错处,问题都在仔婿身上,他非要出海。说是他实际上并不要结婚的,结婚是为了安慰父母而已。他从广州学堂回来后就一直筹备出海,常常和一群同学模样的人去茶肆酒肆集会,常常深夜竟至凌晨回家,有时回来大醉悲歌放声痛哭,有时又开心得欢笑舞蹈。家里人看不懂,只得把这一切疯疯癫癫归为"洋派"。他父亲再三提醒他回到正常的生活,而且花钱给他在当地捐了官,只等着出缺。虽然结婚后他似乎沉寂了一段时间,但很快故态复萌,终于与家庭摊牌:要出海。

事情那么久远,二舅妈也说不上来为什么他非要出海,连传说也有两种:一种是为了革命,追随一个大人物,就是本省的,本省已经有很多青年加入过去。另一种还说他是玩心大,还没有玩够,说他在陈塘有相好,家里不许接来,因此翻脸。不管什么原因,总之陆地上的家庭他待够了。要出海。

按说做了媳妇是不可以随便就回娘家的,但引凤有一天突然就回来了，流着泪求父亲出面挽留仔婿。一家子人从来都没见姑娘这样悲伤过，因此知道她是真心对他、死心对他的。最终他还是走了，偷偷坐了火车先去上海，从那边才出海，家里人在这边的远洋码头上布下天罗地网堵他而没能堵住，再得到消息是他父母亲收到他从上海寄来的报平安的信，信短得像电报，统共没几行字，既没有提具体行程，也没有提归期，意思最明确的一句话就是"学以致用"，因为"此志已久"。过去书信走得慢，信到时算来他早已经离开上海。引凤拿着信又回了一次娘家，婆家这趟更不能不让，谁让自己儿子混账的。父亲反复读了信，确认仔婿果真没有给引凤留下任何线索，通篇提到引凤只是对自己父母禀告"已嘱媳引凤代为孝敬"一类的话，甚至没有一句朝她本人讲的话。据说那时引凤看着颓然失措的父亲，流着泪叹道："天作之分。"

"天作之分"，姑奶奶的原话。能流传至今，大概实在是因为说得好，"敏捷"。

整件事祠堂里的动静是微妙的。刚闻说黄家儿子闹出走，以为不过琐碎家务，还疑心我们姑奶奶哪里不周全，传话叫陈家自己不要忘记"三省吾身"。后来得知纯粹是他们那边单方面的问题，便观望，期待对方祠堂出面主持正义，然而那边似乎缺乏一个铁腕人物，一切处置都相当无力，后来唯一做的事情就是派出族中子弟去码头堵截，还失败了。

陈家父亲拿着那封信请这边祠堂看，白须白眉的阿翁气得又摔了他的拐杖，砸在白石头铺的地上发出金石般的脆响，大骂黄家"小畜生",然而最终还是提出一个主张:我们只管自行守礼,不怕后世不给一个公道。意思是,要引凤立志终身守节,勤谨侍奉公婆,以迎来最光彩的舆论的回报。当然这是最坏的打算,阿翁也承认,他毕竟阅历丰厚,指着信说,不是并没有提到归期吗?这样倒好,反而料定他去不了多久。原来潮汕一带,少壮时出去做海员的男丁很多,可绝大部分海员,阿翁说,最终比一般男人更加顾念家庭。阿翁因此断言:小畜生绝不可能在海上漂足一年,看吧,中秋前就回来——他吃不下那样的苦头——但让他吃苦头也是好的,该。

引凤父亲听了这番话,直怪自己急昏了头,完全忘记了一个富家子弟实际上根本禁不起风浪,中秋之前他们小夫妻便可待破镜重圆,算下来也就是三四个月。

引凤却没她父亲的乐观,对阿翁的分析更是不屑一顾,"自行守礼""后世公道"那些话更是惹她恼怒。二十世纪初叶,时风已显出轻微的松动,女性权利的观念在大城市的新式学堂里已有相当高的音量,引凤即使只在广州就读一年,思想也显然受到影响。

引凤很简单地宣布说要去上海找仔婿。

婆家娘家都束手无措。最后婆家只得起动一位族中的堂哥,年纪稍长,说是做事情一向老成,由他带着引凤一起去上海。因为明知道也就是走个过场,人是肯定寻不到的,不过就是让引凤散散心出出气。

"说起这个吧,又有一堆笑话,那个堂哥,"二舅妈说,"我们应该叫他黄家阿公啦，他前年过世的，我们家也去吊唁，但想到他就只有好笑。"

都说这年长堂哥做事情一向老成，但没想到一出家门一踏上旅途，不是不知所措就是冒冒失失，自理能力一塌糊涂。原本家里都指望这个堂哥能替引凤做主，没想到这一路他全靠引凤照应。要不是我们姑奶奶有主见又沉得住气，他们连广东省也出不了。

据说中途有一天他们的火车出了故障，不得不在一个偏僻的山中小站停留。堂哥自告奋勇去不远处一家小店讨水，哪知一去不回。引凤忍着干渴和寒冷等了半天，终于耐不住跑去找他。到店里竟见他喝着热茶摊开了笔墨正在那里写字，还笑着请她品鉴他的书法，引凤要同他撕破脸，低头却见他写的四个大字：女中豪杰。他打算献给她的。

"这幅字后来他一直挂在自己卧房里的，也不知道什么意思。"二舅妈笑得停不下来。什么意思？恐怕是对我们姑奶奶有意思呗。

"但是我们姑奶奶哪里看得……上他？我们姑奶奶这一生大概谁也看不上的。他倒说对了，我们姑奶奶真就是——女中豪杰。"

他们到了上海，住在亲戚家里，潮汕人这一点真是，到哪都有亲戚。连续数天引凤去火车站、去码头寻，寻到个鬼。然而忽然有一天回来说，寻到了——寻到了一份事做。她请堂哥这就独自回老家去，而她决定留下。

引凤动作很快，一面拉着亲戚长辈去公司里面做铺保的手续，一面当天就搬出亲戚家搬去公司宿舍。堂哥吓得手脚发软，最后回到老家也是恍恍惚惚好几天昏睡不醒，好像被遗弃了一样。

"都说他后半辈子就像没睡醒过——想着不该想的人嘛。"二舅妈笑。

"姑奶奶年轻的时候很美吧？"我庸俗地问。

"普普通通啦，我们见过照片，不好看也不丑。现在老了倒还好看些。"看二舅妈的神情，似乎真实的情况是比普普通通还要差一点。

"他们都说她是天才啦，天分很高的。她在上海找的事是什么？珠宝行懂吗？她一下子就去洋人的珠宝行里考上学徒工了。洋人招学徒工是要考试的，听他们讲要考数学，考英语，考自然，一般旧学里哪里会学这个？男子落榜的都太多了，但我们姑奶奶念过新式学堂就不一样，一下就考取了——女中豪杰的啦。"

我听出来了，尽管是非常合拍的夫妻俩，但说起姑奶奶，二舅和二舅妈的口气真是大不相同。二舅看上去唯唯诺诺，好像对姑奶奶尊敬到敬畏，到噤若寒蝉的地步，实际上我总觉得他多少是嫌她古怪的，对她的古怪他不去细想，只是全盘继承了上一代人对这个古怪女儿的容忍。而二舅妈没有历史包袱，看姑奶奶反而客观得多，同为女性也有更多的明白和怜惜，对她的古怪她多少破译了一些，而且说起她的古怪，透着得意。

"姑奶奶争气。一个人在上海呀,又做事又念书,念的夜校,那时候上海专门有夜校的。那个时候她才多少岁?——反正很年轻啦,头发刚刚梳起来做媳妇嘛。"

引凤在上海一家英国人的珠宝行里做事,消息传回潮州,两边家里都惊呆了。两边家族在本地都是有一点声望的,潮州自开埠通商以来也早已是繁华之地,新事物新风尚料应屡见不鲜,但还是惊呆了。这边祠堂里也没释放出任何有分量的评语,白须白眉的拐杖似乎最终也悄无声息。引凤父亲这时正好接到上海亲戚寄来的信,信中大大赞扬了引凤,说什么"旧古堡里诞生的乳燕是一名新女性",甚至还把引凤父亲也赞扬一番,说他思想先进,等等。

"姑奶奶的爸爸,就是放到现在,也是出格的。"二舅妈说,"我们这边没有这样教养女儿的。我们潮州话女孩子叫什么?走仔。仔是孩子,走就是她总要走掉嫁人,女孩子就是总要走掉的孩子。他们那个时候哪有给女孩子念书的?姑奶奶是天才嘛,她爸爸更是天才——教育的天才啦。"

"姑奶奶逃走啦!哈哈哈,逃得远远的啦!"二舅妈笑得直摇头,像她本人取得了什么胜利。

我们边走边聊,半绕着祠堂的外墙,弯进小巷又弯出来,中午的嘈杂过去之后这里安静多了。五谷店的老板躺在藤椅上睡觉,他的猫也蜷在米袋上打磕睡。理发店顾客的座位上,一个伙计四仰八叉摊着手脚,从镜子里能看见他已入黑甜。干洗店的姑娘趴在玻璃柜台上,长发是贞子式的覆面,想来也盹着了。

真是难得，一条街的生物钟如此整齐。绕了一大圈，我们走到祠堂大门的另一边。

绕回来猛然看见一片刺目的橘红色，原来是攀缘在墙上的一株植物开花了，一大扇墙都被它铺盖占据，明亮而喧闹的橘红色似乎还在流动，岩浆似的。

"我们这儿土话叫它鞭炮花啦。"二舅妈说。

我凑近去细看，果然花管子狭长，顶上爆开四瓣和花蕊，一簇一簇真像鞭炮，整个花瀑也像蕴藏着巨大的声响、巨大的光和热。

"不许动！"突然一个声音说，仿佛就在我耳边，却又不见人影。"扑哧"一声那人又笑了，我才发现是檀生的声音，原来他人在墙后，在祠堂里。

"这花漂亮吧？"我问。鞭炮花是从祠堂里爬过墙头到外面来的，不知道里面又是怎样的盛景。

"什么花？我这儿看不见啊！"檀生奇道。

"咦？不是从墙里面长出来的吗？"

"没有，我这边儿啥花也没有，只有几根粗藤靠在墙上——这藤子开花啦？"

"对啊，我这边开满了！"

"嘿，这花儿墙里不开跑墙外开！"

"真奇怪哈！"我说，拍手惊叹。

"嗯，它也是怕里边黑吧——嘻嘻。"檀生道。

正说话只见二舅小跑着出来了，催我们快走。可是离他定好的时间明明还早，姑奶奶家又不远了。

"不是的，你们早一点过去，不要慌慌张张的。到楼底下以后也不要着急，在底下站一站，想想好怎么说话。"

谁着急了？我心里好笑，大概是二舅你才慌慌张张着急吧，平常在姑奶奶面前总也说不好话，须得提前先想想好。哈哈哈哈。

"哦好好，我们想好再上楼。不过二舅啊，就我跟檀生两个人去，姑奶奶讲话我们听不懂怎么办？"我问，语言不通是大问题，二舅百密一疏。

"哎呀，这你倒不用担心！"二舅妈说，"姑奶奶会讲普通话、广州话、英语——你不是会讲上海话吗？你们跟她讲上海话也可以的。"

走到姑奶奶家楼下时，二舅看了表，果然提前了十来分钟，他很感安慰，又嘱咐我们：

"三点一刻这个时间我是考虑好的，早了晚了都不妥当，三点一刻最妥当。檀生，你把衬衣扎进裤腰里好吧，整理一下，后面跑出来一块儿。袖子放下来扣一扣好。烟你现在在外面抽好，进去就不抽了好吧——你东西选得好。"又朝我说，再次提出表扬，"东西不要进去就拿出来，先谈谈，听姑奶奶谈，快要走的时候再拿出来，好像很正式但又比较轻松那种样子……好，三点十二了，你们上去吧。正合适，她一开门，正好三点一刻！我这个时间选得好！"

我们像被二舅洗脑了，真是掐着秒表上的楼，到门口又站了一会儿才敲门。姑奶奶到底什么样儿啊,"女中豪杰的啦"。

门开了,只见一头乌发一对娇眼,粉馥馥的脸颊,却是个年轻姑娘,笑嘻嘻的。

"陈老师说你们要来的。"她压低声音道,好像怕吵到谁,把门拉开时也尽量不让门轴发出响动。我们也只得蹑手蹑脚进去,做贼一样。忽然从家里很深的地方传来一个声音:

"是他们来了吗?怎么不早不晚偏要选这个时候来?三点一刻——我刚刚才躺下,唉。"

十一

姑奶奶说的是普通话,广式的,像早茶里的面点一样沙沙的、面面的,微微发甜。我惊讶的是她的声带似乎并不太松弛,所有字词的发音仍然由她亲自掌控,而且她还是躺着或者半躺着说的呢。她音量把握得也恰当,很节能,刚刚够听见,没有一丝浪费。

她这个话我琢磨不能贸然接,因为不大好回答,姑奶奶问的是"他们"来了吗,显然是朝着开门那位学生姑娘问的。但檀生究竟是北方人,没这些弯弯绕,而且绝不能忍受这种清冷压抑的气氛,明明人很多,明明应该热热闹闹的。他光明正大回答道——把学生姑娘回话的声音完全盖住了——"姑奶奶您好!

是我们来看您啦！您别着急，您慢慢儿的啊！"

檀生中气既饱满吐字也清楚，然而他这句话石沉大海，那边音信全无。姑奶奶没理他。我尖起耳朵也没听见里间有动静。过会儿学生姑娘低声笑道："起来了，起来了。"

我们进门以后就站在这个过厅模样的地方，有点暗，因为窗帘是拉上的，堂灯也没开，只在窗帘下的书桌上开了一盏台灯。书桌和普通书桌不一样，是个大大的缓缓的斜坡，上面摆着些奇怪的小工具，大概是做设计用的，我们进来之前这姑娘想必正伏案创作。这过厅蛮大，除了斜坡书桌，大门对过还有一把藤椅、一个小圆几，背后站着落地灯。看这布局是平常姑奶奶坐在这儿读书的一隅。电视机、沙发、茶几等待客的设备一应全无，大概都在客厅，但阴沉沉的，一时辨不清客厅在哪里。

我们往前走了一两步，既不靠墙也没到过厅中心，在一个尴尬的位置上待着。姑娘也不领我们到客厅落座，大概还是要等到姑奶奶说话。我注意到右手有一列齐胸高的玻璃酒柜，酒柜尽头有一张泛黄的黑白照片摆在镜框里。好奇心冲破了我的组织纪律性，我假装活动筋骨，溜过去细细地看。

坐在前面中间的一对老夫妇穿长衫和大襟，他们身后有年轻的三男二女，花插站着。我就猜了，老夫妇应该是姑奶奶和我们外公的父亲母亲吧？三个年轻男子莫不是姑奶奶的三个哥哥？那么两个女子里谁是姑奶奶啊？

"陈老师没在上面，她说那是她的家里人，拍照那年她不在。"姑娘走过来低声说，她看出来我的疑问了。

这是一张典型的民国时期在照相馆拍的全家福。人后头是整幅景片，画着一个月洞门，门边几缕垂柳，人前带几样道具，老夫妇之间有张小几，地下有一瓶一支如意。照片上的几个男人虽然有点呆气，但不掩英俊。广东男人中有一款，面颊狭长，皮色浅棕，浓眉深目鼻梁高挺，如果牙齿侥幸没有暴出，那么整张脸的精美绝不输于希腊。檀生完全继承了外祖家的轮廓，稍一细看就看出来了。

照片上的女人却并不美。同样也是面颊狭长，皮色浅棕，浓眉深目鼻梁高挺，女人就不美，五官太集中，颧骨突出，脸上空余的地方太少，太局促，像顶着烈日，笑容难以展开，所以一眼看上去不发愁也发愁。然而嘴都张开一点，她们在微微地笑着。姑奶奶的母亲也就是我们的祖阿嬷笑的程度深些，露出了齿，能看到嘴角有一颗金牙。

镶金牙似乎是旧时风尚，但这审美至今仍在潮汕一带的中老年妇女间流传。一般是门牙往边上去第三或第四颗牙，不大不小，带一个尖尖。笑意稍浓就会自然露出来，不断地灵光一闪，一闪一闪。以之为美。那天全家吃饭以及这两天走亲戚吃饭我就看见的，我们阿嬷镶了，两个姨奶奶镶了，二姨小姨镶了，大舅妈小舅妈三舅妈镶了。总之家里长辈女眷里除了檀生妈妈和二舅妈，余人都镶了。而且走在巷里街上，我有意识地观察发现，金牙相当不少。我背地里问妈妈为什么她们那么喜欢金牙，妈妈答非所问，说：丑得吓死人。老实说，的确有点吓人，她们朝我露齿而笑时总像含着深意，仿佛早已把我看透。回回我都咯噔一下，不断提醒自己：这是此地风俗哈，风俗。

我想到这儿就乐了，不由得伸手去指那照片，又转头示意檀生看。刚一转头，惊得差点叫出来。只见身后，在过厅与里间交界的地方，悄无声息地站着一个老太太，非常矮小，皓发如雪，上边一件棕色麻花高领毛衣，下边一条浅灰色西裤，鞋子我没敢垂头去看，隐约觉得是浅口皮鞋。老太太看着我，带着一种非常清淡的笑。我那时已经具有一点点阅历了，我知道一个女人一旦躺下去再起来，不管睡没睡着，都很难保持之前的姿容，头发总会毛，眼皮总会紧，精神上不知怎么回事一看就知道是溃散过。然而姑奶奶没有一丝败象，头发不毛眼皮不紧，似乎唇上还有淡淡一抹红，用无名指晕开的。——她收拾过，把我们晾在外边，自己紧急梳妆一番。我暗暗掐算，那速度绝不比我慢。

"哟，姑奶奶您出来了！"檀生大声笑着问好，"真对不住您，打扰您休息了。"他夸张得像个前清遗少。

姑奶奶轻描淡写说"没事"，说完才把眼睛从我脸上移开。我感觉脸有点麻了。她慢慢往过厅里走来，终究还是显出一点点年纪，听二舅妈他们推断，姑奶奶年纪八十一二。粗略看，姑奶奶的长相果然相当普通，跟我们阿嬷、两位姨奶奶没太大不同，也是狭长小脸，颧骨突出，五官局促，不好看。不仅现在不好看，年轻时必也好看不了。不过同阿嬷她们比较的话，姑奶奶并不是天生愁容，那种焦虑的表情到她脸上就变成了冷漠，还带点不耐烦。

"哪天到的啊？"她问。

"前天下午,姑奶奶——本来当天就要来看您的,但说没提前跟您说,怕您不方便就没敢来。"檀生这个撒谎精。

"北京怎么样啊?"姑奶奶不接檀生的话,也不关心我们具体是谁,直接扔给我们一个大题目。我跟檀生都蒙了,想交换下眼色吧,脖子都转过去了临时却没敢看对方眼睛。

"北京特好,"檀生笑道,"冬天特暖和。"胡说八道简直。"屋里。"他自己也意识到了,赶紧补一句。"我们来的前一天还下了雪呢,您没见过雪吧?"檀生有种北方式的逻辑,他们不能忍受谈话中的冷场,不能允许失礼的空白,必须用声音用喜乐去填满,他们认为自己有这个义务。

然而姑奶奶笑吟吟看他一眼,并不作答。我感到一阵儿发虚,寒暄都是有一定节奏的,离了这个节奏仿佛就要出危险。

"欢迎您回头到北京去。"我说。真蠢,竟然刚来就说了临走告别的台词。

姑奶奶看着我,忽然转过头去对那学生姑娘说了几句本地话,学生姑娘"扑哧"笑了。姑奶奶转回来答我道:"我不要,太丑了。"说完自己也绷不住乐了。我和檀生瘟头瘟脑对视一眼。姑娘总算停下来,解释说"到北京去"这四个字用普通话说出来恰恰很像潮州话说"镶颗金牙",好像是我对姑奶奶说"欢迎您回头镶颗金牙"。姑奶奶嫌丑。

我和檀生都夸张大笑。自从进门我俩就一直尴尬地站在过厅中间,前不着村后不着店。

"都坐吧你们。"姑奶奶终于发话,她边说边坐进她专属的藤椅。一旦坐下，她就不显得矮小了，挺直的脊背，灵活的颈项，精光四射的眸子，使她符合了那个预设，"女中豪杰的啦"。

然而我们往哪儿坐？过厅里能坐的就只有玻璃酒柜了。

十二

那学生姑娘也一直站着，姑奶奶发话叫坐她原本直接就能坐下，但她执行得恰好相反，一见姑奶奶坐进藤椅她转头就往隔壁一间去了，好像他们师生间另有套切口专门避开我们外人。

"她是我学生的学生，这小姑娘。"姑奶奶说，"她老师春节出国去玩，不管她，过完年要交设计稿，她要急出毛病了，只好跑到我这里来加班。我没办法，只好陪着她。"她下巴朝窗户外面歪一歪，"汕尾乡下出来的，大学毕业以后分到我原来的单位，还蛮勤奋的小姑娘。过年家也不回。"

其实我进门就已经很吃惊了，不是说谁也不想见的吗？嫌人来了吵，嫌打扰她清净，还以为她老人家是天煞孤星下凡呢。结果她还在带学生，而且看样子学生是常来常往，不然不会那么熟悉情况。姑奶奶口气听着像抱怨这姑娘不懂事赖着不走，但分明是喜欢的，透着对好学生的疼。

"我不回去，回去了就——"姑娘在隔壁大声说，但就前边这几个字是普通话，后面忽然就改作土话，一长串，意思完全不懂，只能听出不痛快。

"好好，不去提他们。"姑奶奶笑笑，转头对我们说，"她家里面不好，她不想提。她当初是自己念书念出来的，家里面不给她念。她现在工作了，他们就想她回去了。"讲完这句，姑奶奶再不讲话，伸手拿报纸自顾自看。我和檀生面面相觑，虽然背靠着酒柜，但总体还是感觉像被罚站，没说罚几节课，反正回座位遥遥无期那种。心里正打鼓呢，忽听隔壁屋子传来一个小伙子的声音，迷迷糊糊的哑嗓子似乎刚醒。

"啊？吃饭啦？"他说。

"吃什么饭！"学生姑娘压抑着笑，"快起来，他们来了。"

一阵儿轻微的小忙乱，转眼他们两个出现在门口，姑娘搬了一把藤椅，小伙子一手拎一个竹凳。他装出副很清醒很精神的样子，但脑后头发全翘着呢。

"我男朋友啦他是，陪我来加班的。"学生姑娘边布椅子边说明。

原来坐具都在隔壁屋子存着，被男朋友占去睡觉了。我心里一动，姑奶奶的椅子轻易坐不到啊，来客得先证明自己配坐才行。所以刚才好险。我瞟一瞟檀生，他眼珠子正骨碌骨碌转，必定也想到这一节。

"姑奶奶，您眼睛一点也不花吗？"檀生搜肠刮肚想出个话题。

"我就看大字，小字不看。"姑奶奶敷衍他。等我们坐定后她放下报纸，正色对我们，看架势要开始讲话了，而且是个严肃重要的题目。完全猜不到她会讲什么。

"你是上海人？"她说。

"是啊是啊，姑奶奶。"我欢快答道，想不到这题我会。

"上海哪里啊？"姑奶奶不像是寒暄。

"我老家最早是在虹口区，但后来搬走了。"我说。

"虹口什么路啊？"姑奶奶还不饶我。她脸上也没什么表情，只隐隐约约有点紧张，像期待一个重大消息。

"虹口吗……多伦路、海伦路那里啊，就是过了苏州河，四川北路还要往前面走一走。"

"噢……"姑奶奶垂头想想，再抬头时竟然微微笑了，"北四川路还要往前头再走，那么是欧嘉路那里了，再走就到了虹口公园了。"

"对对——但北四川路……您是说四川北路吧？"我问，想是姑奶奶年纪大了，把四川北路错记成北四川路了。虹口公园我也没有听说过，只知道那边有个鲁迅公园。

"过河就是北四川路，我们那时候叫北四川路——再往前头走就是窦乐安路和欧嘉路了。"姑奶奶含着笑，真不像一般客套，像真高兴，笑那么久了都没有僵住，甚至还越来越高兴。我记起二舅妈说过，姑奶奶年轻时候在上海生活过一段时光，现在看来那一定是一段快乐的时光。

"网邦叫欸勒格米伐？"她问，盯着我的脸。我蒙了几秒钟，忽然反应过来这不是潮州话而是一句上海话——"横浜桥还在那边吗？"她问，用一种古老的上海土音。她大概料定我会有一个反应过程,所以既不催我也不提醒我,任由我脑子一阵儿乱,她可以好好地欣赏这个过程。等我忽然明白过来看向她时,姑奶奶放声大笑。

"欸勒嗨欸勒嗨!"我答。就是"还在那边还在那边"。

檀生完全不明白我们有什么好笑,我翻译给他。

"横浜桥啊!我去过去过,那里破破烂烂的。"他叹道。檀生和我之前去上海时,我曾领他到我老家一带观览,那时弄堂和弄堂之间塞进去无数棚户人家,晒台上也多私建。

"破破烂烂?"姑奶奶很惊讶,"横浜桥嘛倒是不漂亮,但整洁还是整洁的,我记得那边没有高楼,桥栏杆是木头的,有人专门去擦洗,地面也是干干净净。桥头有一家点心摊子,我们常常去吃,冬天到很晚都有馄饨,夏天有——"姑奶奶停了下,虚起眼睛,学那小贩悠远绵长的叫卖声,"嗯香梭耶代——规户切兜趋——"

五香茶叶蛋,桂花赤豆汤。

"我只爱吃他的豆腐干。吃了很多呢——横浜桥那边后来打起仗来了才不过去了。"

姑奶奶说的"那时"和我们说的"那时"不是同一个那时,中间差了有六十年。听二舅妈大略提过,姑奶奶在上海头几年好好的,又有亲戚照应,老家这边爹妈总算放心。通信时她还提到要家里寄一张全家照,家里也马上就去潮州最大的照相馆拍了寄去,以慰女儿思乡之苦。然而很快局势就不好了,先是听说上海闹轰炸,日本飞机就在他们姑娘头上飞,紧接着日本兵从海上登陆，日本兵穷凶极恶杀人如麻，后来又见报上说整个上海沦陷敌手，成了所谓孤岛。

"到后来又生肺炎，钱早都没了，没地方医病，小姐妹送我去教堂，神父嬷嬷叫人给我医好的——我不信教，但是我记他们耶稣基督这个恩情。"

"回不了家，根本没办法，听人家说潮州也有日本人呐——他们怎么臭虫一样到处都是的！"姑奶奶笑道，仿佛品味出苦难凶险里的荒诞滑稽。

我们半天都没有插进话，只不断地嗯嗯啊啊，啧啧啧，啊哟哟哟，天哪，等等，对姑奶奶口述的她个人在历史中的戏剧性命运，我们只有张口结舌的份儿。我们也很沮丧，遇到我们这样乏味的听众姑奶奶大概很扫兴，我们对不起她的大起落大开合。然而竟然没有，她不嫌弃我们，她要说，她很爱说，似乎在上海的颠沛流离是她最得意最美好的回忆。我渐渐意识到，姑奶奶就是为了要讲给我听，我身上那个"老家在上海"的标签她看得很重，很珍惜，仿佛我倒是"君自故乡来"，我倒成了她老乡，她使劲抓住我，有倾诉不尽的离愁和怀念。

"姑奶奶那时有去新雅饭店吃过家乡菜吗？"我笑道，想起新雅曾是家粤菜馆。

姑奶奶一听新雅饭店愣了一下，哑声问："是新雅茶室哦？也在北四川路上的？粤菜馆子？吃过的啦，我们那时有几个广东老乡一起去吃的。"姑奶奶几乎要落下眼泪。

"我听说新雅饭店里最好吃的是一个卤水鹅。"我笑道。

姑奶奶又愣一下,突然呵呵呵呵笑起来,丢下我转头去跟学生姑娘说话,叽里咕噜一句潮州土话,我听不懂,只见姑娘一听完就笑得趴在写字桌上了,男朋友也笑了。他冒出一句话,我听到一点信息,他说:"吊在上面的呀,人家怎么可能看到,就是巧嘛。"他们师生三个笑作一团。

姑奶奶又说几句,姑娘迟疑一下站起来,拉着男朋友往厨房走去。两人还带着笑看了我一眼,好像有点诧异的样子。马上厨房里就传出锅碗的响动,原来是姑奶奶叫他们去做晚饭。我看下表竟然已经快五点,我们是时候告辞了——讲好不留我们吃饭的。檀生会意,使眼色叫我进入最后一道流程——送礼物。我从包里取出丝巾。

"姑奶奶,不知道您喜不喜欢,好像这边我看见也有人戴的——"我托着丝巾走到她身边,躬身问她。本以为她还是淡淡的,谁知道她一把接过丝巾,转头大声朝厨房喊:"哎哎,小吴啊,过来看下,Ralph Lauren 前几年的东西。"

学生姑娘马上跑出来:"还是他们的经典款哦。"她把丝巾接过去。

"所以你不要只盯他们那几家,什么经典不经典,他们也拿不出新办法了——这个你拿去!"姑奶奶好像很开心,很兴奋地说了一些职业上的话。我想起二舅妈说的,姑奶奶是做珠宝饰品设计的设计师,没想到她做到八十多还没有退休。我先还以为这礼物送到她心坎儿上了,结果她立刻转送给学生,一时好尴尬。但她忽然站起来往里间卧室走,边走边转头跟我说:"你等一下。"

她返来时手里握着两个黑色丝绒面的盒子,搁在写字桌上:"过来看。"

第一个盒子一打开我就吓一跳,是一个胸针,样式很简洁,但中间镶一颗宝石,黄绿色,大指甲盖大,晶莹剔透。我不认得也不懂宝石,反正就感觉价值连城似的。

"小玩意不值钱,橄榄石。你戴就戴它一个样子,值钱是不值钱的。"姑奶奶轻描淡写。她又打开另一个盒子,是一对儿衬衣袖扣,四方红宝石外又镶了碎钻。她向檀生道:"这个给你,穿西装用啦。红宝石好看,就是挑人,我猜你这辈子也戴不成两次。"姑奶奶笑。这两样东西不知是不是她的作品。

我嘴张开以后就没再合上,是宝石呀,而且偷偷掂了一下,盒子分明有分量呢,怎么会"不值钱"?给檀生的红宝石我更是在脑子里想遍了也没想出他有配得上的袖子。姑奶奶的手笔骇人。我和檀生从没接到这样贵重的礼物,半天愣着回不出话来。

"橄榄石寓意很好,就是夫妻美满的意思——"学生姑娘探出身子来跟我笑道。她在淘米。

"什么夫妻美满,吹得天花乱坠。"姑奶奶不屑一顾。二舅妈说过,姑奶奶后来等抗战胜利了才从上海回来,从此没再婚嫁,更没有儿女。

我跟檀生捧着盒子,傻头傻脑一再谢姑奶奶,但姑奶奶不再理会。我们要告辞时姑奶奶又朝我笑道:"你知道福开森路吗?——我以前在福开森路那边念夜校的,先生是个女先生。"

原来她还想回到她心爱的话题。

我正要回答,忽然门铃响了。那种老式电铃的声音又粗又沙,响一声就已经振聋发聩,但摁它的那根手指偏偏不叫它歇气,一声一声都连上跟警铃似的。檀生跑去开门,我诧异地看向姑奶奶,谁这么鲁莽啊?

"小姨!"檀生大声说,"姑奶奶,小姨来了!"

姑奶奶却半天不作声,等小姨走进来才问:"你来做什么?"听着口气怎么不大对劲。

小姨笑吟吟的,把手里的一个保温桶举到面前:"我想他们过来了嘛,我就送一点点心过来啦。"

对小姨我没什么印象,只记得那晚的饭桌上她话不多,脸上一直笑,像是个不善交际的人。她对她大姐大姐夫,也就是檀生妈妈爸爸,很恭敬的,甚至对檀生和我也有一点谦卑,照说她是长辈啊。不知道是不是长年保持笑容的缘故,她脸上的细纹全都是笑纹了,笑没笑都在笑,却又是发愁的笑。

她站在原地,姑奶奶既不叫她坐,也不说吃不吃她的点心。这个性奇突的老太太装作自己不在房间。小姨也不以为意,转而朝我道:"你们肯定还没有吃点心吧?"她说完笑得更浓,嘴角的金牙噌噌地闪着光。我很为难,不知怎么答她,只得赔出傻笑拖延时间。忽然,我看到她脸色大变,笑容倏地没了,金牙也消失了,眼睛里有强烈的吃惊。另外我敢说我绝对没有看错——还有一丝悲愤。顺着她的目光,我发现她正看着我手里的黑丝绒盒子。

十三

小姨进门之前,我的注意力一直在右手里攥的盒子上。檀生没有背包包来,我得把盒子放进我的包包里。从没有收到过这么贵重的宝物,"放进包包"就成了个艰难的动作。同时嘴里还得艰难地说点话。我本来打算姑奶奶说什么我都一律回答"是是"的,可她一个劲儿说"不值钱不值钱",我总不能顺着她说"是是,确实不值钱",这叫什么话。待要替宝石们说话吧,也不行,怎么,难道你比姑奶奶还懂?所以怎么都不对。这时候檀生是指望不上的,他固然甜蜜周到,功力却还很不够,遇到这样复杂的情况肯定要出岔子。而且我还担心再在这个话题上耽搁下去,檀生童心大发,说不定还会向姑奶奶讨个克拉秤来称称。我很了解他,他不贪财,他贪玩儿。

小姨只要晚进来一分钟,我就能收好两个盒子,一气呵成滴水不漏,保管家里一团和气。偏偏偏偏。

她的目光一落在盒子上,那脸色真个是突变,人在情急之下是很难掩饰的。她的惊诧好像不是普通的吃惊,或者对一个玩意儿的好奇,她恰恰表现出并不感到意料之外,反是之内,因为她瞬间眉心紧蹙,仿佛最担心的事情发生了。我虽然年轻糊涂,却也是从小在亲戚堆里成长的,一看她这脸色我就懂,小姨不愿意我们得到这个礼物，肯定，她很清楚里面装的是什么。

现在想起来，任何时候想起来，那一刻的难堪仍是清清楚楚可感可知。虽然一坐三站也就四个人，却能觉出姑奶奶的过厅，过载了。檀生完全没意识，还一劲儿让小姨坐，一手夺过保温桶，一手帮着张罗抬竹凳。姑奶奶谁也不看，把刚才那张报纸又拎起来，哗啦哗啦翻翻检检。我握着盒子的右手微微往前伸，举起放下都不对，僵了好一会儿，像在犹豫要不要检举自己。小姨根本，根本毫不避讳，死死盯着盒子，我甚至觉出她的脑袋在轻微但持续抖动。直到腿弯感觉到竹凳时小姨才收了目光，她坐下那一瞬间仿佛刚刚参加完拔河比赛，既虚脱了还惨败了。趁她转头，我终于把两只胳膊垂下去。

"小姨，您也太客气了，还专门送趟点心！我们正要走呢！"檀生笑道。他刚才反正一直站着也就不再去坐，朝我使个眼色叫我这就走。他的礼貌热情活泼可爱是有时限的，过点会出问题，因为他划拨给这一切的精力是有限的，像灰姑娘一过午夜十二点就原形毕露。我感觉到他精神上已经疲惫。"不吃了不吃了，中午我们在二姨奶奶家吃了太多……"他真心推辞，又抓走我手里的盒子往我包包里一塞，还一气呵成拉上拉链，"姑奶奶，我们这就回去了，今天打扰您一下午真是……"他正说着，小吴姑娘从厨房走出来，含笑俯身问了姑奶奶几句话，等她答复。姑奶奶马上就给出答复，却不是朝着她而是朝着小姨："点心你放在这里好了，我们吃完晚饭再吃，保温桶你下趟来取——现在我们要吃晚饭。"

这下连檀生也听出不对劲了吧,老太太的逐客令也太粗暴,我觉出他一直轻轻推在我背上的手忽然撤了内力。但是我们都不敢去看小姨,都鼓着眼睛看地。

"噢,好的好的,饭后吃点心也好,甜汤芡实吃过晚饭再吃更相宜,姑妈很会保养。"小姨笑嘻嘻地回答,边站起来加入我们告辞的队伍,"这两个小的我送他们回那边,我想他们不一定认得呢。你们吃饭吧,我们回那边——跟姑奶奶说再见!"还引导我们说再见。

"他们不走,他们在这里吃晚饭。"姑奶奶放下报,仰头说,"我留他们吃晚饭——中午跟那边讲好的。"

姑奶奶说瞎话。我背上的手戳了我一下,但他不像有意的,我明白檀生这是一哆嗦。

"没有啊,我听他们讲的不留两个小的吃晚饭,说你交代的,那边还等他们回去。"小姨笑道。

姑奶奶说瞎话被拆穿,过厅突然寂静,成为全球最为难堪之地。我背上的手刚离开我背就搭在了我肩上,檀生的胳膊好重,他肯定也没见过这种神仙打架的情形,胳膊先瘫了。作为凡人,我们俩都意识到遭殃大概不远。

"你们自己讲呢?"小姨笑问檀生,"在这边吃还是回去?阿嬷他们还在等,你们爸妈也在等。"果然,要我们选。要我们站队。

留还是不留,这是个问题。檀生低头含笑,往浑身口袋摸烟摸火机,好像烟瘾犯了得先顾这头儿。臭小子把球踢给我。我满脸堆笑看向姑奶奶。

我万万,万万,万万想不到,姑奶奶会是这个表情:哀求。刚才还高傲冷酷盛气凌人的形象突然就垮塌了,她脸上有惊慌、委屈,都快急眼了。我忽然意识到,姑奶奶一是不惯撒谎,被戳穿后没有应变措施,二嘛,难道……她不是小姨的对手?

"那我们肯定留下啊,"我拍手笑道,"中午二舅是说过的,不让我们在姑奶奶这儿赖到吃饭,他可能没想到姑奶奶有饭给我们吃,哈哈哈。"我一边说一边催檀生打电话告诉二舅他们不必等我们了,一边蝎蝎螫螫就拉着小吴姑娘往厨房去,"我来帮忙……"我嚷。檀生张着嘴瞪着我,像木偶一样把已经找到的烟盒、火机装回裤兜里,很机械地拨手机号码,呆里呆气说:"喂喂喂,妈,我跟你们说啊,我们——"

我已经进了厨房,但尖着耳朵听外面。姑奶奶一直没说话,只有些窸窸窣窣,她又假装看报呢。檀生电话里说得乱七八糟:"妈,刚刚姑奶奶说留我们吃晚饭,对,她留我们了,她刚说了……哦哦,不是,她其实中午就说留的,是二舅传达错误。哎哎,你别啊!别别别让二舅听电话……喂,二舅啊,对对,对……不是不是,我没怪您传达错误,我不是那个意思,我是说我妈传达错误,对,是我妈!哎哎,您别给她,哎哟……喂喂,妈……喂喂?喂?"想是那边马上就展开调查追责了。

我等着小姨的下一步。除了告辞,退下,从外面关上大门,我替她想不出别的。

"那么好吧,你们吃饭吧,饭不是已经烧好了吗?吃吧吃吧。"小姨笑道，又转头向着姑奶奶，"我就在这里等一等，我等他们吃完送他们回去，两个小的一定不认得路。"

"别啊小姨，怎么能让您在边儿上等啊，要不——"檀生话到一半突然刹住，等再开口却又换了一个话题，"洗手间在哪儿啊，小吴？"我一猜就猜到了，他又犯了"不能冷场必须喜气洋洋热热闹闹"的北京老毛病，还想替姑奶奶做主叫小姨一起吃呢，但肯定猛地想起来自己具体几斤几两，才闭嘴。

小姨倒没有追问，笑嘻嘻地去坐了我刚刚让出来的椅子，又捡了姑奶奶刚刚让出来的报纸，笑道："你们慢慢吃——我看看新闻。"

过厅右边就是客厅兼饭厅，四方桌子小小的，顶多能坐下四个人。小吴男朋友一边上菜一边请缨自去灶台上吃，很熟练地在围裙上擦擦手，围裙也合身。姑奶奶说："不要，我们挤一挤，马上过年了可以热闹一点，可以的。"姑奶奶竟然有这种人间烟火气的逻辑，听着非常不相称，像孩子学说大人话。小吴端了一个竹凳来放到门口，姑奶奶叫她还坐老位子也就是自己身边，小吴说她得离厨房近一点，已经烧水了怕马上要开。姑奶奶说让他去好了，"他"指的是那男朋友。檀生拉我一起坐在姑奶奶另一边，他刚弯腰，姑奶奶就说："你们两个换一换。"意思让我挨着她。结果那男朋友让檀生坐了正方形的最后一条底边，而他自己则端端正正抵住一个直角。方桌就这个不方便，比不上圆桌圆滑不得罪人。不过那男朋友好像真是大大咧咧春风和乐的个性，下得厨房上得厅堂，我不由得向小吴赞叹一句：

"你们这位能力很强啊!"小吴还没来得及开口,姑奶奶先笑道:"她自己也能干,很多是她教他的。"怕我不知道谁才是真英雄。

嘴里谈笑着,我早已心猿意马。自从来了潮州地界,每一个饭桌都那么动人。今天桌上简单,每人面前一碗白粥一套骨碟勺筷,中间一个大大的影青瓷盘,里面平平地铺陈着已经分切好了的卤鹅。

我为什么看出是卤鹅呢?因为头天在二姨奶奶家桌上见过。那顿菜虽然多,但卤鹅偏偏离我很远,檀生妈妈偏偏又说"不用给他们夹菜,年轻人嫌我们",偏偏他们还都听了她的话特别尊重我们,所以看是看了竟偏偏没吃上。这暗亏我记在心里,也跟檀生报备了,没想到是姑奶奶给找补回来。

姑奶奶也不让我们,自己端碗先舀一勺白粥吃着,含含糊糊道:"动呀,还等什么,就这一个菜。"我们才开始动。她又一左一右向我和小吴晃晃下巴,"翅膀你们把它分掉。"翅膀一共就两个,意思没有檀生和那男朋友的份儿。但檀生也不需要人家让,已经撅了一块腿肉,我以为他要塞嘴里,结果他竟然放到那男朋友粥上,苦笑道:"哥们儿,咱俩只能互相照顾照顾了。"原来姑奶奶偏爱两个女生他全看懂了,心里明镜似的。那男朋友也扮出满肚苦水的样子,也给檀生回敬一块搁他粥上。檀生专门放了筷子腾出两手给他作了个揖,他也放筷子还礼,叹口气"同是天涯沦落人"。就这样不知不觉间盘子里最大的两块腿肉就没了。我和小吴笑得都快趴桌上了,偷眼看姑奶奶,姑奶奶斜举着碗半挡住脸,莞尔一乐。

"卤鹅我叫他们去买的,我们自己做不了。"姑奶奶一点也不肯居功。

"我们买的时候只剩下一个,我们和人家平分的,头也一边一半。"小吴道。果然只有半个鹅头,但因为是那边特有的狮头鹅,脑奔儿发达,看上去还是很大只。

"你买的哪一家?52号的?"小姨在外间大声问,一边问一边人就出现了,叉腰倚着门框。小吴说不是的,是52号斜对过的一家。"那就是弟弟家。弟弟家卤水比不上他哥哥,差得远了。你应该去哥哥家买的。"小姨摇头。小吴笑道哥哥家早就卖光关门了。"那怎么不早一点去?都知道他们铺子开得晚关得早。"小姨笑道,不等小吴开口又叫,"啊呀,怎么没有蒜头醋?不蘸不好吃的。"小吴只得懊丧叹口气,承认刚刚就发现了,肯定是忘在店里了。

"所以你做事呀,就——马虎!"小姨眉头皱了很深。不知道是不是我多心,觉得小姨好像太挑剔人家,小吴怎么也算是客呀,而且是姑奶奶的客,又不是自家晚辈。

"我们吃粥,不蘸乱七八糟的东西。"姑奶奶嘴里含着粥,勺子划着粥,眼睛也看着粥,打断道。怎么是乱七八糟?我记得大舅还专门分析过吃卤鹅必要蘸蒜泥醋汁呢,醋汁里还要放点点糖,第一口最是甘美无比。姑奶奶为了护犊子连实事求是也不顾了。

"不是乱七八糟,姑妈,不蘸就不正宗,配粥吃也要蘸蒜头醋才正宗。不蘸的话……"小姨还在分辩,灶上烧的水开了,突然尖啸起来。那种带哨子的老式水壶精神状态极不稳定,发作起来从有先兆到抓狂不过几秒钟。小姨还想用更高的音调压住它呢,但一开口就失了声,水壶的攻击性很强。那种凶器几乎不像来自物理,而是一种表态。不愧是姑奶奶的水壶,没白养它,知道护主。到底是男朋友挤出去关的火,小姨守着门明明更近却不去。尖啸停下后又传来呼噜噜噜的水声,男朋友熟练地灌了两个暖水瓶。

等安静下来小姨又开了口,这回说的别的:"初一我们过来,我们过来喔,姑妈?你年夜饭不来吃的话,我们初一给你送过来喔?"

"埋。"姑奶奶闭眼拧了下脖子。

"我们三个,他爸爸也来。"

"埋。"姑奶奶又闭眼拧脖子。我猜"埋"肯定是"不"的意思吧。

"那就还是我过来,菜做好了总要送过来。"

"埋。"

"那我叫穗穗送过来。"

"埋!"姑奶奶终于抬头看回小姨,"一个也不要来。穗穗更不要来,她怎么拿得了东西呢?你做妈的不替她想想吗?真是的。"

"那我们……"

姑奶奶逐渐有一点生气,咽了一口粥后忽然想起了什么,马上放下碗站起来走出去。她身形矮小步子倒快,很快就从她卧室回来。小姨笑盈盈朝着她，手里接下她塞过来的一个牛皮纸信封。"哎呀，我不是这个意思啊，姑妈，好像我是来讨红包的，我不是的。"小姨边说边把手里的信封朝我们晃晃，表示太好笑了，没想到姑妈居然这样误会她。

"我没有红色的信封，只有这个。"姑奶奶端起粥碗看着粥面说，"拜年就不用拜年了。"

小姨笑个不停，向着我们："年也不许我们拜，拜年也不能来拜，姑奶奶真的。"又把没拿红包的手搭在檀生背上，"因为姑奶奶不喜欢人多热闹。"她说，说了一个诠释，也不管这诠释和眼前的情形多么矛盾。檀生背对她只是假意笑笑，没接话茬。我就比较麻烦了，正面对小姨，小姨看着我，眼里明确要求我接收并回复。我也笑："小姨家离得不远，对吗？"

小姨回答很近，骑电瓶车也就几分钟，答完了也笑完了。刚一笑完她就告辞，我们都还没吃几口但也站起来送她。她收拾东西时我才注意到她全身，之前注意力都在她脸上，顾不上她还有个身子。这穿的是什么年代的衣服啊，上边一件浅棕色帆布拉链夹克，链牙没包边完全裸露着，拉头拉到很高，闪着铁光。里面是本白色衬衫。又没人查风纪，风纪扣却扣得严严实实，锁喉似的紧紧勒在脖子上。领子是大尖领子，跟外面夹克的小方领子在风格上是完全相反的表述。下面一条深蓝色的布裤子，一双黑色没襻皮鞋。这是一身七十年代的工人装束，还是男工。小姨这会儿按年龄还不该退休，可听说她已经被厂子买断工龄。

"保温桶我下次来取噢！"她朝里喊一声。可同时小吴已经把保温桶从厨房拿出来，双手捧给她，笑道："陈老师叫我洗干净了，你不用再跑一趟——汤我倒出来，她等下就吃。"小姨没搭腔，一把接过来塞进提包里。

她这个提包，不一般。其实她一进来我就留意到了，只是没工夫细看，此刻她在过厅灯下，这包被追光那么一打，怎么说呢，流光溢彩。满眼是红的蓝的立体薄纱扎花，荧光玻璃珠子莱茵石，粉的绿的亮片，金线银线，边缘缀着大半圈黄的紫的丝绦排穗儿。

这是一个自制的提包。样式虽然跟法国饺子包差不多，但布料是地道的印花粗布，各种装饰显然是手工缝上去的。材料既多细节又密，繁缛复杂看得我两眼发花。

小姨见我盯包，又笑起来，这笑声跟刚才她所有的笑声不一样，咯儿咯儿咯儿地听着很快活。"我自己做的，丑噢？"她举到我眼前。

"很好看啊！"我真诚夸道。心里却非常惊奇，她衣服穿成那样，包却做成这样。好像恨不能把一切锦绣珍奇都集中在包上，一切热爱迷恋都寄托在包上，她自己可以寒素简陋但不能委屈包，她不是包的女主人倒像它的老女仆。包的珠光宝气让我又记起刚才那三颗宝石，和小姨那钢针似的眼神儿，不由自主捯了口气。

小姨其实最终一个字也没有谈起宝石，可见还是能克制住，只是不明白一开始她为什么那么大反应。她的惊讶里带着生气和伤心，我绝不可能看错。惊讶生气我勉强都能理解，毕竟我们头一回见姑奶奶就得这么大一个彩头是说不太过去；但伤心是什么来头这就有点费解。幸好估计我们再也不会见面，年夜饭她们做"走仔"的按规矩都上公婆家去团圆，之后几天也去那边走亲戚，而我们元宵之前就得回北京。所以她这时离开差不多就可以算是和我们的正式告别。檀生本来要送她下楼的，她不让，叫我们吃饭，笑呵呵地自己走掉，没半分钟电瓶车启动的"哼哼哼"就传上来了。

回到饭桌，发现那小两口专门把碗筷都放下了等我们，姑奶奶好像快要吃完。檀生坐下的一瞬间没忍住，"唉……"他长长地吐了一大口气，好像终于把之前默默背负的重物卸下去。我看他这算是完全暴露了他对小姨的观感。我扑哧乐出来。没想到几乎同时，小两口也乐出来，原来大家都一样憋着呢。只有姑奶奶是淡淡笑笑，有点无奈，有点愁。

重新拿起筷子的感觉真好。这下我才算真正能尝明白潮州卤鹅的滋味。

跟大舅说过的潮式清甜不同，卤鹅是浓甘。相比清甜的开放悠扬，卤鹅的浓甘静止聚敛。因为是凉菜的缘故，鹅肉即使切块盛盘，甚至近在咫尺也不觉得香味多么强烈，好像香味并不针对嗅觉，只献给口腔。也不知道潮州人用了什么手段，像拉上帷幔使这浓甘不流散不挥发，牢牢地蕴藏在鹅的肉身上。潮州菜就有这个厉害，安安静静不乍呼，也没什么玄虚阵仗，压根儿也不急于诱惑你。但它又料定你会就范，只要你张嘴。

"吃起来没完啦，一块接一块的——你粥早都没了……"檀生阴阳怪气道。他是我在这餐桌上最强劲的对头。

我不喝酒不懂得酒的好，之前小舅说卤鹅适配任何酒，果酒粮食酒，连洋酒也可以的，他全就着卤鹅喝过。他说这话时大舅又听不惯又批评他："酒喝那么多伤身体的不知道吗？"但自己转头又向我们殷勤举荐本地揭阳的一种什么老牌子酒，说是世上唯一与卤鹅相得益彰的。今天我觉得白粥才是卤鹅的顶配。我想象酒太强大了，要同卤鹅争抢，而白粥甘愿托举着它，像那些古典雕塑的底座。

"全部吃完，不要留下。"姑奶奶放下碗。我忽然发现她似乎一块鹅肉也没碰，骨碟里没有骨头，只有一个像枣核似的东西。旁边有一小罐黑乎乎的什么酱料，她刚才倒是用小勺盛出来一些放在粥面。

"陈老师吃粥只吃一个橄榄菜，我们这里的橄榄菜。陈老师每次都是先把一只橄榄吃掉，这个是橄榄的果核。"男朋友笑道。他看我看骨碟，知道我有疑云马上赶来驱散。姑奶奶端过小吴兑了新开水的茶杯，扭身望着窗外："咦，什么时候落过雨了？广播里面没有讲啊。"

但雨已经渐渐停住，远处水雾并不阴沉，是明净的晴岚。窗户望出去正对一个背静的丁字路口，姑奶奶这楼房刚好在那丁字的一横上。一竖则是个瘦长的小巷，两边挤着老房子住家户，户门看着都像后门，前脸不知朝向哪里。小街在通往大街的过程中被几蓬浓密的树冠打断了数次。刚才雨应该不小，好些人家房顶的晒台上积出水滩，映着天光。除此，雾气里还有一些星星点点的闪烁，看久一点才知道是晒台的栏杆。那些老房子都泛着深深浅浅的砖石灰，色彩原来留给了晒台的栏杆。栏杆一根根被打磨成酒瓶形状，细颈鼓肚子，表面似乎裹了一层晶莹的琉璃釉衣，碧绿泛蓝，蓊蓊郁郁，远看是一溜整整齐齐列着队的玉壶春，像一个爱喝几口的家庭经年累月攒下的。整条小巷很静，却又能听见急忙忙跑来跑去的木底拖鞋的声音，"夸脱夸脱夸脱夸脱"，来自树下檐下。

"等一会儿你们就从这条路回去，近。"姑奶奶朝窗外扬扬下巴说，"走去大路上，两个大转弯就回到你们来的路。"

"大转弯是怎么转啊？"檀生茫然，以为是什么本地土话。我解释说大转弯是左转弯，右转弯是小转弯。再看姑奶奶，她果然在微笑，因为这是上海人的老说法。

十四

那男朋友送的我们。小吴可以留宿，他不行。他说要赶班车回韩师，也就是韩山师范学院，宿舍里睡一晚明天再来，这一向天天如此。檀生对他印象很好，很替他不容易："哥们儿，你这恋爱谈的，跟打卡上班一样啊，太辛苦了。"男朋友傻乐，很甘愿的样子："陈老师家实在没地方，只有小吴有一张行军床，陈老师给她准备在那里的,她可以睡。"

"哦,对啊,就是我们去的时候你还在睡呢,原来你就只有白天才能睡。"檀生心疼地揶揄道。

"不是不是,我睡的是凳子,凳子接在一起可以睡的。行军床白天要收起来。"男朋友傻乐,很甘愿的样子。

檀生朝我咧了下嘴表示震惊,什么嘛,明明有床也不给人家睡。我憋着乐,这哥们儿米也淘了粥也熬了,围裙也围了暖瓶也灌了,到头来还得睡凳子。这可是潮州啊,以偏疼男孩子出名的地方。我们目送他奔去班车站的背影,好像他背包里的东西特别沉,他虽然使劲蹦跳了却根本离不了地。他大喊大叫让班车等他一下,嗓子也是沙哑的。檀生叹口气,我以为他要说几句哀怜的话,结果他开口却是埋怨:"老太太真够可以的!"这共情到深处了。

可话音未落,他就一把拉住我的胳膊:"快快快快快快,快拿出来拿出来拿出来!"急不可耐乐不可支要翻我包包。我按着不叫他抢,这么宝贵的东西怎么能在街上——哎呀,哪里抢得过他,他还从丝绒盒子里取出来托在手心里瞪眼看,两个指头捏着举到半空里虚着眼看。街灯忽然亮了,他又转向街灯,上上下下翻过来覆过去地看。我急得跳,跳起来也够不着,只得仰头沐浴在宝石们的光芒下。仰着仰着,我的嘴就不由自主地咧开了,不由自主就垂涎三尺。尤其红宝石,它要滴落到我嘴里,该是那种醇厚甜浓的滋味吧?

"我们来的时候经过一个中药铺子,记得吗?——我看见他们柜上有个很小的土秤，老式带秤砣，杆子标刻度的。"檀生一边掂着分量一边嘀嘀咕咕，同时东张西望开始找那药铺了。这真是胡闹，做袖扣的宝石能重到哪儿啊，还抬不抬胳膊了。

"哼哼，我就记得小姨看我那眼神儿。"我阴森森答道。这话效力大，檀生俩胳膊立刻没了劲道垮下来，笑也僵住："那我没看错，她那眼神儿不对劲——像怪咱们不懂事似的。"他努力去想为什么，越想越不明白："小姨最蔫的，他们姊妹里最老实胆小的，平常只有笑脸儿的……"

"我看她那意思，"我提出一个惊人的猜测，"像我们抢了属于她的东西。"檀生愣了半天才说了一句："没错儿，我感觉她想动手了都，后来回过神自己忍下去了吧。"

可我们怎么也想不明白她一个做长辈的跟我们有什么好争的，而且姑奶奶的东西想给谁给谁，关你小姨什么事呢，就算她不给我们，难道就归你小姨了？还有最难理解的，她竟然还伤心，有那么一瞬间，她眉毛从倒八字垮塌成八字。

"所以她这劲儿真是莫名其妙——女的嘛。"檀生归纳。我本来最不喜欢这个归纳，但一时也没法说什么。他接着又松口气："我听二舅说的，二姨小姨她们都不跟阿嬷这边团年，她们不算老陈家的人了——所以幸好，不用再见面。"

幸好。

有了这个幸好作保障，我们轻松了很多。檀生一朝财大气粗，马上就乐善好施，已经决定把他这份儿礼物献出来，说重新镶成一对儿耳坠给我戴，戴去办公室向同事们夸耀：长长碎钻链子垂到肩膀,末端缀着红宝石,头甩大一点幅度两颗宝石还会相撞,发出刺眼的强光和哐哐巨响。又说献给他妈,打成俩戒指戴在中指和无名指上,能非常有效地遮盖长年积劳引起的关节变形。又说献给我妈、他爸、我爸、他阿嬷、我外婆、他姑、我姨,等等,许了无数人家儿。边走边吹,得意忘形,路过药铺时我也没敢提醒他,还专门侧身挡了下柜台上躺着的小土秤。

到家时他们早已吃过饭。

"给你们留了汤,怕你们吃不饱。"二舅妈正在堂屋角落里拖地,看见我们回来马上把拖布靠墙放下,"我去烧热。"说完,就要往厨房去。她做事情从早到晚不停。我赶忙拦下她。她悄悄问:"姑奶奶给你们吃的什么呀?啊呀,吃鹅肉呀——了不起了不起……"

二舅三舅和檀生爸爸在堂屋正中围着茶几喝茶。再一看是来了客,他们正陪着说客套话。檀生本打算一进门立刻就举行名贵珠宝博览会的,只好强行忍住。

三舅负责泡茶,专注得顾不上看我们。二舅边跟客人交谈,眼睛却瞟我们,他的微笑是皱着眉头的,我理解这里边有点惊羡的意思。按他之前的部署,我们应该既拜访了,又没打扰到姑奶奶,既恭敬殷勤,又矜持严谨,总之一切都刚刚刚刚好,足够证明他对礼数的研习和执行已臻完善,走遍潮汕也挑不出毛病。但他绝没想到还能锦上添花,我们竟然被姑奶奶留下吃饭,试问举家谁曾有过这份殊荣?他的微笑里饱含着不敢相信。

檀生爸爸也皱眉微笑,眼神儿也透着迟疑,却不太一样。好像有不便当着人说的话,还不是一句两句。只告诉"你妈她们在后面",朝背后努嘴。檀生敷衍两句就拉着我往后面去。后面的卧室是阿嬷住,再往后是一个连着厨房的小院子。檀生往院子一看没人,扯开喉咙就要喊妈,但嘴刚一张忽然就见鬼了似的失了声。我顺着他目光一看,阿嬷门外的竹椅上,有个提包歪在那儿,红的蓝的立体薄纱扎花荧光玻璃珠子莱茵石粉的绿的亮片金线银线边缘缀着大半圈黄的紫的丝绦排穗儿,怎么说呢,流光溢彩。

檀生走上去捏了捏提包。"湿透了,"他瞪向我,"下雨那会儿来的。"说着下巴就吊下来了。

"那,来半天了。"我下巴也吊下去。

十五

檀生敲了阿嬷的门,没回音。他高声笑道:"阿嬷,我们回家了,我进来——""了"字还没说呢,就听见里面厉声呵斥:"干什么啊唐僧,走,我叫你走!走呀!出去呀!关门!"是檀生妈妈,火气很大。檀生忙不迭退出来关上门,却低声惊呼道:"在哭,都在哭。小姨、我妈、阿嬷,仨人儿都在哭。"

十六

那天晚上小姨待到九点过还没走。

我们忐忐忑忑回到楼上房间，坐着发愣。也没看电视，也没去洗漱，睡觉更不用说了，连外套都没脱，因为知道妈妈必然要来找我们。凭我们怎么想也想不出她们为啥凑一块儿哭。妈妈最近几天频繁落泪我可以理解，回乡嘛。可阿嬷，我还以为阿嬷作为老祖宗早就超脱了凡俗的七情六欲。小姨哭简直就更怪了，从姑奶奶家离开时明明笑嘻嘻的呀……到底哭什么？跟宝石们有关？多半还是因为我们得到了不配的东西。但这还不容易吗，只要一声令下我们立马吐出来不就完了？难道我们还能死攥着不交？本来我们也觉得拿着不那么合适。只要一声令下，檀生妈妈应该有这个自信，对我们两个她是很了解的呀。哭啥呢？

我们靠窗台坐，听着外面公路上的货车呼啦呼啦地冲过去。马上要过年，货车急了。公路安静下来的时候，能听见隔壁邻居家的电视，是翁美玲那版《射雕英雄传》，黄蓉娇滴滴叫着"靖哥哥，你看……"，同时娇滴滴的音乐也响起来。刚响起来就又被货车的咆哮打断，这回是个车队，咆哮连上了，我们也失聪了。公路是个很怪的地方，一会儿发出巨大的噪声，窗框都被震得哗啦哗啦响，一会儿又万籁俱寂像回到上古。噪声虽说是车辆发出的，可人们追不上车，只能把怨怼抛给公路。而归于宁静时，宁静并不正常，仿佛分贝下降太快来不及反应，声音坠毁了；或者遇到反声，本该抵消但抵消不了，一刹那弄得天上地下到处是声音的残骸残渣，不仅给不了人宁静还要夺走宁静，只剩下凄厉。

檀生去关窗户，刚探出身就说："哎哎，走了走了，小姨走了，终于。"果然有电瓶车的声音，又很快消失在公路上，"没人送她，小姨自己走的。"

我估摸檀生妈妈很快就会上楼，因此跳起来就去抬椅子，摆成品字，一番长谈免不了。丝绒盒子我也取出来放到小茶几上，相当于表了个态，怎么处置完全看妈妈您。我一说咱们直接上缴吧，檀生并不赞成："干吗呀，转送给我妈他们是咱俩的自由，上缴咱可没这义务。上缴我不乐意，听着别扭。要我说干脆——"

"出来。"是檀生妈妈的声音，她只敲了两下门并没进来，"你们两个。"

等我们出去，吓一跳，"多功能厅"里的三个红木沙发已经满员，二舅和三舅坐最长那个，他们中间窝着阿嬷，阿嬷平常很早就上床的。妈妈坐右边一个单人沙发，爸爸坐左边一个单人沙发，他一直仰头看天花板。二舅妈没落座，靠着檀生妈妈的沙发背站着。这一大屋子全部的人脸，没一张有一丝笑意。我们俩本来有，马上也就挥发了。

"唐僧，你把那个彩色灯泡关掉，"妈妈说，"乱七八糟的。"

口气不善。她之前还表扬过"多功能厅"的布置呢,说这闪烁的彩灯"又喜庆又乐(热)闹",有浓厚的"节日气昏(氛)",现在突然就乱七八糟。

"大姐,我出去一下嚯,"二舅妈道,"阿煌在隔壁邻居家看电视,太晚了,我要去抓他回来。"说着就往外走。檀生妈妈一把拦住,"不着急,就几句话问完,你们都在比较好一点。"二舅妈只好去拣了一个矮凳,放到檀生妈妈斜背后坐下。

檀生妈妈好像是这个场面的组织者,严肃里似乎带着点悲情,刚才哭过嘛。她胳膊向她二弟眼前一杵,同时急促地抖了几下,叫他:"开始——你讲,你来问。"

"好好——出现这个情况呢,是怪我,是我的处置措施不妥当。"二舅开口,完全是反思医疗事故的语气。他大姐一听就急了:"说些什么呀,不要东拉西扯!"二舅赔笑解释:"没有没有,我慢慢问,太快的话他们听不明白……"

"有什么不明白!你直接问,阿嬷要睡觉了,谁有时间听你绕圈子,直接问!"檀生妈妈在扶手上咚咚咚捶了好几下。

"我马上要讲到呢,"二舅笑道,"假如说,你们,没有,带礼物去,可能,姑妈也就不会给你们……"果然还是为了宝石们。

"哎呀,你不要讲了,等你讲要等到天亮了!"檀生妈妈粗暴打断他。

"不是啊二舅!"檀生回答,"我们也没想到姑奶奶的回礼这么重,我们当时也不能不接啊,不接就太没礼貌了——"一听这话,二舅马上转向他大姐:"对的,是回礼,是回礼,大姐你听见吧,我就说是姑妈回……"檀生妈妈不理二弟,两眼只看定儿子,用手指着他鼻子厉声问:"唐僧,你告诉我,你跟阿嬷、跟舅舅舅妈大家讲一下,讲清楚,那个红宝石绿宝石,是姑奶奶拿出来叫你收的,还是你自己张口问姑奶奶讨的?还是——"

没人打断她,是她自己突然就没了声音,那一瞬间她看着儿子的脸。

我顺着她也看到她儿子的脸,好家伙,檀生的脸上突然就笼上一层青晕,嘴唇也透紫,整个皮色像掉冰窟里冻坏了。他不吭气,大剌剌地从兜里掏出烟和打火机,打算点上,当着他妈面。他妈看着他,全神贯注等他回话,居然也没阻止,要搁平常早就说他了。檀生却又没点,只是轻声说道:"跟这儿审问呐?是小姨说的?说我朝姑奶奶讨宝石?"

"你不管谁说的,你当着阿嬷、舅舅舅妈讲清楚,宝石到底是怎么样拿到的,讲清楚就好,其他你不用问。"妈妈虽然施压,眼里却是央求,虽然看着檀生却又不断瞄我。我忽然懂她意思了,她需要我们向舅舅舅妈阿嬷他们出示清白。

"我们可没有讨,是姑奶奶自己拿出来的,"我朝妈妈说,"我们看见盒子里装的是宝石也吓了一跳。"我不看舅舅他们,眼里只有妈妈。她使劲示意我朝着他们剖白,可我偏不。老实说我也有点不乐意了,这怎么看我的啊。然而我余光里瞟见舅舅们,差点没乐出来,他们比我们还受罪似的,既没看我,也不看檀生,更不看他们大姐,连基本的好奇心都没有,更别提什么审不审了。三舅低着头苦着脸,二舅把肩膀耸得老高,恨不得把脑袋缩进胸腔里，倒好像是他们干了索讨宝石这种下流勾当，被我们揭发后无地自容。而且刚才妈妈对檀生说那么重的话，二舅三舅都吓坏了，刚要替外甥打圆场，却被大姐迅疾甩去的目光一把掐哑了喉咙。

"姑奶奶老说这两个宝石很普通，不是什么值钱东西，叫我们戴着玩儿。"我把情形大概说了一遍。说到姑奶奶当时并没有多么郑重，甚至可以说是很平淡的表情，舅舅们才抬起眼，频频点头，二舅还嗫嚅道："姑妈她就是这样子的……"妈妈也点头，焦虑似有缓解，可还不放过我，继续诘问姑奶奶具体怎么收的我的礼物，我跟檀生有没有夸大我们礼物的价值，姑奶奶对我们的礼物有什么观感，等等，穷追不舍。她这是进一步要求我证明，姑奶奶不是受我逼迫而不得不回个厚礼。哎哟，她问得这么毒辣，换了别人不了解她的苦心那肯定早就翻脸了，比如她儿子到现在还在虚着眼睛蕴着满腔怒气呢。可我不得不承认，她这一招虽然风险大，收益却更大，这个问题答好了就彻底清白了。我捯了一口气，回答道："姑奶奶拿着我捧给她的丝巾，真的没有一丝儿波澜，好像这类东西她早见惯了，一点都不觉得有什么特别……"

妈妈不断示意我转身朝着陪审团申诉，我只好转，一转我都能听见自己脊梁关节咔咔响。二舅一见我正脸马上抢先笑道："就是啊，姑妈什么眼光？她见过大世面的呀，我们全部全部加起来都没有姑妈……""你听她讲！"妈妈喝断他话。

我又说了姑妈真的不稀罕我们的礼物，甚至也压根不稀罕她自己的礼物，就好像她那里恰好多出这两块儿宝石，她拿它们没用，既然我们去了就给我们，而已。听我说完他们都乐了，妈妈终于松了口气，舅舅们瞄着大姐的反应，马上也就松了口气。檀生爸爸还是没表情，上身一动不动靠在沙发背上，头仰得很高，眼睛早眯上了，只有两条腿时不时晃一下表示醒着。二舅妈边笑边站起来又想要离开，可没了理由，阿煌已经回来了，正洗漱呢。檀生妈妈依然不让她走："急啥啊？"笑道，接着颈子又往前一伸，隔着二弟向阿嬷说了一大串潮州话，似乎是替阿嬷梳理了一遍案情，最终还摇着手下了结论，听着像是说："他们没讨，是姑妈自己给他们的。"阿嬷微微一笑。

"小姨到底怎么说的？她怎么知道是红宝石绿宝石？她来的时候盒子都关上了。"檀生问，等大家刚刚安静下来。他脸上的青晕还没褪尽，一看就还在那儿气鼓鼓地想要干点啥。"她怎么知道的？她怎么跟你们说的？"他见妈妈不理他，竟然噌地站起来，"三舅，你骑摩托了吧？"那意思是要用三舅的摩托干点啥，都知道他想干啥。三舅啊啊啊含含糊糊不敢作答，眼睛看向他大姐。

"你干什么？你要骑摩托去找小姨对质吗？"檀生妈妈笑道，"小姨没说什么，就夸你们懂礼貌，眼光好，识货。"

识货，夸我们——"识货"。这个词平常我老用，用在自我吹嘘上，可这会儿意识到它的意味真不稳定，小姨把它用在我身上，这个词就咕嘟咕嘟冒着阴阳怪气的泡儿。

我不知道哪根筋崩了，突然就生了气，心一横，把小姨看见丝绒盒子当场变脸,眼神复杂口气奇怪,这个那个都说出来,怕说不形象我还拿自己眼珠子演示了一下。

"对!"檀生肯定道,"就这样的!——目露凶光吧!"

二舅三舅看着我的脸,完了对看一眼,苦笑一下。二舅妈也苦笑一下,又别开脸。檀生爸爸还是朝后仰着看着天花板,表示完全不想掺和。阿嬷又看着膝盖不抬头。檀生妈妈也哑了。

"她又跑过去做什么呢?姑妈没讲叫她去啊,既然叫两个小的去了。"二舅皱眉,"没叫她去她自己跑去的,去做什么呢?"檀生回答:"说是送点心。"二舅吃惊道:"送点心?给姑妈送点心?姑妈叫她送点心?"我们摇头说不知道。二舅又一沉吟,忽然问是不是有谁告诉小姨,姑妈请我们去做客了。二舅妈说小姨下午来过电话问家里这两天的安排,就顺便跟她提了一句。二舅苦笑笑:"呐,言者无意……"二舅妈不答,三舅接过去:"听者有心。她不放心。"

话讲到这个程度,我跟檀生都听出来了,小姨怕真的是提防姑奶奶跟我们"私相授受",结果越提防的越是要发生。

"她长的火眼金睛吗?"三舅笑道,"隔着盒子都知道里面是红宝石绿宝石——可能姑妈家的情况她都摸透了。"

"噢,对对,我居然忘了!你们拿出来,快一点快一点。"檀生妈妈又急起来,胳膊冲我直划拉,好像晚一刻宝石就要化了似的。"啊呀,真的是红宝石绿宝石啊!"从我手上接过盒子时她尖叫一声。仔细看了个遍,她又回身递给二舅妈,但二舅妈只含笑溜了一眼并不接。她又递给檀生爸爸,他更只翻了白眼晃了晃头表示没兴趣。二舅三舅也光看不接,最后给了阿嬷。阿嬷托在手心里细细地看起来,还叫把老花镜递给她。

二舅笑着看我们:"那么是怎么留你们吃饭的?"终于可以谈到他心爱的话题,"这个我没想到,之前讲得很清楚呀,不留你们,对吧,讲好的?"他对个中细节充满兴趣。我把姑奶奶对上海的怀念介绍一遍。二舅点头:"这个真就只有你能同她谈一谈了,上海我们还没有去过,北方我最远也就去过武汉……我们谁也没吃过姑妈的饭,这次你们是很有光荣了!"

忽然檀生妈妈拽住我手走去厅外面,远出八九步才低声道:"这次,这些宝石,你们不能要。"竟然又是央求的口气,"姑奶奶的宝石,虽然给了你们按理就该是你们的东西,但是,这次你们不要好不好?"我嬉皮笑脸说当然没问题啦,檀生路上还说要另外镶成戒指给您戴呢,或者您跟我妈一人一个配上金链子挂脖子上。她听了又一阵焦急,使劲扯了下我腕子:"不是不是,咱们家谁也不能要,咱们就不能把这东西留下——你喜欢宝石咱们回北京我买给你,妈妈带你去菜百[1]挑,我们买得起的,你不用担心——但这次姑奶奶的宝石我们不能要,好不好啊好不好?"

我鸡叨米似的一劲儿点头,因为听出来她话里藏着的忧虑,远大于字面上显现的得失:"您放心吧,我明白的,本来我就觉

---

[1] 菜百:"北京菜市口百货商场"简称,二十世纪九十年代菜百的金银首饰柜台非常出名。

得这礼物太重了，我们那会儿都有点犯晕呢……您说怎么办就怎么办，我们听您的。"她听了这话眉心松开一些，点点头，但好像也没那么地如释重负，忧虑仍在那里："也不是轻重的事，按说姑奶奶的东西她想给谁就给谁，你们小辈也应该恭敬不如从命，其他人没资格多话的，但是……你记着我说的，回北京咱们上菜百挑你喜欢的啊！红的绿的白的蓝的都行啊！"

正说着檀生跟出来了，劈头又问："小姨到底跟你们说什么啦？冤枉好……"他妈却懒得跟他啰唆，一把拽过来凶道："什么冤枉好人，你别胡说八道！——就这两天，你们去趟小姨家，带上过年的红包我早就准备好了。""过年的红包？我们给谁啊？给小姨小姨夫？"檀生瞪眼，"哪有晚辈给长辈发红包的？就算他们穗穗比我小，跟我也是平辈……"但他妈连听也不听完就走回客厅，进门就听见她说："好了，跟他们两个讲好了，宝石他们讲绝对不敢收的，这么贵重的东西他们说拿着心虚怕折寿，就交到这边吧。然后过两天他们去趟小妹家里。"又伸头出来嚷："去啦，去睡觉。"叫我们。

我们怎么好说走就走，又折回去向长辈们道晚安，结果他们也散了往外走。就听见檀生爸爸从沙发里挣扎着起立，长叹一声。妈妈笑道不用叹气啦，这下都解释清楚了呀，当着阿嬷舅舅舅妈，都解释清楚了呀。可爸爸哼了一下，大声说："解释什么解释？！——清者自清！"听得出来，今晚这个家庭会，他从头到尾都憋着这四个字呢。

等走出来，他轻轻拍了拍檀生的肩膀，又看着我点点头：

"想什么呢真是！"爸爸冷笑道："刚见面就朝人讨东西，我这辈子还没见过这么不要脸的——大栅栏儿的叫花子都不介。"北京老先生字正腔圆。檀生搂着他爸朝我一笑："俺爹向着俺们。"他爸却正色道："你妈更向着你们，合着你没看明白？"

二舅走到我面前，又笑问："那么对你们这趟拜访，姑奶奶有什么评价吗？还是很有意义的，这是家里孙辈代表第一次——"他难道想姑奶奶给咱们发面锦旗吗？我真不忍心扫他兴，可我又没法不说实话："二舅，其实姑奶奶我感觉她一点都不像那种老派，她不端架子，她无拘无束的。""嗯嗯嗯嗯，她是比较跳脱的……"二舅笑道。

"对啊，她对礼数啦规矩啊好像不那么讲究。比如我捧给她的丝巾，她随手就递给她学生，叫她学生看设计，哈哈，马上就开始探讨她们自己专业上的事……"

"学生？"二舅停下来，扶着楼梯栏杆。我们正往一楼走呢，"是不是那个女孩子？姓吴的那一个？"

我说是啊，就是姓吴。

"她也去了吗？"

我说她就在啊，好像这些天她住在姑奶奶家，对，姑奶奶给她准备了个行军床。

"啊，住在家里？"

我说对啊住家里，不过只有她能住，她男朋友不能住。

"男朋友？她男朋友也来了？"

我说来啦，男朋友天天来，跟打卡上班一样。

"那么——今天小姨去的时候,他两个也在的?"

我说在的。

二舅明明已经目瞪口呆却还要使劲掩饰,脸弄得十分扭曲。

"那么,小姨见到那个吴学生,她,有没有,就是讲,小姨有没有……"二舅小心翼翼地问,像去点一个引信很短的鞭炮,"两个人,她们,就是讲,小姨和吴学生她们两个人,有没有……讲话?"

嗐,我当是啥呢。"她们当然讲的。"

"讲的什么?"

"没讲什么呀,全是家常话,零零碎碎的。"

二舅假笑道:"嗯嗯,是吧。那么晚安,你们快去睡了。"刚跟着他们下楼来,又驱赶我们上去。

然而我们刚进房间,门还没关呢,就听见二舅喊大姐大姐夫,结果他们几位竟然又进了一楼的堂屋,嘀嘀咕咕地又开上会了。我把门留了道缝儿,想凑上去听听壁角,后面一条胳膊伸过来砰地把门关上,檀生低吼:"别掺和啦!你还不累吗?"急得带出哭腔。真的,今天累得快吐舌头了。

十七

夜里完全没有货车,公路解甲归田,做回一片荒寂的菜地。这样能听见风吹草动、风生水起的宁静才算宁静。

忽然,对过路边传来呕吐声,哇一声紧接着稀里哗啦,又哇一声又稀里哗啦,哇了四五声吐了四五摊,最后一下应该把脏腑都吐出来了吧。却马上叽里呱啦开口说话,原来是个醉汉,说什么一句也不懂,听情绪像叫屈。陪着的人也说话,努力地哄劝他。再过两天就除夕了,再委屈这一年也翻过去了。

唉,我叹口气。

我睡不着。连摸都还没有亲手摸过一下呢。在姑奶奶家我没敢把它们从盒子里取出来,在路上又抢不过檀生。刚才上缴更是连盒子一起。我不知道它们到底什么手感啊,光芒既那么刺眼,那棱角是锋利的吧?如果离了盒子,它们还会沉甸甸吗?它们凉吗?冰不冰手?凑近使劲看的话,会看到里面的微观世界吗?

绿的我是一眼就瞧上了。我要用它当坠子,坠在一条极细弱的铂金项链的中间,搭配那件棕色的高领毛衣。那毛衣等它已经等了好久;或者那条墨绿色府绸的大摆裙子,它可以扮作蕉叶上的一颗露珠。红的叫我犯难,不好配啊,门槛太高了。如果檀生给我一颗,我还是想做成项圈,用根狻皮绳子一绑,穿V

领衣裳用得上。如果给我两颗,那就只能做耳坠,但不能拖泥带水吊很长,而且碎钻都得去掉,单留两团浓烈的殷红贴着耳垂,唇膏要么更红要么干脆发黑,不然逊色。至于穿什么衣服蹬什么鞋梳什么头背什么包,那就且琢磨且推演了,绝不是今天一晚上就能定下来。

它们到底值多少钱啊?三千?五千?八千?——还是上万?姑奶奶老说"不值钱不值钱",不值钱是多少钱?总有个数儿吧。也许姑奶奶过于有钱。也许小姨过于没钱。也许真的不值钱?我忽然想起莫泊桑的《项链》。

我们倒是上缴了,上缴到哪里呢?散场那会儿好像不在檀生妈妈手上,她一说话就老拍双手,拿不了东西。爸爸从客厅出来时两只手也是空的,一只手拍檀生肩膀,另一只手也需要配合说话。二舅妈一出来就急急忙忙去了他们卧室,查看阿煌睡没睡,完全没有携带宝石应该有的稳重。三舅往外走时两手没闲着,一只手拎着他的包,另一只手边走边浑身掏摩托车钥匙,再说这事分量不轻,应该不会落在三舅头上。二舅是跟阿嬷一起出来的,我越过人丛只能看见他们上半身,记得他们在后面停了停,好像商量了几句,阿嬷还缓缓点了点头。宝石应该交给他们母子保管了吧。

他们咋保管呢?保管到哪一天呢?等我们走了就还给姑奶奶吗?这不是叫姑奶奶难堪吗?二舅怎么开口?这话怎么圆?妈妈只顾着还我们清白,却把烫手山芋扔给了二弟。

唉,我连摸都还没摸一下呢。

十八

"龙门共仰无双景——"檀生爸爸说完抿嘴一笑,歪头望着檀生妈妈。阳光里他的白头发白眉毛晶莹剔透。见妈妈笑而不答,他佯怒道:"你都忘了?!"妈妈还是不理他,嘴一瘪眼一闭脸甩到旁边去,眼睁开时却又嘻嘻嘻地笑。

"——珠浦先开第一亭!"爸爸朗声说道,"哼!"又拿手里折扇朝妈妈后肩上敲了一记,怨她,"陈锦屏!陈锦屏你什么记性!"连大名都叫出来了。

"陈芝麻浪(烂)谷子。"妈妈很喜欢娴熟地运用北京话对付爸爸,以其人之道还治其人之身。

昨晚下过雨,今天阳光格外清透。南国早春的晴朗像北方夏末秋初交接的一刹那,虽然已经温柔但总冷不防混着几绺儿毒辣。檀生和我都怕热,一路走一路专挑大榕树树荫躲着。爸爸却呈现出一种自相矛盾,他完全走在树荫外阳光下,却又把折扇打开遮住头脸。再仔细一看更矛盾,原来那雀屏似的扇面被他用来挡头顶,用来挡脸的是扇骨,扇骨能有什么遮蔽的功能呢,跟不遮没区别嘛。而且这一路他老是乐颠颠的,没人跟他说话他脸上也挂着"谈兴甚浓"的劲头。刚才大家跟着他走进一座凉亭,他还念起古诗来了,文艺腔调十足。檀生早说过他爸是军医出身,文史上头实在有限。

爸爸被太阳晒得腮泛桃红,歪头问我道:"不明白是吧?我念这两句——檀生你别说别说。"檀生本来揽着我肩膀,闻言手一撒,"嗨——"一声往前蹿了,跟害臊似的。他爸爸哈哈哈哈,手里折扇打开又合上打开又合上,笑得十分甜美。

今天我们出门特别早。吃早饭刚端上粥碗就催我们快吃快吃,刚吃完就催我们赶紧收拾好往外走,刚走到外面就莫名其妙地已经上了车,刚坐稳了车就朝市区急奔。这么紧张我还以为又要去拜访个性跳脱的长辈,赶一个人家不至于怪罪的时间上门,忽然意识到今天催我们的是檀生爸爸而不是二舅,是爸爸不停地督促大家。我们睡眼惺忪下楼时,他早都梳洗打扮好了,早饭也率先吃过,坐在心仪的酸枝木沙发上等我们,不靠靠背,脊梁挺直,已经有点不耐烦的架势。头上鸡蛋壳帽子没戴,手里多了柄折扇,说今天太阳大需要遮一遮。等上了车才往靠背上一仰,说今天去——西湖公园,而去西湖公园游玩是他按捺已久的愿望。二舅也怪,天天陪我们今天竟不陪了,只叮嘱中午会合,一起去一家老馆子吃饭。还说在那老馆子吃饭是"很具有纪念意义的"。说完他同他大姐夫哈哈大笑,向往"意义"的两个人很默契。

结果真的不用他陪,到了西湖公园,爸爸就表现得非常熟悉路线。好些景点比如渔筏啦虹桥啦涵碧楼啦,他一口一个一口一个,完全脱稿,跟专业导游一样滔滔不绝。我跑去看石碑上的介绍,知识点一滴不漏。我想他之前当然是来玩过的。问他,他笑道："何止来玩过，潮州当地人比我更熟悉西湖公园的只怕也没几个。"

"你退出去看看柱子上的楹联。"爸爸得意扬扬。我们这时正在湖畔一个古旧的亭子里。我刚退到外面，他又大喊一声："念！"

"龙门——共仰——无双景，珠浦——先开第一亭。"我念完才发现正是他刚才背诵的那两句，"嚯，您这就背下来啦，厉害厉害，过目不忘啊！"我捧道。

"这可不是刚背下来的，我背下来是四十年前的事——这亭子叫龙珠亭，"他拿折扇点点亭子顶，又遮住自己右半张脸，眯眼笑道，"是我跟他妈妈第一次约会的地方。那会儿我们谈恋爱，经常背着你们阿公，偷偷跑到这里接头——啊，真的，龙门共仰无双景……"他沉醉道。

难怪檀生逃掉。

我也想逃啊，哪里有勇气听长辈们的罗曼史，对他们的情情爱爱别说完全没有一点求知欲，就稍微想想都汗毛倒竖。但眼见爸爸已经沉浸于无限追忆里，正一边清嗓子一边在亭中靠椅上徐徐坐下，我哪里逃！

十九

"他妈妈年轻的时候太俊了。"爸爸叹口气,无可奈何道。他是老北京嘛,俊念作 zùn。不过这开场白可真俗啊,"陈词浪(滥)调。"我心想,用妈妈的口气。可能想得太大声被他听到了,爸爸马上很严正:

"我们那会儿的好看是真好看,不像现在,涂脂抹粉儿描眉画眼儿,那会儿没那些个。"说着又乐了,"他妈妈还黑,脸黑胳膊黑,健康的黑漂亮的黑,人家给她起外号'黑天鹅'——但我不敢叫,这么叫她我就得挨掐,"爸爸呵儿呵儿呵儿乐得收不住,神秘道,"你知道她掐我哪儿?"吓我一跳,这我哪敢瞎猜啊,万一猜对了可怎么好!"这儿——"他转身背对我拿折扇指着自己后颈,"掐我后脖颈子,使劲儿掐啊——哎呦呦呦呦……"他叫起来,好像又感觉到疼了,回忆得活龙活现。

妈妈的确是黝黑的姑娘,我见过照片,虽然是黑白的,唯其没色彩,她的黑才更鲜灵。那是张单人半身照,六十年代一个夏天,她已经来到北京,在北海公园门口。她穿短袖衬衣,皱鼻子咧嘴笑,烈日炎炎也不知道躲。她一手拢着肩头的挎包带子,一手按住被风吹得倒竖的短发,腕子上系一条手绢。她的黝黑把衬衣、牙齿和手绢都衬得雪白。

妈妈的脸一看就是陈家的，面颊狭长，皮色黝黑，浓眉深目鼻梁高挺，跟她几个弟兄一样。老实说，她在女人里不如他们在男人里那么好看，可在那个以白为美的时代非常特殊。

"太俊了。"爸爸说她。他给她单独归了一类：不是秀美娇美，就是俊。俊原是说男人的，英俊俊朗，可"俊"当它念 zùn，那就是专门留给姑娘用的，说的就是姑娘中矫健英气的一类。

"那会儿我们俩打羽毛球，我胳膊都累酸了她还没够儿呢！"

"啥，您那会儿还打羽毛球？"我惊讶。

"你这话说的，羽毛球当然那会儿就有了。唉，年轻人是不是都觉着啥啥都是你们这会儿才有的啊！"他白我一眼，"她样样儿都好，上哪儿都出类拔萃。"

爸爸并没有吹牛，大舅二舅三舅小舅都说过差不多的话，因为他们小时候在学校里各自的狐群狗党，都向他们打听过大姐，爱慕她的人多。老陈大夫的大女儿"陈锦屏"，黑天鹅一样的姑娘，镇上都知道也就罢了，连潮州城里都有人听说过，那会儿她也就十七八岁。

她的一条大辫子从不垂在背上，只盘在头顶。姑娘们垂下辫子为了系蝴蝶结，绸的纱的粉的黄的，跟真蝴蝶一样停在辫梢，任辫子甩来甩去也不飞走。害羞的时候手没地方去，握着辫梢拨弄蝴蝶结，效果不知道多好。陈锦屏却没有蝴蝶结可拨弄，反正也没害过羞。她辫子从脑后正中间开始编，编好往天空一举，绕天灵盖转一圈，辫梢回到脑后，交叉一拧再一拧，左右各两个黑铁发钗固定。就这样啥装饰不用也很惊艳，因为正面看着像戴了一顶桂冠。姑娘们都觉得新奇，有种异国情调，果然，她说是从画报的"世界各地"专栏上学的，有一期介绍乌克兰人的城市生活，她看一遍就记住了乌克兰姑娘的发式。按说这些装扮的小花招都是姑娘们各自的秘密，她却一点不保留。可即使她不保留也并没人学她，因为谁人能有她那样厚密的秀发，她那样修长的脖子，她那样轻盈灵动的身姿？镇上没有也就罢了，说是连潮州城里都没几个人有。

　　反而她自己，对俊不俊、有没有人爱慕根本不在意。檀生妈妈这一点倒是，从来不像一般老太太爱回忆当年的青春美丽。我说她五官跟电影明星林凤娇长得挺像，还专门找出电影画报上林凤娇的照片请她亲自比对，她看完也就是骄矜地笑笑，承认林凤娇确实有这个荣幸。她爱提的就一个，她运动多么多么厉害，擅长的田径项目，什么跳高跳远、短跑接力、铅球铁饼，一项项如数家珍，还自称"海淀区跳得最远的会计"。她说大辫子盘起来首先也不是为了漂亮，而是为运动方便，还说"要依我自己的意思呢，是剪一个短头发，《女篮5号》看过吧，那个电影……"我记得她有次滔滔不绝历数中学时代在赛场上荣获的各项成就，对电影里女球员的发式十分赞赏："短到耳朵垂，别在耳朵后面，多么清爽！一点也不拖泥带水！"她边说边在自己头上勾勒出那种发式的轮廓。"那不就是您现在这发型吗？"我迷惑道。"啊，是啊，但是我这个长了，都快碰到衣领了，拖泥带水，早应该修一修。"她的审美原则第一条就是不能拖泥带水。可做姑娘时她还是没能自己做主，阿嬷不准她剪发，说整个潮安也没有剪发的，揭阳那边也没有，汕头就更不用说了。她拗不过，阿公也没有允许她剪，温言教导她要有"闺阁淑丽"。其实那个年头短发在城市早就流行，但潮汕乡下的风尚总是迟疑着不愿跟进。她因此只得同意，但辫子必要盘上去。

"后来到了北京，刚到才几天啊，"爸爸笑道，"就让我带她去理发店把头发剪了，大辫子顺手就送给理发店。好嘛，咔嚓咔嚓，我看着都心疼啊，她一点不犹豫。"

妈妈中学还没毕业时，家里就已经接待过好些议亲的人到访，但阿公一直拖延。据说阿公曾经治愈过一个从庵埠来的患者，那人一朝复明激动得不得了，千恩万谢提出要拜兄弟。阿公是留过洋的人，不喜欢这套旧东西就没答应，一再说"天职天职"。可那人回庵埠后还是不甘心，寻到这边祠堂，把陈大夫家世人品打听得清清楚楚，又托了他们那边的亲戚，找到我们这边的亲戚，在中间递话，说想结儿女亲家，还硬把一箱笼一箱笼的礼物堆到诊所门口堵着，弄得连患者也进不来出不去。阿公这时看见箱笼上的款识，才知道人家竟来自一个颇有名望的富商之家。我们这边的亲戚介绍说他们家族是开绣庄的，金绣绒绣卖到南洋，还做姣婆绸[1]生意，别说岭南，北边京津鲁晋都有分号。只是新中国成立后公私合营，店铺工厂都交出去了，但底子究竟在那里摆着。

---

1 姣婆绸：晚清时期岭南桑蚕丝织物，当地称"姣婆绸"。后人改革工艺生产出"莨纱"，即香云纱。

其实那时候旧式的"求亲"早已显出落伍，听说潮州早都产生了自由恋爱这个新事物，有年轻人已经开始试着操作。然而奇怪的是，除了外乡人管不着人家，真要向本地人打听本地这些自由恋爱的年轻人到底具体是潮州哪家的，或者下面哪个镇的，属于哪族哪个姓，却又打听不出来。揭阳来的人说揭阳没有，庵埠来的人说庵埠没有，饶平、潮安都说没有，还说一旦发现这样不守礼法的要喊去祠堂教训他们。所以一般人一般家庭表面上跟着喊喊口号，表示思想上要进步行动上不掉队，可过日子还是依着老规矩，没有生辰八字的保障就谈婚嫁，这凶险大得匪夷所思。

现在庵埠来求亲为的是小儿子，如今虽然也没有什么可观的家产继承，但人才保证是好的，自幼学做生意，现在在潮绣厂里既挂了名也经常去做事，有一份工作拿一份工资，而且还没成家呢家里已经有屋子拨在他名下。

要平心计较起来，阿公家应该算有一点高攀的，诊所口碑虽好规模却小，医术虽高却也没到名扬天下的地步，陈家虽然人丁不少头面人物却再没出一个。然而庵埠那边就说从陈大夫身上看到陈家家风了。阿公原本一直以为那患者是突然重见光明后受了刺激，一时冷静不下来才会这么莽里莽撞，没想到几个月过去人家竟然没有变心，足见赤诚。阿公稍稍感动，回说小女并不出色，却承蒙青眼，他们做父母的很惊喜，愿意两家从此常来常往等一堆套话。回到家里他才说了真心话，不想锦屏嫁去那边，嫌远。从镇上去潮州四十多里路，并不能算很远。

外公是希望大女儿将来就在镇上安家,最好低头不见抬头见。

"阿公他又哪里想得到,"爸爸笑说,"他连四十多里都嫌远,结果大女儿后来去了四千多里外的北京,说走就走。"虽然"四千多里外的北京"这个事儿,爸爸是最大的受益者,当年一定天天偷着乐,乐开了花,但此刻看他脸色似乎带了一点凄凉,不知道,也许到了跟阿公那时差不多的年纪,他能体会到他的心痛了。

阿公当时冥思苦想,终于想出一个自以为两全其美的办法——嫁二女儿,陈绣屏。

就拿了绣屏的八字。绣屏是檀生妈妈的大妹妹,我们叫二姨。按这个办法呢,阿公认为对绣屏也是只有好处,毕竟嫁过去生活是相当有保障。他于是跟庵埠那边含含糊糊说道,本该是大女儿,但实际情况是二女儿绣屏更合适,绣屏稳重娴静,她姐姐锦屏这一点倒不如她。锦屏思想活跃,喜欢参加青年活动,听说学校正要发展她做积极分子,干部们还来家访座谈过,当面说了好些鼓励她向前向前的话,也表彰家庭里面开化进步,响应号召,没有拖青年人的后腿。被这高帽子给罩住了,所以做爹妈的一时还不好就给她定亲。妹妹绣屏呢,比锦屏只小一岁半,年龄跟府上二公子更相当,而且绣屏也不差的。庵埠那边表示都好都好,只要是陈大夫家的女儿就不会有错。

实际上,阿公的话只讲出一半,另一半藏进肚肠。绣屏跟姐姐比,一眼就看得出来差一大截。阿嬷生产时吃了大苦,她也差点小命不保,先天既弱,容貌也不出色,被朝气蓬勃的姐姐一衬她就是个沉默瑟缩的小丫头，却又不太看得起人，没伙伴，独来独往。喜欢看书，竟然看诗集，但不看旧体诗只看新诗。脾气阴晴不定，一忽儿很凶，无故抢白人，一忽儿又落泪了，在角落里。绣屏"怪"，都这么说。但阿公举荐她也并不是没有依据，并不是"以次充好"，绣屏心细，小小年纪就很会做事情，这方面她姐姐一定落下风，绣屏的家务女红都拿得出手，所以嫁去庵埠，实在美满。

尽管阿公没把话跟绣屏讲透，但绣屏也慢慢有点数了，因为庵埠那边的女眷们不时就要来拜访，一走就留下满桌的衣料裤料，阿公不许人动，指明给绣屏的。绣屏的惊喜害羞他悄悄看在眼里，十分得意。说给阿嬷，阿嬷也踏实了，还说幸好锦屏最近学校里面职责重事务多，太忙，总不在家，要么常常很晚回家，不然万一撞见了问起来还真不好解释呢。阿公也说幸好幸好。

"其实——根本不是那么回事儿！哈哈哈哈哈。"爸爸拿折扇挡住嘴，像憋着坏，"她根本没忙什么学校里的工作，只要一放学，她就根本不在学校待着，你知道她上哪儿？"

"上哪儿？"

爸爸"欻"一声把扇子一收，朝脚下地面轻轻一点："这儿。"见我往地下看，他又在头顶画了个圆圈，"就是这座——龙珠亭！"

"噢！"

二十

　　我以为这下终于讲到要害了吧，铺垫了那么久，青春，爱情，甜蜜的酸楚的，一波三折但终成眷属，已经做好思想准备等着檀生爸爸开讲长篇评书，可没想到起了那么大的范儿，他到此竟戛然而止，抛出一句："后面你就都知道了。"又啪一声用扇柄敲一记膝盖，含笑收煞道，"这，就是龙门共仰无双景的——来、历。"言罢他转过脸去看湖水，颊上似乎还有点红，也许是晒的还没退下去。可我们都在亭子里躲了好一阵儿阴凉。

　　檀生和妈妈催了我们两回，快中午了，我们还得去跟二舅他们在大门口会合，要去吃一家"很具有纪念意义的"老馆子呢。檀生在林荫里找了块大石头坐着，石头不规则他也就东倒西歪，妈妈皱眉批评道："没坐相。"她自己才不肯像他那样松懈，她在湖畔昂首挺立，连石栏杆都不肯靠一靠。这别说跳得最远了，肯定也是全海淀站得最直的会计。檀生迎着我，脸上是无奈："咋样，终于听完了？"他为老爸感到难为情，苦笑道："特肉麻吧？""没有没有，就讲了年轻时他们经常来这边玩儿，很美好的，哪里肉麻了！"我一边说着，妈妈一边已经走近，当然不敢打趣他们。妈妈听见后叹了口气："其实那时候这个公园哪有现在这么好，好多地方都破破烂烂的。要说好玩，还没有他们驻地那个校场好玩。"妈妈大概眼前立刻出现了那份好玩,笑从中来。

"驻地?是以前爸爸他们部队驻扎的军营吗?"我很困惑,军营有什么好玩。

"对啊,他们军营里面我给你讲,什么都有!"

"啊,什么都有是……有什么啊?"

"羽毛球、乒乓球、篮球、沙坑、双杠、单杠,操场很大,还画了石灰线!"妈妈赞叹不已。

"够了够了。"我在心里嚷,人家眷恋着"共仰无双景",您却光惦记球场沙坑。又转过去看眼这老两口,檀生爸爸一步三回头,正跟西湖的碧波依依惜别;妈妈呢,边走边双手握拳双臂弯曲向后,身体仿佛蓄势待发,不知道是不是在回味飞向沙坑的欢乐。

他俩是怎么爱上对方的……爸爸爱上妈妈还比较容易理解,大概医生对健美的人总是有好感的,可是妈妈,我总觉得她的所爱更广阔、更驳杂,仿佛爸爸也只是其中一项,当然是最重要的一项……反正排名靠前吧。

二十一

"出来了,出来了!"是阿煌的声音。他人小嗓门却大,像个电量满爆的袖珍喇叭。我在人丛里刚发现他,还没来得及回应,他却掉头就跑，边跑边嚷。顺着看过去吓一跳，又是一大队人，在公园门外翘首以盼，显然已经等了很久。队首站着的是二舅，后面二舅妈三舅妈，再后是小舅小舅妈大舅大舅妈，最后是二姨。二姨落单，二姨夫没来。按这边的规矩，男人当然不可能天天陪着娘家亲戚。再一看还有呢，旁边另起一列，大舅家的阿茂、小舅家的阿耀、三舅家挨过揍的阿康也到了。这三个大小子一看就早已不耐烦，肯定是被爹妈强押着过来的呗，这个年龄谁会喜欢参加家族聚会啊，我过来人，能不知道吗。

"姐夫姐夫，今天对不住啊，有两个人缺席！"二舅一来就赔笑道歉，说缺席的三舅和小姨，三舅要留在诊所接待患者，而小姨一大早就出门了，所以今天的阵容是不完美的。二舅感到在规模上亏欠我们。他这么严谨把他大姐夫感动得……但也拉他胳膊劝道："咱不打考勤不打考勤！"

阿茂阿康阿耀他们三个也走过来，叫檀生大哥，看向我时却不知道该怎么叫我。那天打完架之后，他们就直接跟檀生跑去外面了，三更半夜才回来，我们还没正经厮见过呢。我说叫我姐姐好了。他们却不吭气，眼睛看向檀生，我本人的话倒不算数似的。檀生瞪我一眼，有点不乐意："何必呢，这不多此一举吗——随你。"怪我见外。那三个傻子一时愣在那儿。阿茂在里面最大，弟弟们都等他的信号。他终于向我笑笑，嗫嚅道："嫂……"终究还是选择听他大哥的。我想起大舅那天在饭桌上多番训诫小舅，对长幼有序、长兄如父执行得那么森严，他亲儿子的家教必然也是这一套呗。可阿茂"子"字还没说呢，阿煌在旁边大声宣布:"不要傻啦,陈增茂!还没到时候!到时候你叫嫂子她会给你钱!现在叫没有钱的……"他还要啰唆,被檀生一把抱起来往天上悠,两个人哇哇大叫,吵死了。我在边上听得直闭眼,太嫌他们。

但潮汕人不嫌。十几口子在公园门口挤着,拉手拥抱废话连篇,来来往往的人我们竟然都没能引起他们注意,大概也只有在潮汕吧。毕竟家家都能拉出这么一支队伍,又占地儿又喧闹,穿的戴的再时髦也透着土气傻气。潮汕特别能包容,甚至力挺这种土气傻气。

队伍终于开拔,十七个人呐,老老少少拖拖拉拉,走起来像一次迁徙。我根本走不快,沿路好多小店还都开着门,故意打出"年前最后价"之类挑逗的招牌。经过一家抽纱店,里面下过场大雪似的,到处堆积着白纱白绸白蕾丝,踏花的绣花的扎花的各种手绢餐巾桌布枕头套,柜台都要被压垮了。再一抬头看见匾额上的四字店名:风花雪月。不禁喝彩!店伙见我咬钩正要来招呼,我却被檀生拖走。可檀生自己也没什么定力,转眼就钻进相邻的木雕店,而且马上就看中了一块刷了金粉的小窗户扇。我凑上去一瞧是镂空雕的八仙过海,精巧可爱至极。但一问价钱,二话不说把檀生也拖出去。尽管我们啥也没买,也掉队一大截。急得阿煌跑回来三次,最终不得不在后心给我们用上了"亢龙有悔"。

二舅一再催,说这样走不知道要几点才能走到,怕那招牌菜要售罄了呢。而且来之前他特意先拐到那家老馆子跟人家打听好了，生意只做到下午两点，三点就关门，要过完初五才开张。因此马上部署坐车去。我还满街找出租车呢，只见二舅手一挥，一大串三轮车已经靠边停在我眼前。但二舅哪里是不会过日子的人，根本不叫阿茂那些大小子们上车，要他们自己跑去，还得跑快一点："我们弟兄像你们这个年纪去哪里不是用跑的？远什么远！"也不许他们抱怨。阿煌耍赖头顶檀生的肚子，逼我们邀请他一同坐车。乱哄哄闹了一阵终于安排好，二舅在头车里，站起来挥舞胳膊喊了一句潮州话，领袖检阅的口气，六辆绿油油的三轮车鱼贯出发了。

六个车夫个个枯瘦，但蹬起车来精悍有力。前面那五个都埋头不语，唯独我们这个嘟嘟囔囔不停，阿煌翻译说他想加钱，嫌外地的这一男一女太胖太重。我们又羞又气，檀生嚷道："到地方会多给你！"这假如是在北京，他肯定得理不让人的，可到了潮州亲爱的外祖家他好像很愿意网开一面。另外我们得承认，难怪车夫委屈，此地好像没一个人超过一百斤的。

阿煌不愿意挤在我跟檀生中间，令我们一人伸出一条腿，并拢供他骑乘。这一路可把他能的，告诉我们这是啥那是啥，这是哪那是哪。比如门脸金碧辉煌的那家是健美店，潮州第一，专门给有钱的女生去炼身体的，阿康进去过，老板娘说他长得帅以后可以去上班，帮助姐姐们炼身体。白马鞋行去年才开张，里面全是香港货，小舅给阿耀买了一双，为奖励他考得好。又讲开元寺的来历，韩文公祠纪念谁，古代韩江里有鳄鱼，粿条最好吃的一种是牛杂粿条汤。这小电喇叭不带停的。好几回车夫都乐着回头看他,感佩于他深厚的积淀。经过一个岔口,我脱口念那路牌:"……厝巷……"厝字我念作昔。阿煌尖叫一声,转头惊骇道:"他们还讲你念过大学?!——这个字读作错啊,cuò!"臊得我。檀生急忙打岔,说刚刚看见个神秘的小招牌——"巷内一百米有挽面",问他"挽面"是什么小吃,跟北方的拉面、抻面、挂面有什么不同。阿煌轻蔑笑道:"不是啦,是,是,是,为了结婚用的,新娘子,就是,新娘子要用的……"说着也愣住,终于还是有知识盲区。但这机灵鬼马上捅了捅车夫,叽里咕噜请教他,车夫也不转身,朝天呵呵一笑,抑扬顿挫解释一堆,口气得意。阿煌恍然,一句句翻译道:"是专门,给新娘子,化妆的,古代传下来的,一种很聪明的办法,把新娘子脸上的汗毛,一根根拔掉,新娘子就会,更加漂亮啦——挽面的面是脸啦不是面条啦,大哥就知道吃面条。"他大哥挨了挤对并不生气,越发惜才,央求细弟给我们做专职翻译。

"地位很高的,翻译。"怕他不买好,檀生提醒道。

"知道。就是坐在江主席后面、翻译给外宾的那个翻译嘛。"他笑说。

为了答谢,檀生还承诺给他"一些好处",具体就是待会儿再去趟镇上的烟花爆竹店,随便挑。阿煌表示只要能得到那种带降落伞的,我们叫他干啥都行。说着说着他忽然身子一仰,躺在他大哥身上,涎着脸凑近檀生的耳朵说道:"拿出来我看看。"

"看啥?"檀生笑道。

"还装还装?"他向后使劲躺向他肚子施压。听见檀生惨叫

"哎哟受不了",他继续嬉皮笑脸逼他,"就是无价之宝啊!你们不是从姑奶奶那里搞到了无价之宝吗……"边说边伸舌头扮垂涎三尺。

檀生腾地就坐直了,把我也带得坐直了。"谁告诉你的啊?"他小声问。那天明明只有我们那几个人,而且那种气氛明明就是"到此为止,不再声张"呀。

"你偷听我们大人说话了?"檀生拿胳膊箍紧阿煌,另一只手掐住他脸蛋下巴,凑到他眼前,凶道,"嗯?"阿煌噗地哈哈大笑,口水鼻涕喷了他大哥一脸:"交出来给我看一下摸一下我就告诉你。"拿住了大哥的把柄他十分愉快。我跟檀生面面相觑,也不敢再箍他,越箍他这小子只会越来劲,只能哄。檀生一边找纸巾擦脸一边假笑道:"好好,回去给你看,现在没带着呀。你消息太灵通了,你太厉害了,佩服佩服。"一劲儿夸。阿煌受用,眯眼道:"他们讲的。"说的是阿茂他们。

"啥时候讲的?"我惊道。

"就是在西湖外面等你们的时候呀,我听见他们讲,只有我和阿康不知道。哼,你们都没有跟我讲,我对你们那么好。"阿煌委屈。

既然阿茂阿耀在讲,那就是说大舅小舅都知道了,即使昨晚他们并不在场。反倒阿康没讲,看来三舅口风是严密的。

"阿康叫我们不要到处说,给外面人知道了万一起坏心。"

现在反正家里人是全都知道了。昨天晚上的事,刚过了一宿,老陈家的晨报就登出来,这时效……

檀生挤眼睛叫我别再问免得多事,又转移去谈潮汕流行的烟花品种才混过去。也说不上来哪里不对劲,我就是感觉一阵儿心虚。笑话,我并没做什么亏心事啊。

正玩笑着,一晃眼就看见那三个大小子在路边奔跑,他们居然跑在我们前边了。阿耀胖,气喘吁吁落在最后。阿康彪悍,草上飞鹰似的根本不费劲,回过头讥笑着骂骂咧咧。阿茂本来跑在最前面,却又停下来等阿耀,叫他别着急,等阿耀赶上来还轻轻拍他的背,帮着他捯气儿。我看出来了,阿茂是个忠厚的哥哥,就有点腼腆。听说他刚刚去上班不久,在揭阳的一家不锈钢厂子里,车间的工作很累。那时潮汕的不锈钢生意火极了,锅碗瓢盆遍销国内,所以累归累,他奖金是拿到手的。他家里早已经在给他张罗相亲,我那天在饭桌上听见吓一跳,才二十出头就要结婚吗?大舅微笑道:"早些定下来比较好一点,我们这边是这样的。"

再看看阿茂,他们仨这会儿又跑到我们前面去了。他跑在阿耀后面,笑呵呵双手推着阿耀的肩膀,替他省一点力。跟胖弟弟一比他更显出瘦削,头脸也小,四肢细长得不协调……的确像那种能伪装成树枝的昆虫。本来我也没这么想的,都怪阿煌有次悄悄叫我看阿茂像不像《虫虫特工队》里那个竹节虫,我就再也摆脱不了这个印象。离远看更明显,他现有的身材还有太多空缺,需要增补太多的骨骼和肌肉,发育还远远没有结束,甚至不知道哪里还藏着隐约的生长痛——却就要"定下来"。

忽然阿康转回身喊了一句什么,他们三个就往右边拐进一条小路,看来是要抄近道了。三轮车经过那狭窄的路口时,我才看出来那是一个古老的牌楼,小路也同样古老,重重叠叠的树冠下面露出一长溜骑楼的楼柱,好些柱脚都踩在一大丛勒杜鹃里,勒杜鹃开零星的紫花,最近的一幅招幌是从第一家二楼的窗户垂下来的——"老尾婚嫁"。

"老尾就是老妈,婚嫁就是结婚娶老婆,这个店是卖结婚用的东西啦!"阿煌替我们翻译,非常周到。

二十二

果然,我们下车时三个大小子已经等在那里,二舅走上去摩挲了阿耀的大脑袋,又拍拍阿茂的肩膀,虽然不说什么表扬的话,但脸上喜滋滋的。他再想拍阿康却拍了个空,阿康闪开了,闷头往里走。

檀生妈妈单脚下车,就一只手扶了扶栏杆,落地稳稳当当。一落地她就马上撇下众人朝街对过走去,众人都叫她"大姐回来,是这边",她也不理,只顾边走边打量四周,眼神既固执又有点迷茫。檀生爸爸不仅不拦她,还跟上去,他俩眼神一模一样。二舅招呼大家先进去饭馆坐下,自己却快跑两步靠近大姐姐夫,笑嘻嘻道:"怎么样,还可以认出来吗?"

爸爸妈妈都不吭气,一会儿看脚下一会儿看周遭,不知道在找寻什么。忽然妈妈终于迟疑道："这里是原来食堂的位置，对吗？房子没了但那棵大树还在呢！"爸爸笑笑点点头："医务室也拆了，原来在大树底下往北一点。"

"医务室前面有个花坛。"

"花坛再往前是嘉奖栏。"

"转过去就是宿舍。"

"宿舍后面是浴室。"

"浴室外边一长排洗衣服的方池子。"

"再往前就是操场了，"妈妈笑道，"挨着围墙有一个沙坑，一个乒乓球台，还有一个双杠、一个单杠。"

二舅眉开眼笑直拍手："我只进去过一次记不得，姐夫，她说得对吗？"

"全对！"檀生爸爸笑道，音色忽然有点浑浊，他清清嗓子又大声道，"全对！"

原来这地方是爸爸年轻时他们部队的驻地，现在这么多年过去，妈妈提到的那些都已经消失，被后来建的公房踏平了。除了一棵大树。我仰头看那树冠，树叶不茂密，一丛丛羽毛似的细细碎碎，树冠里似乎有寥落的几簇红花。

"凤凰花，"二舅见我发现花，"凤凰树，我们这里很多。现在它还不到时间，夏天你们再来看，一整棵树会变红色，地上面也会有很多花掉下来，很好看的——我不懂，大哥懂，就是大舅啦，等下请他讲一讲。"

"谁要听他讲啦！"妈妈笑道，"老大呆里呆气的。"她又问爸爸,"你记得吧,这棵树?"

"凤凰花的热烈,是我们战斗的红旗,"爸爸忽然莫名其妙地说起了书面语言,朗声道,"是我们钢枪的红缨,是我们肩章的闪耀,和你——你追求美好爱情的信心……"

"哎呀,快打住吧快打住吧!"妈妈一边笑一边抢下爸爸的扇子去挡他的嘴,"你怎么还记着呢……"

爸爸快逃几步到我跟前,微笑道:"我看你是懂一点文学的,我告诉你,刚才我念的是一首诗歌,讲的是把一个青年战士的革命激情和他对爱情的那种、那种、那种既朦胧又冲动的感觉,两者结合在一起……"爸爸对妈妈在后面的大声制止充耳不闻,"整首诗比较长,风格是壮美的,军旅诗歌嘛——你知道作者,就是这个诗人,你猜是谁?"

这还用猜。

"就是我呀!"说罢他仰天大乐,但马上低头问我诗怎么样,"我念书不多,那时我就是一个小战士,卫生兵,但写诗的激情不亚于那些大诗人,对吧?"

"对对,激情比啥都……"

"行啦行啦,别肉麻啦,这么大岁数了都。"妈妈不许他再讲下去,看她脸色似乎后面的诗句会朝着爱情发展了。可爸爸就不停下,一定要阐述创作动机:"当时我就是受到这棵树上凤凰花的感染,凤凰花真的跟鲜血一样红啊,我从北方来的,从来没见过这么俊的花儿。"俊,他又念作 zùn。"我借的钢笔,写在纸上,送给她,"他拿胳膊肘朝后面妈妈指了下,"结果她没留神落在家里了,得,这下全家都看见了!你们阿公看了以后,你知道他怎么评价我的?"

"才华横溢?"

"不是。"

"特浪漫?"

"不是。"

"有哲理?"

"不是。"

"胸襟辽阔?"

"不是——外公说我这人——正!派!"

夸一个诗人正派,听着像一种躲闪。可爸爸不觉得,他那时的期待也许是从女婿的角度,未来的岳父定性了他"正派",大概就是"非常满意"的意思吧。

我们往饭馆走,二舅说今天吃得简单,虽然简单但又不简单,今天吃的是"辜记"。他边笑边鼓了一掌,喜气洋洋道:"猜猜看,你们两个,为什么讲又不简单?"

每次听他们讲那过去的故事,我和檀生都要先做这种猜猜看的题,不止一道呢,前前后后穿插着好几道,既吊胃口又为防着我们走神。大概他们也担心故事不那么吸引年轻人。这些题目有的简直不用猜,有的又漫无边际打死猜不到。

"辜记是百年老店?"檀生指指店铺旗幡上斗大的"百年老店"。不对。

"辜记是辜鸿铭家开的?"我说了唯一一个我知道的辜姓名

人，也不管离谱不离谱。也不对。

"幸记有独门绝技?"不对。

二舅笑眯眯连说三个不对，我们的愚笨十分讨喜。

"这是你们的爸爸妈妈，确定关系之后，请我们全家吃的一顿饭，就在这个店。那次除了娣花，对哦大姐，那次除了娣花——也就是你们小姨，我们全家都来了，阿公阿嬷二姨大舅，我，三舅小舅，陈家人都到齐了。"

二舅还在铺张地陈述那天的场面，好像非常隆重，他们大姐夫作为复员军人手里那时刚刚有一点钱，几个弟弟一起哄就给他们买了平常不容易吃到的珍馐。二舅和爸爸抢着回忆，说那珍馐不过就是牛肉粿条而已，可为什么那么鲜啊！那天多么快乐啊！多么美好啊！但我却留意到一个怪事。

"你妈你二姨的名字里都有个屏，锦屏绣屏，为啥小姨叫娣花？屏呢？"我问檀生，他不知道。妈妈听见我们议论，便说原来也有的，小姨叫"仙屏"，后来改掉。"娣花的娣是哪个字啊？"我都猜到了却又觉得不可思议。

"女字旁一个弟弟的弟嘛。"果然。妈妈说完叹口气。

"阿公都有四个儿子了还嫌不够？"檀生也惊讶。小姨是全家最小的。

"哎呀，过去的事情不要去讲它了。"妈妈不耐烦，先进了饭馆。

二十三

檀生跟我一合计,今天我们做东吧。"整个大的!"他说,用来匹配老陈家的重大历史事件。"点个龙虾,"檀生拍拍屁股兜,表示那里有的是钱,狰狞道,"请就请点像样的。"

我们没跟二舅进去,站在外面水族箱前连说带比画点了一个大龙虾,号称美国进口。的确很美国,五彩斑斓,巨大得像个异形。伙计对我们五体投地,千言万语化作一句蹩脚的普通话:"这个嚯,我们镇店宝贝嚯!"一边急忙叫来人痛下杀手,生怕夜长梦多。然而我们进去跟二舅一说,二舅急了,马上跑到后厨叫停,还是迟一步,虾头已经落地。二舅沮丧道:"不要啊!"

我再一看二舅安排好的单子,竟只是每人一碗牛肉粿条,还有三五个小菜,当真简单。说是完全复刻几十年前那顿饭,虽然简单,却都是"辜记"的保留菜目。檀生跟二舅解释,说今天该我们做小辈的请啦,您都破费了多少了。二舅一再推让,"不是不是不是不是",一连说了十几个不是,最终也没下文,好像很难为情。我溜了一眼爸爸,他眉头微蹙,那意思是觉得我们不妥。但他又站起来去拉二舅坐,打哈哈道:"他们年轻人不懂啊就知道胡来,美国龙虾听着好听,其实不咋的,比咱们潮汕本地的小吃差远了!你看看本地人谁点龙虾啊——骗你们外地冤大头的!"大伙儿听了都乐,二舅方才勉强笑着坐下来。

妈妈不乐,悄悄埋怨檀生没眼色。今天是纪念活动,二舅亲自抓的项目,意义不在吃香喝辣而在于怀旧,原先那顿吃的啥今天尽量一模一样才对,你空降一只美国大龙虾,什么意思?是嫌二舅简慢了吗?她点到这里我们才明白,羞愧至极,又不好再干啥,好像干啥都错上加错。我们俩很沮丧,没淋雨也像落汤鸡一样浑身滴滴答答。

二舅瞥见我们这样,马上又来安慰:"可以的可以的,龙虾虽然肉老但蒸起来还是很鲜美,吃米饭最好——给他们几个下饭,"他指指那几个大小子,"他们这个年纪总是吃不饱。"阿煌听见马上吹嘘:"我泡虾汁可以吃两碗!"我们这才讪讪溜下台来。只是有点奇怪,从没听过用龙虾下米饭的,下饭菜不都是重油重盐粗鱼笨肉一类吗?为的多吃些粮食长力气回头好干活儿。美国大龙虾,什么档次,老实说我们在北京根本没吃过几回,自己掏钱那更是一回都没有,它这么堂皇尊荣,我们甚至都拿它不当菜当贵客呢,结果到潮汕成了人家下饭菜了,并没有什么地位。

果然吃完牛肉粿以后再尝龙虾肉,固然也好,但完全不精彩,还有点打搅了之前牛肉汤和南姜末遗留在嘴里的鲜甜辛芳。我看长辈们吃完牛肉粿全都放下筷子、调羹,没人再去动龙虾,那意思不是不好意思,是没啥意思。只有那四个大小子,二舅给他们另叫了四碗米饭,帮他们把龙虾肉分解开,像食堂师傅一样拿大勺子连汤带水地给他们浇在米饭上,还催他们:"快吃快吃!"就是根本不用细品,放开肚子就好。我跟檀生看着他们呼噜呼噜扒拉米饭的糙样，又回想自己在北京酒桌上吃到龙虾时既恭敬又骄矜的那个劲儿，都气乐了。

二舅笑起来，向檀生爸爸道："姐夫记得吧？那个时候我们弟兄四个，我也就是阿耀那么大，连大哥也才十六七岁，还没有阿茂阿康大呢。"

"记得记得，"爸爸猛点头，"你们年纪小胃口可不小！我那会儿太担心了，那天出门还找我们指导员借了五块钱呢！幸好后来是阿公去算的账。"又说起小舅那时小，是大舅背来的，吃的却和众人一样是一整碗，一口不肯分给他大哥。倒是大哥肯让，还匀给小弟一点说他长身体，说的就跟自己已经结束生长再也不用浪费粮食一样。难怪大舅瘦。陈家子女就一个二舅富态一点，其余都瘦。可大舅的瘦一看就是在青少年时期没长好身体，亏欠太多。

兄姐们当着小辈抖搂他的"小儿无赖"，小舅给讲得不好意思，脸红嚷道："其实好吃的都被二哥抢去了呀，阿爸不管，二哥脑筋好会做事，阿爸就偏心他呀！"大家都笑，二舅也笑。

"不是不是，不能这样讲，不是的。阿爸是讲笑的啦！"二舅转过身来专门同我和檀生解释，着急地洗脱这份荣誉，"阿公是鞭策我，我做得很不好的。"又正色道，"大哥好，我们大哥很早就很懂事。"

我转头去看大舅，大舅就在二舅身后。大舅却不接话，完全没听见似的，只管摆弄手上的东西。二舅停了一下，笑嘻嘻又转回去吆喝大小子们快吃快吃。

忽然阿茂从饭碗里抬起头，朝长辈们那桌看着，喃喃说了一句什么，口气像是在抱怨，但又没有强硬，只有无奈。弟弟们听了哈哈大笑，阿康还格外放肆地搂着他肩膀说了句啥，阿茂恼了，骂了一个字，我猜是"滚"。我转头一看，大舅正把手上的东西，也就是一摞相片分发给那边桌上，确保人手一张。他们边看边嘀咕。听不懂，只觉出是赞叹。照片虽多，晃眼却是同一张，像要贴出去的寻人启事。

马上离我们最近的二舅妈也递给檀生一张，笑道："阿茂的相亲照片，大舅早上去相馆洗出来了，放大的。"大舅在那边笑嘻嘻的不说话，正接受大家的赞叹。原来他刚才手里摆弄的是阿茂的照片。我这才听明白，大家都夸阿茂相貌好，五官都像他的妈妈。大舅妈闭着眼睛一再摇头一再重复一句潮州话，看着像极力推让，我们听不懂，她又郑重向我们讲："他像他爸爸，我是不行的，因为我很矮，他们两父子很高。"边说边笑看大舅。大舅还是抿嘴笑着，听见跟没听见一样，笑着笑着龅牙终于龇出来。他在陈家四弟兄里相貌要排到最末，三个弟弟虽然都有一点龅牙但脸颊都比他饱满，也比他壮健，想是等他们发育的时候陈家境况好多了，营养上不亏。

檀生低头一瞧照片，竟扑哧一下笑出来，小声问："这是要给谁说亲啊？"他妈妈离着三四个座儿却听见了，瞪他一眼："你这不是废话吗，照片上就一个人。"我抢过照片一看，上面明明就只有阿茂自己嘛——只是，只是他站得太靠边了。他怯生生地站在一辆巨大的摩托旁边，双手把握龙头，以一个推行的姿态。可摩托太雄健太壮实，即使熄火停着，阿茂也像快要把握不住。他细瘦的身子被那肥墩墩的油箱顶成一道弧线，拍照的不知是谁，竟然还无情地切掉了他身体的边缘，弧线也是残缺的弧线。而且阳光一照，那辆摩托红是红黑是黑，锃亮笔挺油头粉面，显然对自己的容貌实力深信不疑。阿茂的脸却被强光压扁了，能看清楚的就剩眼珠子、鼻孔和嘴，眉毛鼻梁不过有点意向。放下照片的话，大概只模模糊糊记得摩托旁边有个人陪着。

"这是要给摩托相亲呢！"檀生呵呵直乐，"哪有这样构图的，阿茂连三成的空间都不够——这谁拍的？"他是摄影师，拍照片这人倒霉，正撞他枪口上了。

"是我，我自己给他拍的。"大舅笑道。大舅妈也笑着向大家解释："他爸爸给他拍的。"

"那我可得跟您好好聊聊了，大舅。您看啊，相亲照，那不就为了展现咱们阿茂这个人，他的长相精气神儿，对吧？阿茂的自信，对吧？那不该以咱们阿茂为主吗？摩托算干吗的啊，顶多给它五分之一的地儿，这都多了……"檀生滔滔不绝，句句在理，我也面上有光就想给他鼓掌。大舅不停"对对对，是是是"，一直含着笑。大舅妈也含笑"是是是"。

"而且吧，要我说，您得用长焦，突出阿茂，阿茂背后的摩托啊房子啊都虚化，人家才能记得住他嘛！"檀生没完没了。我觉得大舅的笑有一点点僵硬了。妈妈也叫檀生："行啦行啦，大舅又不是专业的照相师傅啦。"

大舅伸手把相片从我手里拿回去。"不是的，"他低头道，

"不是的。"抬头努力向我笑道,"主要我们这边呢,是比较那个一点,就是讲,比较那个一点。"见我听不明白,大舅又解释,"我们家呢,就是讲,我们家的财政情况不乐观,哈哈,比较不乐观。"大舅妈也笑道:"哎哎,不乐观。"她总是重复丈夫说的最后几个字。

我有点明白了,照片要表达的绝不止阿茂的"自信",主要是表达他这自信是打哪儿来的。所以这辆崭新雄壮的摩托的确应该有一席之地。很大的一席。更大的一席。

我被说服了,再瞧檀生,他的气焰也矮下去。

都不用偷看,余光就能瞥见妈妈向檀生瞪着眼,肯定怪他鲁莽,陷大舅于难堪。

忽然听见背后走廊里传来一声喊,粗声粗气的一句潮州话,转回头正看见阿康阿耀一左一右拥着阿茂往外走,头也不回,似乎是阿康喊的。"他说他们吃好了,去外面等。"阿煌翻译道。他自己却还远远没吃完。

"比较不乐观,哈哈,财政,哈哈,我们家……"大舅还在解释。他这话带着惯性,一时刹不住。别人也还没能接上茬儿。大舅妈点头道:"哎哎,我们家,我们家。"

宴席虽然就算结束了,但也不能站起来就走吧,纪念的主旨也没来得及践行,意义也还没能体现和升华。满屋子就大舅大舅妈这两句话飘在静止的空气里。

忽然哐啷一声,二舅站起来,凳子差点都给踢翻掉,也不顾,大声朗诵道:"凤凰花的热烈,是我们战斗的红旗。"听得出来他竭力模仿一位来自北京的军旅诗人的口音和豪迈。大家哄堂大笑,原来都知道这诗句的来历。这样才对嘛,在二舅的导引下,整个局面终于进入了纪念活动的正轨。

"是……我们……什么……什么……"可他就豪迈了两句,后面词儿一句也不记得了。"啊呀啊呀——"二舅痛心地朝着天花板翻白眼。大家也纷纷帮着翻白眼想词儿。檀生爸爸但笑不语就不肯提醒他们,妈妈也光笑不搭腔。

"是我们钢枪的红缨,是我们肩章的闪耀,和你——你追求美好爱情的信心。"一个声音念下去,音量不大,也不豪迈,普通话也还行,很平静很流利。却不是爸爸,也不是妈妈。

是二姨。

二姨这下把我们全镇住了,一刹那大家都瞠目结舌盯着她。爸爸也惊讶地张嘴乐了,好像还带了点感激。二舅风头给她抢去也毫不懊恼,只有惊喜钦佩,"二姐二姐二姐二姐"叫个不停。他二姐只笑笑,垂头抿了口茶。张嘴时金牙的尖尖悄悄地闪了一下。

二十四

如果这场纪念性家宴就这样结束了该多么好,就到这里,怀旧也怀了,团聚也团了,牛肉粿也吃了,诗歌也背了,戛然而止，该多么好多么圆满。我跟檀生也不至于落到现在这地步，瘟头瘟脑游魂一样在街上胡逛。二舅他们垂头丧气送爸妈回家，打车时胳膊断了一样抬不起来。妈妈阴着脸说心脏不太舒服，爸爸拿拳头轻轻叩着脑门，嘀咕"脑仁儿疼"。二舅妈还拽走了阿煌。阿煌哭哭咧咧，被他爸拍了三下屁股，因为闹着要跟檀生去镇上买烟花。他爸还另外承诺他"回家再算总账"，说是为了连日各种顽皮偷懒不写寒假作业，其实还不就为了他刚才在饭桌上闯下的大祸。要说这大祸，应该是檀生跟我主闯的，总账也应该是我们俩九成分红。可怜阿煌冤枉，连从犯都算不上，顶多算个作案工具，但二舅盛怒下我们不敢言声儿。檀生偷眼看他细弟，想给些目光的支持，细弟正哭天抹泪儿没能接收到。

亲戚们也都臊眉耷眼地散了，在辜记门口潦草道了别，嘴上说"再见再见"，眼睛却都看向别处，透着急急忙忙再也待不下去的难堪。账是二舅结的，檀生刚要抢，却看见他一向喜悦和气的面孔突然板起来，我们也就不敢再插手，连累他计划之外多花了三四百冤枉钱。我们内疚得两腿发麻迈不开步子，目送他们上车离开后，在街边站了好一会儿。

街上已经归于寂寥，因为今天是年前最后一天营业，到这会儿两边的小店铺差不多都关门闭户。寂寥的时间一久，耳朵里的空气似乎膨胀起来，耳管子觉出一阵阵的挤压。

忽然啪嗒啪嗒，两团殷红从天而降砸在地上，是凤凰树落下凤凰花。落花虽然没一点减色，但显得筋疲力尽。

"还红缨呢，还肩章呢，还美好爱情呢……"檀生嘀咕，"没事儿写什么诗啊,太幼稚了。"他赖他爸。

也不怪檀生抱怨。"这诗写得吧,的确有点后患。"我点点头。

"我妈又何必呢?都几十年前的事情了,非得说出来图个痛快……结果还不是自己难受。"檀生说,赖完他爸赖他妈。

"我猜这些年吧,她为了遮掩累极了,就爆发了。"我分析。

"她就是脾气太暴了,不考虑后果,忍了那么久白忍了。"

"嗯,前功尽弃。"我觉得也是。

"那她还不都是为了护着你。"檀生忽然冲我,赖完他爸他妈又赖我,"你说你干吗非去招惹二姨啊,随便聊点什么不行,你非得招惹她。"

"我没有啊,我说那些还不是为了讨她开心。"我冤。

"你就喜欢讨人开心,就喜欢讨好人,说来说去不就为了等他们夸你一句好吗?这毛病你得改改。"檀生锋利。

我气得干噎却没话可驳他。我没法不承认,他说得……对。

的确,本来啥事都没有,这顿纪念性家宴可以说风平浪静其乐融融。尤其当二姨一字不差背诵了爸爸的诗,全场气氛更是热烈到不可开交。二舅首先就提出表扬,说:"二姐完全可以代表陈家全体!是二姐把这次纪念活动推向了圆满胜利!"小舅他们对二姨的普通话也赞不绝口,而且很惊讶,不知道二姨啥时候练出这水平,简直比大姐还标准。大舅本来情绪有点低落,但也慨叹:"二妹是有文化、有气度的。"

二姨笑眯眯,他们问她怎么会记得这样牢,她也不解释,只随便聊些不相干的。二舅妈向我解释说二姨现在在医专做主任,"业务和管理一手抓""还评过区里的先进工作者,经常坐车去市里面开会",在潮汕电视台的本埠新闻里看见二姨好几次,"都是陪领导到下面来视察"。

二舅妈本身也是学医护专业的,可结婚生子后长年服务于家庭,一方面好像不那么情愿,另一方面对二姨这样强干的职业女性极其崇敬。小舅妈她们也崇敬二姨,但崇敬的内容是两样,说二姨很会着装打扮,品位好,"气度非凡"。二姨受了弟妹们追捧并没有特别兴奋,只含笑轻轻摇头,表示大家言过其实。

二姨的脸一看就是陈家的,面颊狭长,皮色黝黑,浓眉深目,鼻梁高挺。甚至乍看跟檀生妈妈也很像,但看得稍稍久一点,会发现哪哪都不一样。就说皮色吧,同样黝黑,妈妈是艳阳下晒熟的小麦,而她是阴凉里晾熟的烟叶,黝黑上浮着一层毛毛灰。头发虽然都是齐耳短发,也都烫了,也都白了不少,但妈妈的头发很容易乱,因为每一根都还保留着些活泼,二姨的就很驯服,仿佛纪律严明。身材两个人都瘦,但妈妈是肉包骨头,细溜但圆润,二姨像骨头架子直接撑着皮肤似的,棱角多线条硬,但又透着脆弱。我记得这姐妹俩本来就只差一岁半,现在连一岁半都觉不出来了,光看外表甚至还觉得妈妈显年轻,妈妈的六十岁像过了四十年,而二姨的五十九岁里蕴藏了七十年。二姨的脸明明很小,却还分成内圆和外圈两部分,笑起来只有内圆里的眉眼嘴角微微舒张,外圈依然静止,肌肉神经完全不为笑意所动。我偷偷瞧外圈那些细纹,顺着它们所指,发现那都是不快乐的方向,只不知这不快乐到底是愁还是怨。

"你看呀,你们年轻人懂行的——"小舅妈招手叫我过去。可是那边也没有多余的凳子,我过去就躬身站在二姨背后。

"你看这个你认识吗?上面的外国字写的什么呀?"小舅妈把二姨的包包举到我眼前,"这个是什么,是国际名牌喔?"

我一个一个去拼那些字母:"P、r、a——Prada,是普拉达啊二姨,确实是很著名的!"二姨笑笑,垂头去喝茶。

"呐,你看我就知道的,你们二姨的东西很好的!这块表你看一看——"小舅妈不由分说,把二姨手腕子扯过来反剪到背后,也不管二姨拧着身子别不别扭,让我凑上去细看。"T、i、s、s——Tissot……"我确实没见过什么世面,努力揣摩,"这个这个,就是传说中的天梭?我没见过不懂啊,只知道很名贵……"我窘道。

二姨抽回手笑道:"对的,那次是去洛杉矶考察,前年。"

小舅妈还要让我继续品鉴二姨的装备,已经把二姨耳边的卷发撩起来,想是马上开口要说那赤金耳环了,却被二舅妈笑着打断:"好了啦!你让她坐下呀,一直站着做什么。"又推凳子给我。我趁机赶紧开溜,边溜边承认:"哎呀小舅妈,二姨的品位哪是我能议论的呀,我见识太少啦,二姨的包包手表我只在那种时尚杂志上看到过照片,今天头回看见真东西。"看见小舅妈又去摩挲二姨的金戒指金手链,我又即兴奉承道:"二姨这套首饰肯定也是名牌货呀,我四百度近视眼都看出来了!"小舅妈嘎嘎直乐,很称心,好像东西是她的。大家听了也都笑。二姨也笑。

"我这些东西呢,是只留给我自己小孩,"二姨笑道,说了句标准的普通话,"别人就不用想了。"

"应该的应该的,不然留给谁呢,当然应该留给自己小孩。"我边应声边坐下,暗暗吐口气,自我感觉颇为良好,这么大场面都应付下来了。

"噢呀——"忽听一句叫嚷,很大声音,是檀生妈妈。她神色不对劲,嘴角垮着露出下牙,瞪着二姨好像非常震惊。我刚吐出的一口气又倒吸回去。

"你这个话是讲什么?你在这里讲什么?"妈妈质问二姨,灰蒙蒙的寒气渐渐笼上脸庞。

二姨既不回答,眼睛也不看她,微笑着把茶盅端起来喝。

"你讲她对吧?你在讲她对吧?"妈妈声气急促了。

我正琢磨这个"她"是谁,忽然发现大家都拿眼睛瞟我,三舅妈小舅妈干脆转过头来对着我,再一瞧,妈妈手指头正指着我呢。

"你讲你把东西留给你自己的小孩,别人就不用想,你什么意思?——你是怕她想你的东西吗?"

我这才明白,原来妈妈荒唐地以为二姨话里有话在这儿点我,怕我开口去索讨 Prada、Tissot 那些"东西"。这个真是妈妈多心了,我心里苦笑一下。再一想,她这么紧张大概还是为了姑奶奶那档子事,可见那宝石一直压在她心口上,所以疑神疑鬼。二姨哪里是那个意思。

131

"对啊,我就是这个意思,我就是怕。我东西也不值钱,但是就怕别人想。"二姨笑道。

——哦,到底是亲姐俩。

我这回终于听懂了二姨的话,可那一瞬间反应竟然很迟钝,脑子里涨了水似的咕嘟咕嘟响。又有点恶心,胃里一阵翻腾,像电梯下降太猛全身突然失了重。同时感觉到脸上的皮肤在龟裂,真的感觉到那样的崩裂是沿着乌龟壳上的花纹。

我还从没受过如此奇耻大辱。

来之前还说要好好表现呢,还下了决心呢,还"金气绳"呢。

我担心脚下虚浮要摔倒,得赶紧找个凳子坐下,过了几秒钟才意识到自己其实一直坐得好好的。我决定立刻跟二姨把话说清楚,这个冤屈我可咽不下去。我看向二姨,发现她演哑剧似的光张嘴巴却没声音,过了一秒钟才意识到自己有瞬间的失聪,她哪里没声音了,她声音大得很。

"到别人家里面去做客,噢哟,"二姨冷笑道,"走的时候,东西跑进口袋了。"

"哦,东西跑进她口袋了——姑妈没看见?"妈妈抢着问。

二姨不出声,把玩着空茶盅冷笑。

"姑妈看见了不喊抓小偷?"

二姨还是冷笑不作声。

"还是东西长脚了自己跑进她口袋?"

二姨两个指头把茶盅转来转去,盅底反复磨着玻璃桌面,发出叫人哆嗦的咔咔声，好像这就是她的回答。

"好，那你讲一讲看，姑妈的东西怎么跑进她口袋的？"妈妈也冷笑，问完这句也就停住不再说其他，似乎就等着二姨张口结舌。因为连我都听出来，二姨肯定并不了解那天在姑奶奶家的具体情况，看来中间传话给她那人也不了解。传话那人是谁？二舅三舅昨晚参加过对我们的会审，我们毫无保留全撂了，他们连细节都掌握，要是他们传话，二姨现在就不会被妈妈反将一军。所以还能是谁？我这会儿也想明白了，除了小姨还能是谁？她根本不知道东西跑进我口袋之前的情形，来时只看见宝石盒子已经在我手上，最终由檀生塞进我包包。昨晚她一回去就大舅二姨小舅一家一家都通知了呗，谁知道还添了多少油加了多少醋。小姨你到底要干什么啊？我也冷笑起来。

我又有点迷茫，照理我该生气的，很生气，形象毁于一旦，但我的气叫檀生妈妈拿去生了，我心里空下来。这会儿桌面上已经乱套，我耳朵里灌满了"大姐大姐大姐""二姐二姐二姐"，是二舅的声音，焦急惊恐，不知道该劝哪一个，更不知道该劝什么。他简直没想到那么圆满的局面竟急转直下。

小舅也跟着叫"大姐二姐"，但他只敢尾随着二舅咕咕哝哝，知道自己人微言轻。

檀生爸爸惊呆了，低声唤着"锦屏锦屏你你你……"，去握妈妈的腕子，却被妈妈一再搡开。

大舅不吭气，谁也不看，只顾垂头摞齐手里那叠相片。他不说话大舅妈就没有可重复的，只能垂着头重复他的动作，尽管她手里并没有照片。

剩下的三位舅妈都努力赔出笑脸,嗯嗯啊啊嘻嘻哈哈的,表示这种小口角恰是姊妹间的家常便饭,吵吵更亲热,企图稀释这小雅间里的火药味。可是妈妈瞬间就炸了。

"你污蔑人我跟你讲!"妈妈拍了下面前的桌沿儿,整桌的碗筷都齐齐蹦了一下。不容二姨回话,她迫击炮似的一阵连发,"是姑妈赠送给他们两个!不是她讨的!他们两个没有讨!知道吗?你凭什么说是她想姑妈的东西啊?"说完直喘。

"她想不想别人东西,你们自己心里有数。"二姨趁妈妈捯气儿慢悠悠道。她的名堂我看得懂,既然没有证据证明我向姑奶奶讨东西,那就搞诛心呗。

"二姨,"我站起身来,把我羞辱到这个程度我不能不为自己辩解,我压着火阴森森道:"我在这里说一下,我从来就没有一丝一——"

"你一贯这样的,陈绣屏!你从小就是这样的。"妈妈打断我,压根儿不让我讲完,甚至好像也不知道我的存在。她拿手指头隔空牢牢点住二姨,"你就是为了跟我找麻烦,我没讲错吧?"

我站都站起来了,高出众人那么多,正要慷慨陈词,这下站也不是坐也不是。幸好二舅妈扯了扯我后襟,我才顺势落座,她又轻轻拍了下我的背悄悄说:"不关你事,你不要讲话。"

不关我事。居然不关我事?

"大人说话,你们小孩子不用参加。"二舅妈借着二舅他们劝架的混乱贴着耳朵跟我说。我们二三十岁的人原来还是小孩子。但奇怪的是，我不由自主点了点头，因为我也有点醒过味儿来，陈家姐儿俩虽然说的是我的事，吵的却是她们自己的架。

檀生也看傻了。他那会儿本来准备趁我们拉家常偷偷溜出去抽根烟，弓着背屈着膝屁股都抬到半空里，结果那边就吵起来，又鬼鬼祟祟落回座位。烟瘾也被吓没了。他平常很护我短的，也护妈妈，但今天他目瞪口呆，二姨指责我他本来是想辩解，我当时也瞟见他清了清喉咙准备发话，可连我本人都插不进嘴，他更是只好把话咽回去。瞪着妈妈，他脸上也是迷茫，因为他跟我想的一样——好像真的"不关我事"。

"你呀，你就是不肯给我欢喜，我欢喜你就不欢喜了，一定要我不欢喜。"妈妈越讲越气，下巴有点抖。

二姨并不接她话，眼睛也不看她，也不理二舅，任由他"大姐二姐"不停地央求。二舅其实根本没拿出一句具体的有针对性的劝解，天真地以为只要自己不停呼唤两位姐姐，用废话占据房间里全部的声轨，填满全部的耳朵，就能使她们因为没法争吵而走向和平。他看二姐不回嘴，以为休战了，甚至还哼哼唧唧等了一会儿才敢徐徐停下来。可他刚停下，二姨就瞅准时机笑道：

"你要欢喜吗——什么东西都给你拿去了你才会欢喜呀。"

"什么东西什么东西？你从小我就让你，什么东西都让你——你还想我什么东西？"

"我想你东西？我想你东西？我想你什么东西？"二姨扫一眼小舅妈她们，带着笑，眉毛一高一低，一只眼睛撑得溜圆，另一只压成一道线。她意思想请她们评评理：一个去洛杉矶考察过的，包包手表都有名号，赤金耳环把耳垂都拽长了的人，怎么还会想别人的东西。看到她这表情我心里即使气得要命，却也不得不承认她有那么点道理。舅妈们都傻笑，想和稀泥，可又都张口结舌。连二舅都不知道神仙打架的原因，其他人更找不着北，就只好都维持着艰难的笑。这之中又数小舅妈笑得尤为艰难。

　　二姨眼睛扫大家，想争取大家的赞同支持。檀生妈妈也看到了，但她没有继续那唇枪舌剑的紧密节奏，而是忽然安静下来，像是做了个什么决定。"你想没想我东西，自己心里知道。"她轻声说。

　　"我想你什么东西啦？你讲呀。"做妹妹的笑着闭上眼，对姐姐也搞诛心这一套感到好笑之极。

　　"你想老郁——郁志岩。"妈妈轻声说，朝旁边侧了下脸。

　　旁边就是郁志岩，她老伴儿，郁檀生的爸。

　　"不怕贼偷，就怕贼惦记。"妈妈笑道，讲了一句北京话。

二十五

　　妈妈和二姨对峙，我只能看见她俩的侧脸，爸爸倒是正脸对我。但我也就瞟了他一眼，再没勇气抬头看他，只假装失聪，盯着面前的一只空茶盅。

这时厅里完全没有别的客人,只剩下我们家的十来口子。门边柱子后面躲着那店伙,借柱子遮了半张脸往我们这边瞧。他之前来巡视我们两次,带着不太耐烦的笑,意图很明确,就想催我们快点吃完走人,最终没有讲出来大概也是给美国龙虾面子。现在有热闹看,他马上就很乖觉,绝不前来打扰。

厅里寂静得像浸在水里。

"回去吧,我们回去讲。"二舅把握住这个寂静,一面马上叫店伙来结账,一面一跃而起想要带动大家。然而没人跟着站起来,不知道是不是都跟我一样惊愕到脚软。

二姨乐了,虽然声带没有振动,只有一连串短促的气流喷出鼻管子,但肩膀抖得很厉害,抖着抖着还以屁股为轴心转来转去。一转过来金牙就闪一下。

"锦屏锦屏锦屏……"檀生爸爸仍在努力去抓妈妈的腕子,这回竟然给他抓到了,妈妈没有挣扎。"锦屏,这都什么啊?说什么呢这,当着大家——"爸爸皱着眉凑去她腮畔,"没意思,这个这个,没意思啊。回吧回吧。"他一劲儿劝她走,她就不起身,他站都站起来了,又被她的铁腕拽得坐下去。爸爸直叹气:"没意思了啊没意思了。锦屏……"

我忽然意识到,爸爸完全知道是怎么回事儿,大伙儿都惊愕,他一点也不。果真像妈妈揭露的,二姨惦记过他?而且他知道来自二姨的惦记?难道他们之间……我不敢往下想,偷偷瞄了一眼檀生,好家伙,他也知道!他脸上也一样没有惊愕,只有无可奈何的烦乱。

"四封信。一共四封信。"妈妈说。她两只手都举到前面，每只手都屈下大拇指伸出其余四个手指头，轻轻颤悠。四封成了八封。"挂号信。寄的是挂号信，不会丢失。"妈妈虽然声音平静，说完话嘴巴却好像忘了合上，下嘴唇垮得很低，下牙到牙龈完全露出来。

"郁志岩收。你寄到他们单位。底下没有地址，只有三个小字——无名缄。"妈妈终于放下两手，"你不留名字，但是有邮戳啊，你懂不懂？邮戳上是广东，他们同事一看是广东来的信，谁不知道是我家里面来的？顺手就递给我。好啊，我不看不知道一看吓一跳。你叫他什么？不是姐夫对吧？也不叫小郁同志。连姓什么都没有，你叫他——岩。肉麻不肉麻？"说这些话的时候，妈妈一直在推开避开爸爸的双手，他想挽她揽她，还徒劳地叫她的名字："锦屏锦屏锦屏锦屏……"

二姨脸上没了笑，金牙看不见了。

"我自己的亲妹妹，这就是。"妈妈笑道，"你们想想看。"她朝其他人说，"这个事情，我没有向老郁隐瞒，就是你们姐夫，我当天就跟他讲了——我们是当天晚上就讲了这个事情，对吧？"妈妈终于仰头看着爸爸，问他，可不等他开口又转脸看着二姨："你想背着我，绕开我，对吧？但是怎么可能？怎么瞒得住呢？就算我没看到你的信，他也会给我看、告诉我的呀！这四封信。"说着扯过爸爸垂在旁边的胳膊狠狠摇撼了一下。

二姨又笑了，她一只手支着腮帮子一只手玩弄着空茶盅：

"三十一封。我一共写了三十一封。"

厅里骤然寂静。

31−4=27。

愣了一下,大家的颈子都齐齐地微微转动,眼睛看向爸爸,在他脸上搜索那剩下的二十七封。

檀生也看向他爸,下巴脱臼了似的。

妈妈一下僵在一个努力前倾的别扭姿态上,但也马上拧过脸仰看爸爸。

二姨始终没抬头,笑眯眯盯着手上的茶盅,眼里只有茶盅,好像忘了身处何地。

"我不记得多少……锦屏。"爸爸点点头,点点头,又点点头,好像那个颈子是一截弹簧的玩具,头点个不停。

"她说三十一封。"妈妈看着爸爸。

"我不让你看见是因为我不愿意,就是说我,我认为,我就不想……"

"你不想啥?"妈妈看着爸爸。

"当时,记得吧?"二姨忽然说,"是我,我先看见。"

"你先看见的?"妈妈呆呆地问,"看见什么啊?"

"小郁同志。"二姨也呆呆地说,迎着妈妈的目光,忽然就瘪了嘴,头也歪了,像要哭出来却没有眼泪。什么叫"先看见"啊,五十多岁的人竟然采用了儿童逻辑。她把爸爸说成啥了,林子里的蘑菇吗,谁先看见就归谁。

原来二姨竟然真的曾经爱上檀生爸爸,从三十多年前认识

139

他时就爱上他,不然怎么能背下浪漫的军旅诗人的诗,到今天还滚瓜烂熟。这别说檀生和我不知道,就连舅舅舅妈他们也没想到。只是不知道爸爸那时到底怎么个意思……二十七封呢。

一包间的人全吓呆了。

二舅早就山穷水尽,一句话都说不出来。大舅大舅妈也愣愣的,忘了手里相片。二舅妈三舅妈小舅妈垂低头。小舅背贴墙站着,脸上还剩一点骇笑,嘴像坏了似的合不拢。

爸爸看这姐妹俩都呆呆的,好像决定开口了。他顿了顿,郑重道:"是这样,我——"

"埋迷破。"妈妈朝二姨柔声说了一句话,潮州话,听上去差不多就这三个字。爸爸"我"字刚出口就被她堵回去。

我听不懂,但看二姨脸色知道这话是把锥子。

二姨像前胸给扎透了,身子微微驼下去,但又马上中气充沛地尖声回答了一长串,也是潮州话,我听不懂,肯定是讨伐妈妈呗。她一边说一边拿手指隔空狠狠地戳她大姐,仿佛历数什么。脑袋甩得太猛烈,她的赤金耳环飞起来,眼泪也从眼眶里飞出来。我还从没见过"泪飞",以为那都是文学的夸张。可二姨的泪不仅乱飞,还大颗而沉重,砸在玻璃桌面上的噼里啪啦清清楚楚,她那样尖声密集的喊叫也没能盖住。

一看舅舅舅妈们,他们又露出一轮新的震惊,在已有的震惊之上。他们再也没人出来制止劝解。二舅不仅放弃了全部的干预甚至凝神听起来,脸上还渐渐显现出哀伤。二姨的声音没两下就哑了,听上去有股焦糊味儿。她还在挣扎着说话,我发现其他人都在看着她，都在哀伤了。小舅妈竟然还伸出手摩挲了她的脊背，眼里有心疼，意思叫她缓一缓别太着急。

好不容易二姨缓下来，很费劲，停稳后也还有零零星星的干哭。像在砾石路上刹车，刹了很久才刹住。

妈妈却并没有打破这沉默，二姨说了那么多，肯定都是指责呗，妈妈却没有反攻。她低着头，放任这沉默延续。

"嗯嗯大妹，绣屏，这个的确，当时是我和锦屏的不是，"爸爸朝二姨说，可算等到了开口的机会，他重新坐下，轻轻点了点妈妈的手背，"锦屏，这个确实也不赖大妹，是咱们俩的原因，当然主要应该说是我，我的原因，我……"

"你什么你？"妈妈轻蔑道，"你什么你？跟你没有一点关系。这是我们姊妹间的事情，我告诉你。"她脸虽冲着他，却垂着眼睑完全不看他，"郁志岩，你不要老是觉得你才是关键人物，都围着你转，不是的我跟你讲。"妈妈把胳膊从桌上撤走，"她找你，给你写信，其实是找我的麻烦，她就是不高兴我，从小就不高兴我，她就不想我欢喜。呐，只要我们两个现在离婚，我退出，你看看她还给不给你写信，你看看她还会不会——思念你。"

妈妈这话还说着，爸爸的脸色已经青白了，之前的红晕退得精光。妈妈说完时，爸爸站起来，一只手上攥着扇子，像是急着离开，怕马上就要克制不住愤怒。他花灰的头发不知道啥时候变得稀乱，还有几缕塌下来吊在额前，挡了一只眼睛，光溜溜的头顶完全暴露出来。

"陈锦屏，我只说一句——我刚才就想说：我不给你看那些信，是因为我，不想掺和你们这些破事儿！"爸爸微微俯了腰，侧拧着上身专门向妈妈宣布，"那会儿那些信，我，全上锅炉房，扔锅炉里烧了，我，连拆都没拆。"说完拔脚就走。"什么乱七八糟！"又冲天花板嚷道。

他还没走三步呢，二舅就慌忙堵截上去一迭声"姐夫姐夫"，郎舅俩拉拉扯扯走出房间。爸爸后脑勺的头皮也红油油的，饱涨着愤怒。

虽然二姨还在啜泣，妈妈也没再说话，可房间里的气氛好像柔和了一点。大舅重新开始整理照片，刚才不知什么时候手一松掉了好几张在地上。大舅妈躬身蹲下去捡，狭小的空间把她挤压成一条蛇似的。剩下的人分成三拨，二舅妈窸窸窣窣凑到妈妈身边，小舅妈歪过头依偎着二姨，三舅妈把茶壶递给小舅请他去叫伙计添水。过了一小会儿，大家又都叽叽喳喳起来，仿佛努力用嘈杂去淹没之前争吵那尖厉的残声。

檀生和阿煌挤到一处，阿煌在叽里咕噜地说着什么，檀生越过他头顶盯着窗户，眉头紧锁，频频点头。我努力听了，原来阿煌在翻译刚才二姨的话。断断续续提起："二姑妈讲大姑妈为了跑去北京，就骗大姑父结婚，跟大姑父去公园里面玩……

"大姑父就上当了，上了大姑妈的当。

"二姑妈说大姑妈害人，害得她不能跟小郁同志，也就是你爸在一起。

"二姑妈说一开始是自己要跟大姑父在一起的。她把家里讲好的亲事都退掉了，还要跟家里面断绝关系，因为大姑父叫她去反对封建家庭,她就听他的话,她最听他的话……

"埋迷破啊,埋迷破的意思就是不要脸。大姑妈说二姑妈不要脸,肯定是因为她想跟大姑父——"

"陈增煌!"突然炸雷一样,二舅吼道。他刚刚转来,进门就听见阿煌那兢兢业业的翻译,"你再胡说八道?!我——"他冲上去就要打阿煌,却被檀生扭身一把抱住。檀生高大,二舅不是对手根本挣不脱,被半抱半推到外面去,脚都离了地。檀生又给我迅速使了个眼色,我立刻蹿到阿煌面前严严地护住他。因为二舅妈也呵斥阿煌,刚才她的全部注意力都在妈妈那里,一个没看住惹祸精就犯了事。阿煌好惨,翻译那么敬业却挨了剋,哇哇大哭起来。他这一闹大家实在坐不住,乱哄哄地都站起身,席散了。

我在他们攒动的缝隙中清清楚楚看见二姨的脸,泪已经擦去,整张脸却仍然雾气蒙蒙。那是她听见爸爸说"锅炉房""拆都没拆"时,就停在脸上的——迷茫凄凉。

二十六

我们走在小街上,不知道二舅家是哪个方向,也许走得越来越远。反正这会儿也不那么敢回去。小街不是笔直一条,才走了一小会儿就左一下右一下弯了两次,不知道在通到大路之前它还会怎样扭动。

一阵风吹过来，咸腥气噏地糊在脸上。这儿虽然离海岸还远，海风已筋疲力尽，但那也是海风。冬天的海风冷酷肃杀，咸腥会在胸腔存很久。风一过就落下雨，雨滴针尖似的细小锋锐，不尝也知道齁咸。紫荆树叶子薄弱，在雨里战栗，针扎的伤口被盐一杀大概痒痛钻心。

我们倒淋不着，这条街虽然老旧，但两旁建筑全是传统南洋式的骑楼，二楼外沿由列柱支撑，一楼房子往后退了一大步，让出一个走廊，我们在走廊里穿行。平常走廊里总有各家铺子堆出来的箱笼杂物绊脚，过年前突击清理大半，才发现走廊原来这么宽敞透亮。走着走着就认出来时经过的那些地方了，大丛开着紫花的勒杜鹃，"老尾婚嫁"，金碧辉煌的女子健美店，全是香港货的白马鞋行。

隐隐约约听见那首歌，《耶利亚女郎》。"耶利亚神秘耶利亚，耶利耶利亚。"

从北京听到潮州，哪儿都在唱："……如果你得到她的拥抱，你就永远不会老。为了这个神奇的传说，我要努力去寻找。耶利亚神秘耶利亚……我一定要找到她……"

很多人都会唱，很多人都在找她，都还没找到。在歌声里被通缉着，耶利亚落网是迟早的事。但这歌之前已经流行快十年，她在逃快十年，快十年还没给找到，也真佩服她。

"傻乐什么？"檀生问，看着我。原来我不留神，胡思乱想脸上全带出来了。

"耶利亚，藏得够好的。"我答。但我知道檀生并不真在听我的话。这会儿他终于点着一支烟，却不享受，愁眉苦脸吸进去，吐出来的也是愁云惨雾。

我自己呢，讲实话，陡然轻松，卸脱了干系。本就是她们上一代人的感情纠葛，我这条池鱼无辜。就还有一点心疼二舅，他太难做了，精心策划一场基调欢乐的家庭庆典，没想到旧事并不愉快。可又不由得冷笑，给他个白眼：你看看你干的好事！形式主义害人害己！

要怀旧嘛，浅浅地、泛泛地怀一下就好了，绝不能怀得太细致太具体，怀到深处保不齐会遇见伤痛难堪，不是这个的就是那个的，总有。这场糟心的庆典唯一的好处就是，迎头得了这个大教训。

"你摇什么头？"檀生问。

"迁新居丁财两旺——"我停下脚步，去念身边墙上垂下来的一溜春联，墨痕湿漉漉的，刚写完不久。原来这是家现写现卖的铺子，里面重重叠叠红纸挂满，火烧赤壁似的。"——住福宅老少平安。"

我们走一路，就这一家铺子还开着门，铺子里也只一个老头，手里正调一碗金粉糊糊。见我们驻足，笑吟吟来回打量我们，旋即有了结论，昂头高声念诵两句话，可惜我听不懂。他马上捉笔蘸了金粉，身子一折就写上红纸。

"天赐——良缘——成眷属，莲开并蒂——结同心。"我念出来。大红纸上金光灿烂，晃得我闭两次眼。

他写完就歪头笑吟吟看我们，意思专为我们写的，赶紧买吧。趁他搁笔我们跑了。

到家时雨已经收住，天也向晚。堵在门口，一步就该跨进门时，我们俩忽然不约而同往后退。檀生退得更远，三两步都到花坛后面了，还想拿花叶稀疏的紫荆树当掩体。

"想好，先想好，想好再进去，别当没头苍蝇。"他低头看着墙根，再三警告自己。也就是说这一路他都没想好呗。

"咱们就当啥事都没发生对吗？嘻嘻哈哈混过去？"我问，"还是说……看他们什么反应，然后咱们再决定？还是说……咱们先发制人，给他俩说和？劝他俩别闹了，毕竟多少年了？还是说我们干脆再出去，混到晚上他们睡了再回来？……"我一边说檀生一边嗯嗯点头。我一停下他马上抬头："说啊，接着说。"合着他自己一点主意没有。

"别抽了！几根儿了今天？"我突然发脾气，看到他又去摸烟盒子。他吓一跳马上缩手："嗯嗯嗯嗯，不抽了，不能再抽了……小样儿比我妈还凶……"檀生伸手揽住我，长长叹了口气，好像终于拿定主意：

"这样，咱也别装，也别躲，也别探头探脑，也别硬逼他们和好——进门先上他们房间去报告咱回来了，要是赶咱，咱就乖乖出来，要不赶，咱就陪着。怎么样？"他俯看着我，嘴角微微翘着，露出一点点白牙，眼珠子是清透的深棕色。我仰头望着他望了一小会儿，才知道原来一路上他都想遍了。

"要不你自己去找他们吧？我在旁边他们会别扭，还是你一个人比较……"我想我到底算外人。

"你又不是外人。"檀生摇摇我笑道,"还想躲懒儿?嗯?"

"你们回来了!"远远听见一声叫嚷。

原来是二舅妈,拎着一捆菜叶子从外面大路边上往家拐。她急急慌慌小跑着:"这么久还不回来,我都担心你们找不到啦!"跑到近前又催我们进去。可我们刚要进去她又拉住檀生:"欻欻,你还是去找下你妈吧!"

原来妈妈竟然没有回家。二舅妈说都到家门口了她却不进去,说就在附近走走。爸爸独自进去了,没有跟妈妈一道去走走。

"啊!我妈去哪了啊?"檀生担心了。二舅妈叫他不用担心,她刚才陪着妈妈去走的,因为快要做晚饭才放下她赶回来:"她说不走远,晚饭前一定回来,她答应的。"

就算妈妈是在这里长大,可毕竟离开那么久,这里变化不小,再说天都快黑了。看得出檀生还是担心。

"你去找我妈吧。"他说,"我不知道怎么说……我去瞧我爸……"

"好。"我很爽快。

檀生看着我,舒了眉头,揽着我的手松开了,松开前又暗暗使劲搂了一下。他转头问二舅妈具体在哪,二舅妈还没开口我已经出发了,我猜都能猜出来妈妈在哪儿。二舅妈一听,说你厉害,你猜对了。

二十七

  从曲折的窄巷里走出来，豁然开朗，榕树半环着广阔的池塘。树冠碧沉沉，蕴藻乌幽幽。水清，因为下面有潮州城过来的暗河。坐在对岸离水最近的石凳上，檀生妈妈盯着塘水纹丝不动，不知道是不是在分辨究竟哪一股水流从潮州城汇来。

  我离得远，看不清她脸，只觉出她疲惫，因为她短发乱糟糟，前后都有两簇歪歪扭扭地戳着，像被大风吹的。可这边没风，一塘水连些微澜也没有，多半是坐车回来时她没关车窗。

  她的发型再也没有改变过，自从几十年前到了北京，两条大辫子咔嚓咔嚓之后她再没留过长发。之后所有的照片上，无论黑白彩色，她的发尾再没超过耳根。檀生小学毕业那年她开始烫发，一年一次，倒两趟车去王府井四联，郑重其事的。她那么急于摆脱辫子，我以为她对发型无所谓，不想捯饬，但我猜错了，哪有女人不想捯饬的啊，她只是不愿意捯饬成辫子。

  她望着塘水没有表情，双手交叠着搁在挎包上，挎包搁在腿上。她对小腿放弃了控制，两个膝盖涣散没姿态。一只脚脚踝凸出来，鞋子侧脸贴地，地是湿的，鞋肯定脏了。早晨她精神抖擞，穿了这件砖红色毛呢短大衣，站镜子前左照右照，又在颈上系一条鸽灰色细格子羊绒围巾，晃着下巴特意告诉我这围巾能衬得眼睛精光四射，因为鸽灰里织进了几股杏黄色的线。现在围巾不在她颈上，领子就显得松垮空洞，短大衣下摆一侧倒鼓起一堆，不知道啥时候被她摘下来塞兜里了。

到底要不要远远喊她一声呢？我不想悄无声息地靠近。可要喊她我得扯着喉咙，池塘边的空地上嘈杂得很，不知怎么回事，前两天经过时巷陌里还没什么人，今天人突然冒出来好多。好像这里刚刚发生过一场大型的乡村集会活动，虽然结束了，但喧闹还有些萦绕在半天上的余音。男女老少都忙着清理地上的垃圾，搬走地上散落的家伙什儿，什么水桶盆子暖瓶，炭炉大锅小板凳，忙忙叨叨收拾好往家抬。空气里有一蓬一蓬热烘烘的淡淡的腥臊味儿。

"臭死了！——你别过来！"妈妈朝我喊，扯着喉咙，一边站起来，一边匜斜眼睛嫌弃地看着忙碌的人群。她示意我站着不动等她走过来。可见她在我找到她之前早就发现了我。

"臭死了臭死了！"她走到我面前了还在抱怨个不停，"我简直忍不下去了！"

我还以为她在水一方非常享受呢，却是一直在忍受。

"这是什么味儿啊？"我觉得这味儿倒也并不陌生，只是想不起来在哪里闻到过。

"这是什么味？是宰鹅的味！烫鹅毛拔鹅毛的味啊！臭死了！"

她说这边有个老习惯，过年前家家户户会约请专门的师傅来替大家宰杀养肥的鹅，这样好从当天夜里就开始腌制、卤制，除夕端上年夜饭桌。

"啊!是卤鹅呀!"我笑道。是卤鹅的话我马上就心软了,它最终的香让我完全可以原谅它履历上的臭。但妈妈好像完全不肯原谅。她说这臭味她从小就讨厌,因为每年这个时候宰杀的规模很大,不是三五只十来只,而是附近所有的鹅都得赶来受死。

"这边池塘边的,后边的,还有公路对面的,养鹅的有上百家,鹅有两百只不止。"她道,"那些师傅要坐在这儿一整天,从早到晚,又要杀,又要放血,又要烫毛拔毛,所以臭死了!"还说现在已经收工还算安静了,白天的时候不知道多么吵闹。她表情是烦恼到绝望。

"可——毕竟是卤鹅呀,潮州卤鹅,名菜嘛!"我维护道。

"我们这里就是这样,为了吃点什么东西就绞尽脑汁,不管多麻烦、多辛苦,为了吃总是可以忍受的,这个我就不赞成!——哎呀,怎么还那么臭啊?"妈妈拉着我往前快走几步,我们离开了池塘。

"要搭进去多少人?多少气力?多少时间?就为了吃一口,嘴巴馋极了简直。真是讨厌,我跟你讲,真是讨厌啊。"

我很吃惊,因为潮州菜是潮州人的骄傲呢,潮州的生活品位是潮州的招牌呢,没想到他们内部竟有不以为然的声音。

"可是潮州菜真的太好吃呀,多费点工夫也是值得的嘛——"

"牛肉丸,才吃过你记得吧?要用手工把牛肉做成肉泥。还有前天在二姨奶奶家吃的米粿，甜的，你说好吃，你知道做起来多费劲呐唉。"

"食不厌精嘛——"我真觉得妈妈太拧巴了，那些美味明明人人都说好。再说她自己不也很喜欢酸菜小肠汤吗？

"好了好了……"妈妈苦笑道，一边领着我绕开经过的一些木头架子。架子有三层，每层都放着一个大大的圆形竹匾，上面摊着一些扁扁的椭圆的东西，形状像鞋底子，乌黄色浅褐色，皱巴巴脏兮兮，完全看不出来是什么。

"猜簸啦——就是萝卜干。"妈妈轻蔑道，看我不懂又在我手心写出来，我才知道是菜脯。

"啊，菜脯！太好吃啦简直，昨天早上二舅妈做的菜脯肉丝粥嘛！"我越说越饿。

"所以桂芝也真是多事！"妈妈皱着眉头粗声粗气道，"她管一大家人每天三顿饭，现在又加上我们，多辛苦啊！我跟她讲了我们吃白粥就好的，超市里咸菜豆酱买起来就好了呀，她神经一定要自己做。是不是神经病？"话音听着一点也不感激二舅妈，只有气她不争气。一下子又提高嗓子"啊"地惊叫一声，"我明白了！是我弟弟叫她的！我这个二弟最神经病！一定是他叫她的！——但是，他叫你做你就做啊？神经病的话你要听？"最后两句是冲二舅妈吼的。

妈妈脾气上来了，两只手攥成拳头向面前的空气捅过去。我本来挽着她胳膊，给她猛地甩掉。她一发火就忘记疲惫，脚底下也跟着提速，好像恨不得马上冲回去狠狠地整顿二舅他们。

我正默默追她,忽然给巷里的吵闹吓一跳,一个老太太的声音很洪亮,从院墙里传出来,听着像在数落什么人。

"她骂她女儿,要么儿媳妇,忘了收白天晾在天台上的菜脯,做事情拖拉,人懒。"妈妈译道。

我们不断经过刚才那种三层架子,但搁竹匾的地方都空了,应该已经收回家了。但妈妈也不放过,拿手指头戳向那些空架子:"呐,就是这个东西,哼,猜簸。"

我们走在巷里,天色愈暗。大堆大堆的马缨丹藤蔓从旁边院墙上铺垂下来,小撮小撮的粉红花序泛着粉黄,映出点点荧光。穿堂风在巷里窜着,墙头茅草摇曳,腥臊味已经消散。潮汕人家特有的富含脂肪蛋白质的咸鲜味从灶间涌出来。

"我不想晾猜簸。我不想晾陈皮。不想晾柿饼。不想晾药草。"妈妈说。

"啊,为什么啊……"我不明白这四样东西到底咋了,有什么不对。

"我不想晾任何东西。"妈妈口吻冷冷的,"……什么都要晾,要洗,要切,要抬出去要抬进来,要九蒸九晒。九蒸九晒,嘿,一个女的一辈子有多少时间我问你?有多少时间禁得起九蒸九晒九蒸九晒?"

二十八

　　直到走上家门口那条公路，妈妈也没再开口，也没慢下来。一路上我又问起怎么卤鹅，她就喉咙里"唔"一声，只顾闷头赶路。更没等我。

　　我早就发现了，她不习惯被我搀着胳膊，像那种准婆媳应该表现出的亲热姿态，她根本不喜欢。有时好像忽然想起来，当着人面，或者要拍照片了，才临时划拉我过去挽一挽，但一分钟之内就会来个金蝉脱壳。也没见她搀过檀牛爸爸，除了在照片上。我怀疑她为了逃避牵和挽，才会一直直挎着小皮包，因为如果斜挎的话两只手就自由了。那包带子在她肩膀上老是卡不好位置，不断滑下来落到臂弯里，她老得一只手抓包另一只手去捉包带子，所以时刻保持双手都被占着。她不想办法改善这种不便，一准儿是成心的，或者她在利用这种不便，甚至……这不便根本就是她制造的。只有她本人需要自由时，她才会脑袋钻进带圈里斜挎皮包，解放双手。她故意放弃一个表象的自由以换取真正的自由。刚才我在塘边见到她发呆那会儿，她就斜挎着。见到我才改成直挎。她出拳打空气那一下，两手往前一伸包就滑下来，但她马上就接住，两手马上就被占满，一点不给我可乘之机。

走到家门口,她刹住脚,还往后退一步,回身拽上我,退到花坛边紫荆树的后面。

"今天呢,唉……怎么说呢,我们……就是,"妈妈没松开拽着我胳膊的手,眼眶子是正正朝着我,可一双眼珠子却转向紫荆树,像害了严重的斜视病,"都是很多很多年前的,老掉牙的,记也记不得的,拉拉杂杂的事情。你们小孩子想也不要再去想……"她说得很慢,好像说的东西很涩嘴,"我们大人会处理好的,你们小孩子玩你们的,你们玩开心。"

她说着说着,脸上逐渐堆起一点笑容,表现出松弛,意思今天下午不仅没事还很愉快,可拽我胳膊的手没撒开,在等我答复。

"好的我知道了,您放心,我听您的。就是吧——檀生怕您心里难过,非叫我来找您陪着您。他不放心您……"都推到檀生头上。

"我有什么好难过的?我就是想到处走走,清净清净。我根本没想事。"她哈哈假笑几声,撒开了手。

"但是……"我反手扯住她,"就是……"

"啊,怎么?"

"您今天当着那么多人,对爸爸……吼他……爸爸肯定,檀生觉得特别……他现在在楼上陪着,他很担心,他们爷儿俩在一起呢。"我说了一堆前言不搭后语。但妈妈一听就明白。

"哦他爸啊?——他没事。"妈妈笑了,这笑是真心的不是堆的,"你们乱担心。"她笑得肩膀耸了好几下,不耐烦似的,如果我没看错，最终还有那么一丝儿狡猾。

"噢噢，懂了！你们回来车上是不是就已经和好啦？"我嬉笑谄媚。

"根本就没事！回去了回去了！"妈妈转陀螺一样把我转了个半圈，推着进了家门。这刹那我脑袋像瓶盖被拧开了，忽然明白爸爸为什么在饭桌上冲着妈妈发脾气，他那副样子叫人以为这两口子已经过不下去马上要离婚——这不就是"向我开炮"吗？把火力往自己身上引，用冲突转移冲突嘛。

果然"根本就没事"。我们上二楼进他们的房间，正听见他们爷儿俩在说笑。一见妈妈，檀生马上瞟我一眼，我轻轻摇摇头笑笑，他也大概领会了。

我们这样心怀鬼胎，他们老两口却大大咧咧。爸爸笑道："二弟回来了吗？"妈妈说还没有，又问爸爸你知道他干吗去了呀，这么晚了还不回来，下车的时候看见你们两个交头接耳，他提没提去向。爸爸笑道可能是去跟他的朋友们商量过几天拜老爷的事情，二弟他在此间很有体面，大家都抢着请陈大夫吃席。边说边站起来把软椅让给妈妈坐。

"我跟桂芝打招呼了，等二弟回来再吃饭。"爸爸说，又叫妈妈吃饭前先躺会儿，今天太累了。檀生也站起来拉着我回屋，但妈妈又叫我们全都坐下。

"这几天呢，没想到，乱七八糟的事情，"妈妈话里含着抱歉，看了我一眼，"原来还说回来一趟就是过个年，团个圆，啊，跟阿嬷跟亲人们报告一下你们两个的情况。本来高高兴兴的。"

她一边说,爸爸一边嗯嗯点头附和,热茶端到她手上。

"就是,二姨也太多事了,不然……"檀生摇头叹道。虽然之前在辜记他完全没有插嘴老姐妹俩的争吵,但说到底谁还能不偏着自己亲妈。他有种狗子护主的倔脾气,只管帮亲不帮理,傻里傻气但赤胆忠心。我忍不住胡噜胡噜他脑袋,怜爱地搂搂他腰。

"你看我来做个战略分析啊,"檀生列出两只手,"现在的局势是这么个局势:咱们这边是咱们家、二舅家、三舅家,他们那边是小姨、二姨、大舅家。这么个局势。小舅态度不明朗,但我感觉他都听大舅的,应该算在他们那边。不过可别忘了,咱们这边还有阿嬷呢,真要打起来阿嬷肯定向着咱们!"说完两手一拍一攥,表示胜券在握。

他滔滔不绝时妈妈正咕咚咕咚喝茶,大概渴得冒烟儿,但听见这话水也不喝了,劈头就训斥战略分析家。

"张嘴就乱讲!"妈妈厉声喝道,"事情都是你们两个搞出来的好不好?居然怪二姨小姨?怪我娘家?"妈妈也有要护的主,也有同样的赤胆忠心,"还划出敌我两边了!唐僧,我跟你讲,你不要煽阴风点鬼火啊,二姨小姨大舅小舅这些天对咱们是什么态度?你讲这话没良心。不是东西!——讲起来都是你们闯的祸。"

我们俩吓得赶紧松开手都坐直了。一切又回到起点,宝石,璀璨的祸害。

"二姨是跟你们两个老的……又不关我们的事……"檀生

咕哝。

"二姨也是因为小姨的事情勾起来的呀。"妈妈不放过,"如果你没有不懂事乱收礼物。唐僧啊,你不动脑子的吗?还是你就很贪心呢?我们从小缺你吃缺你穿了?我们怎么教育你的?你小时候都知道不能随便接受人家给你的东西,现在三十岁倒不知道了?"妈妈越说越伤感,对檀生失望至极。

我好像听见自己脸皮发出煎炸时轻微的嗞嗞声。

"不是不是,"檀生忽然换一副嬉皮笑脸样,"我一个大老爷们儿怎么会喜欢这些玩意儿啊,我拿着有什么用呢?我主要是想着你们女的肯定喜欢,所以也就不说什么了……"

"啊啊,什么意思啊,郁檀生!"我急了,眼看火往我这儿烧过来,"你是说全都为了我吗?是我喜欢所以我收的?"

"那可不就是吗?姑奶奶都没叫我,直接叫你过去看,然后盒子也是在你手里过的啊!"他笑道,挤挤眼又朝爸爸那边努努嘴。

其实我也明白他的意思,他无非是想把气氛搞得欢乐些,大概之前他很费了番工夫才安抚好爸爸的情绪。再说了,他肯定觉得要是把事儿推到我头上,妈妈就不好拉下脸追究我,总要给未来儿媳一个台阶嘛,反倒是越护我越不好办。别说,他还挺有心眼儿的。

但我可爱惜自己的清誉呢,我塑造多年的高洁形象绝对不能被破坏,甭管什么原因我都不想被冤枉——

"没冤枉你,真的,你都不知道你自己当时那个样子,"檀生呵呵直乐,"真的是两眼闪光。我侧面看着都觉得你瞳孔放老大,嘴也张开了,想乐不敢乐但又憋不住乐。哎呀,太明显了,我没法不提醒你,还使劲捏了下你肩膀呢!"

"啥?你净胡说,你啥时候捏我肩膀了——"我吓得够呛,不敢相信他的话,也不能让爸妈相信他的话。

"你看!我就知道你都没觉出来!这么大劲儿你都没感觉,可见心思全在宝石上!"他夸张地哈哈大笑。我也只好忍着肉麻去抓他挠他,像八十年代那种老电影里的谈恋爱,我们俩努力去演。

可能被我们的一片孝心感动了,妈妈终于露出点笑意。爸爸一直觑着妈妈,终于也放心地跟着笑起来。

"但你今天不该说大舅。"妈妈还没完,"批评照片没完没了,这不是逼人家说最不想说的话吗?戳到人家痛处。"

"你也不必要啥都顺着舅妈她们,讨她们开心,用不着,多事。"又说我。

"我也不对,唉。"妈妈深叹口气,准备开始自我批评,可低头沉默一会儿,终究没说自己到底怎么不对。爸爸伸手拍拍妈妈膝盖,微笑着轻轻摇摇头。妈妈也笑道:"嗯,今天亏了你,不然的话怎么办呢,要吵三天三夜了,收不了场啦。"

我跟檀生正打闹,他听见这话马上停下来,硬生生用肚子接下我一拳。

"妈,我有个,不太好的感觉啊。"他皱着眉头,"咱们也来了好几天了,咱家会不会——就是咱自己家啊,咱四口人——

实际上，并不那么受欢迎啊？新的事儿旧的事儿，咱家人好像……挺能得罪人的，也挺能给人添麻烦的。"他说着坐下来，深棕色的大眼睛看向妈妈，眼角垮着，显出担忧。

"没事，"妈妈忽然非常温柔，看着棕眼睛，她总说檀生从小到大眼睛都没有变，一直好看，"咱们好好地做人、做事情，都是最亲的人，不会记仇的。你舅舅他们还有二姨小姨都是老实人、厚道人。"她口气笃定，打了一个保票。可檀生的担忧并没缓解。"要不，咱们早点回北京吧？"他轻声说。现在这情况跟我们来之前预想的一团和气其乐融融，可差得太远了。

"什么叫咱们四口？这话不对！"爸爸笑道，"我可没得罪人啊！我可没给人添麻烦啊！我这儿可是一点问题都没出！要说我这为人处世，滴水不漏，真值得你们好好学学！"他眯眼微笑非常骄矜，我们不得不承认的确如此。连妈妈也至真至诚地点头，温声道："老郁你是的，是好是好，今天亏了你反应快。"

正笑着，听见楼下二舅妈的声音，听不清说了些什么，大概是叫我们下去吃饭。天都黑透了二舅才回来。果然一开门又听见阿煌叫爸，但他叫着忽然就变成惊叫，而且尖声哭起来。檀生急道："坏了坏了，阿煌挨揍了！"我们都记得二舅在莘记放过的狠话，"回家再算总账"，不知他下手会多重，阿煌万一受伤……檀生恨不得直接跳楼下去阻拦二舅。然而抢到跟前才发现，阿煌啥事没有，受伤的是他爸。二舅的右手包着白纱布，右臂的西装和白衬衣袖子都有点脏兮兮破破烂烂，卷到很高，裸露着好几处刺眼的挫伤。

"已经处置过，非常妥当，没有问题！就是回来的路上拐到卫生所了，所以才回来晚。"二舅笑着声明，还抱歉回来晚了耽误大家吃饭。他一转身，我们又发现他右边裤子的屁股大腿处全是灰，像是摔在地上过。

二舅的话二舅妈好像没听到，潮州话说了一大堆，能听出来害怕。阿煌闭着眼哇哇哭，他爸拿另一只手摸摸他头顶叫他闭嘴，可他一睁眼看见他爸手上的纱布哭得更惨痛。

看见二舅的伤我们也呆住，妈妈连着尖声吼道："你怎么啦？你怎么弄的？"二舅只顾笑呵呵说没有问题全都处置好了，非常及时非常规范，口气完全是大夫在说患者的事儿。爸爸眉头紧锁半天没说话，他就算是部队卫生员出身，看着也不太镇定，虽然既没尖叫也没手足无措。他轻轻把二舅的手翻了一个面，我们更倒吸口气，原来有三个指甲盖都成了黑紫色。

"哈哈哈，我没想到竟然那么重，我们两个人一起抬的。这说明什么？说明质量是正宗的！哈哈哈哈，一般木材的假货没有这个重量！我就是跟那个师傅没配合好，哈哈哈，但是没关系，那个，那个，并没有搞坏，包装很严格的。哈哈哈，姐夫放心放心。"二舅对爸爸说了些莫名其妙的话。爸爸听了眉头更紧，直搂着二舅叫他别说了，心疼得不行。

阿煌哭妈妈吼二舅妈问问题，厅堂里回声嗡嗡。阿嬷也从她房间里出来查看，一看也吓得叹粗气。

等他们各自暂时散了，厅堂里只剩我们家四口，爸爸才吞吞吐吐向妈妈说了几句话。妈妈一听立刻跌坐在椅子上。

原来二舅是被很重的东西砸成这样,在搬运的时候。什么东西呢?一架酸枝木三人沙发,和一套酸枝木书桌圈椅。这些东西,全都是爸爸背着妈妈悄悄让二舅去搜罗的。他看见二舅家这套眼馋得不行。二舅辗转托了好几个朋友才找到合适款式,拿照片给爸爸看了好几个来回终于合了意,郎舅二人本来今天约好散席后一起去仓库看货下定,但临时爸爸不敢撇下妈妈,只能让二舅独自去。结果出了意外。

这几天天天的,有目共睹,二舅多么操劳,又要工作又要张罗陪我们,规定动作做完后又一大堆自选动作,我都觉得他原本饱满光溜的面颊起了褶,眼圈也有青晕。哪知道暗地里他还在为爸爸交托的任务奔波。

我瞄一眼爸爸,他瞄着妈妈。

他勉强分辩说买红木家具呢他原本也就那么一提,二舅心重,太当真,而且非要初七一上班就起运。"他就是想我们回北京立刻就能用上,就是,给我,给咱们一个惊喜嘛。"他心虚,说话声越来越细弱。

还惊喜,我觉得妈妈得惊怒。他们北京家里已经有沙发和书桌圈椅了,真皮的,也是他当年赶时髦买的。新沙发新桌椅来了放哪呢?摞在旧的上?

妈妈连看都不看他一下。她两眼失神,有气无力:"郁志岩,我跟你没话可讲。"停了半天才又开口,"二弟他是医生,靠手吃饭的,这下你让他怎么工作呢?"

爸爸脸通红,塌着脖颈子,拿拳头一下一下砸自己大腿。

我们刚刚承认这回四口人里就他没出问题，没得罪人，没给人添麻烦，妈妈刚刚赞许过他好，我们刚刚决心要好好学学他那滴水不漏的为人处世。

我看了眼檀生，他杵在那儿发愣，我知道他一准儿又动了"早点回北京"的心思。老实说，我觉得就算现在立刻登机都有点晚了。

二十九

那天二舅妈忙到很晚，又要洗碗收拾厨房又要准备明天除夕的菜肴。我要帮她她一定不让，还叫我早点去睡觉，因为我"累坏了"。真是荒唐，她天天起早贪黑忙不停，倒还怜惜游手好闲的我。我不肯走她也没办法，笑着说其实她早就准备好了明天的主菜，还领我到橱柜边一一检阅。

"呐，你看，"她说，"腌好的咸五花肉，明天煎一煎就能上桌。"说得轻轻松松。又指给我砂锅里是一个煲汤，乌鸡和水鱼以及各种配件都斩成大块，明天放水开煲就行。准备热炒的竹笙已经泡发，蛏子也洗剥干净，明天跟丝瓜稍微烧一烧就装盘。鳗鱼更是整整齐齐打好花刀，上蒸锅用不了十分钟。沙茶酱焗大虾最方便，大虾把虾线除掉摆成几圈浇上酱汁，起锅前只需要淋些白酒。另外还有提前买好的卤鹅、卤水金钱肚豆干，炸好的花生米。明天只需要临时炒一个芹菜牛肉片，一个干贝芦笋，一个白灼菜心，凉拌一个皮蛋，"就全部搞掂啦！"她挺得意，好像一切都太简单，她只需要动动小手指头。我是懂点厨事的，我知道她隐瞒了太多工作量，粗粗一算，都惊得舌头一缩。

"那个，不好意思啊，"她忽然害羞，"前两天不是已经吃过牛肉丸了对吧？辛苦你们明天还要吃啊！"她笑里含着抱歉，这么好吃的东西我们还能再吃一次，她竟然为此抱歉。"我怕菜不够啊。我偷懒呀，凑数的。"她压低声，意思恳请我通融。我急赤白脸地嚷："什么呀二舅妈！你……"她笑着要来捂我嘴，一句都不叫我说。

"我现在就帮你洗菜择菜吧？"我很无奈。

"不用啊，明天吃的时候再洗再择，哪有提前一夜的，不新鲜呀。"她笑道，"这样，你帮我去楼上叫阿煌洗漱吧，今天他爸爸不能够管理他。"又转身回去继续洗碗。"然后你就不要下来了，就去睡觉吧！"

虽说明知道二舅妈是把我支走，但"叫阿煌洗漱"我知道，也的确有点难度。他精力旺盛到可怕，不光白天生龙活虎，晚上也是，为了躲避他爸他总要上上下下每个屋都窜一遍。其中当然最喜欢我们屋，可以守着我跟檀生聊好久，聊到我们山穷水尽。他北京来的大哥好几次聊着聊着就睡过去，还被他残忍地贴着耳朵尖叫唤醒。因为有他日日夜夜的陪伴，我跟檀生已经很多天连吻都没吻一下了。

可这会儿他没在我们屋，我都没推门进去就能听见檀生均匀粗重的鼻息，睡挺香。阿煌在的话他休想。

也不在爸妈屋。也不在多功能厅。也不在洗手间。也不在露台。真怪。

我走到二舅他们的卧室敲敲门，笑问："阿煌在里面吗？"二舅说请进请进。进门我惊讶了，原来阿煌紧紧依偎在他爸身边，两只手扒着他爸剩下那只没受伤的胳膊，不肯撒手的样子。眼睛呆呆看着前方，像个黏人的猫。他可一向是避猫鼠呢。

"二舅妈让我带阿煌去洗漱。"我伸手笑道。

可阿煌一动不动。他爸抬胳膊想把他手抖落，他就不落。我们都笑，他也一声不吭，大概刚才哭狠了。二舅朝我挤挤眼："肯定是怕我打他，寒假作业都没写——不打你啦今天！你明天好好写就行了。"又去抖他两手，但就是抖不落。"真的不打你啦——我的手都坏掉啦！"二舅笑道，又拿坏手虚虚在他头上摸一摸。阿煌看见他爸忍痛吃力的样子，嘴巴一瘪又要哭。忽然又站起来，咚咚咚走去屋角拿了他的偃月刀，往屋子中间一顿，向他爸道："你用不痛那只手，拿这个打。"转身把屁股撅起来。

我们都乐。下来跟二舅妈一说，二舅妈也笑道："知道心疼他爸爸啦。"声气听着有点哑。我懂，我也有点哑。

二舅妈说是不让我提前择菜怕不新鲜，可转头她自己还是在做明天的准备工作。泡干贝，清洗皮蛋，装各种小料包。还有明天早饭，菜脯、姜、肉，一样一样的都要改刀切细丝。

厨房天花板上并排装着两根灯管子，瓦数不小，嗡嗡地响。日光灯照东西很清楚干净，照人却不和善不真实，故意带着贬损似的,二舅妈明明挺润泽的红黄脸被头顶的青白光一照就透出乌灰,好像整个人里面藏着个疲弱黯败的芯子。白天太阳底下看她,觉得皮色挺好,脸蛋红馥馥,精神头很足。她这人从不叫累的,走到哪都在做事,眼里全是活儿。只有一次,我看见她坐了会儿阿嬷房间门口的竹椅,两手摊在膝盖上似乎很放松,可腰背却直挺挺,果然二舅在前面堂屋里刚叫了声:"桂——""芝"还没出口呢,她已经站起来,启动了响应。其实她腰并不那么好,虽然她自嘲"矮胖子根本没腰",但檀生妈妈有天腰酸,找她讨块膏药她立刻就拿了来,说自己一向用惯这个,效果很好,颈子、肩膀、后背、腰、尾椎和膝盖都能贴。妈妈还笑叹怎么你哪里都有问题吗。她也笑。妈妈私下还专门拿她的情况敲打过我们,说桂芝苦噢,当年是高龄产妇,过了三十六才有阿煌,怀胎生产都遭了大罪,意思催我们早点婚育,别像她似的健康落下诸多隐患。

所以真说不好,也许日光灯照人并不是不真实,恰是太真实了,所以显得不和善。

"我们厨房是原来阿公老屋的厅,"二舅妈说,她见我在厨房里东看西看,"翻修改成厨房的。前面因为通公路,我们才扩出去加盖了两层楼。我们厨房大,我们东西比较多。"她笑着一扬手,墙上架子上果然挂满摞满各种厨具。潮汕讲究吃,炊具就多。一个很宽橱架的最底下一层是高矮胖瘦各类砂锅,上一层是明晃晃的不锈钢盆盆碗碗,再上一层是塑料密胺的盆盆碗碗,最上面立着的是竹匾,平躺的是蒸屉,旁边还散落着好些奇奇怪怪的模具。这些东西虽然摆放整齐,却能看出来没一样长久闲置,好像随时有任务,随时就能上灶上桌。

我替她想想都有点犯怵,家里吃饭的除了他们一家三口和阿嬷,还有三舅,据说三舅妈不怎么开火,也常常跟过来吃。他们大人都过来了,阿康也就过来了呗。所以每天是七口人七张嘴。现在还得再加四张嘴。明天还要再加……至少六张嘴。

"我们的天井其实是原来朝外面的院子,那个大缸看到了吧?你们阿公在的时候就养了荷花,现在看不到,夏天才有了啦。"她笑道。我早听说阿公是有雅兴的,现在厅里的几尊花瓶全从阿公手里传下来。早年间潮汕人家条件稍好一点的都用大缸养荷花,都讲究赏花。我也在本地的画报上看到过好些老照片,远景是小院里夏日炎炎荷叶亭亭,画面正中是阴凉的老式厅堂,有雅兴的人围坐在一套工夫茶盘前,一边扭头去看荷花,一边品鉴手里的茶。有雅兴的往往是各家的阿公、阿爹、阿伯、阿兄、老叔什么的。

"我们菜脯自己晾晒。"二舅妈从窗户探头向我道。我已经走在天井里,果然马上看到一个眼熟的东西,三层架子。同样每层有个竹匾,竹匾里是那个,猜簸啦。架子妥妥地放在拐角屋檐下,就算下雨也绝对淋不到。架子旁边还有个一模一样的架子,底下顶上竹匾里的东西像果干,中间那个我拣了一块出来一闻好香,是陈皮。架子旁边还有个双层长凳,两层也都搁着竹匾,里面是我们刚来那天阿嬷择出来的药草。

九蒸九晒。想起这个新学的词儿。

"去睡啦!"二舅妈催我,"我快好了,等下把晾的东西收一收也去睡觉了。"

三十

来了这些天,头一次觉得凉。没下雨,也没有凛冽的风,夜凉如水,渐渐漫上来,悄无声息。之前的鞭炮声今天终于在零点之前停住,约好了似的。可能各家炮手们都回去养精蓄锐,为了明天除夕守岁,狂欢通宵。只有很远很远的天空零星传来三两声窜天猴的呼啸和爆炸。公路上的货车没了。摩托车也没了。过了半天,听见"嗒嗒嗒嗒"细碎的脚步声经过楼下门前。有点急,小跑赶路,但不是鞋底着地,听着像粗糙的肉爪子,大概是那两只没家的老狗。中午总见到它们在附近转悠,眼睛向我们一瞟一瞟的。阿煌很懂,吹声口哨叫它们等着,上饭桌拿他故意啃不干净的骨头丢过去。

夜里虽然凉却不太黑,对过隔着公路一连四五户人家都挂着红灯笼,还都是从二楼檐角吊下去的一长串,沿途照着他们自己的各个窗户,像长年在拍摄一部古装的电视连续剧,窗户里藏着强烈的爱恨情仇,甚至还牵涉一些神神鬼鬼,绝不是我们这种普通的、城乡接合部的现代生活。

纱帘没拉严实,红光也进来我们屋,靠近窗户的大半张墙被照耀了。墙上的贴画非常清晰——但清晰的不是画上的四季花果、烛酒钢琴和洋宝宝,而是纸张的凸凹。纸张不平,画上的一切都没了,只有凸凹。凸起来的地方迎亮,反着红光。凹陷处则成了漆黑的洼地,深浅都看不出来,只觉得难以捉摸。这些贴画在夜里有别的含义。

檀生打呼噜不重,但太有规律,好像跟我的脉搏对齐了,我心跳两下他抻一次气儿,跳两下他抻一次气儿,次次都能踩上点。这是很折磨人的。摸黑在床头抓了本杂志,我去多功能厅熬会儿吧。

多功能厅窗帘敞着,铝合金的防盗栏和窗框子被映成明亮的银红,衬得房间漆黑。我去摸索堂灯开关,结果啪的一下,赤橙黄绿青蓝紫,是那欢快的彩灯率先闪烁起来。我还想着这彩灯的开关竟跟堂灯在同一块面板上,跟堂灯平起平坐,果然是装修时就定好的设计,而不是后来临时起意新拉的电线,可见二舅一早就决心要建设一个生活多彩的家。

"关上。"突然听到一个声音,吓得我蹦起来。原来是檀生妈妈,正正坐在迎门的大沙发上朝着我,刚才黑灯瞎火没发现。她脸上闪烁着欢快的赤橙黄绿青蓝紫,但欢快是彩灯的,她的脸是暗灰色。

我赶紧去关,但弄错了又把堂灯打开,一百瓦的大灯泡子猛地大放光芒,晃得我眼珠酸胀。妈妈并不抱怨催促,只闭眼等着。一阵手忙脚乱终于全关掉,屋子里重回黑暗。

"你不睡觉跑来这里做什么?"妈妈问我,我还想问她呢。

我说睡不着来看看书培养点困意。她又说："你看书就看书好了，为啥跑到……"话刚起头却又刹住，大概是想到了我怕开灯影响檀生，停了一下柔声道："他睡觉好得很，你不用太小心惯着他，他打雷闪电也吵不醒的，跟他爸一样。"其实我一出房门就听见他爸的鼾声了。

"妈妈，您这……是要睡沙发吗？"我迟疑问。堂灯差点晃瞎我那一瞬间，妈妈和沙发，以及她身边的一摞被子枕头在我眼前留下一个剪影。怎么会忽然堆一摞被子枕头的？多功能厅功能虽多却偏偏不包括睡觉，我们刚来那夜，檀生弟兄几个就是胡凑合一宿，啥铺的盖的都没有。哎不妙，我马上猜想妈妈终于动了怒，决定今晚跟爸爸分居了。

"没有啊，我就睡不着出来坐坐——这被子枕头不是我的，是桂芝睡觉前抱出来放在这里，说是明晚用得上——谁用我也不知道，不是我的。"

我松口气，答应着就要回屋，觉得还是溜掉把清净还给妈妈为好。她却叫我坐会儿，指了指旁边的小沙发。这我倒不好就走了。厅里的黑暗渐渐不那么幽深，银红的防盗栏、窗框子又清晰起来，妈妈后脑勺的卷发和鬓角也泛着暗红。我坐她右边，只看见她的腮帮子有一道模糊的轮廓线，眼睛鼻子嘴都隐没在黑暗中。

她不说话。

远方噼噼啪啪的鞭炮声传到屋里，微弱得像一个人憋在肚子里的叽叽咕咕。

"潮州过年根本不冷嘛,我白把大衣带来了,"我找话,"穿出去肯定要被人笑——"

妈妈听着听着忽然一连串抽噎,力量好大扯得她颈子都往后仰了,像是憋了半天终于憋不住。她伸手去拽旁边的被子,拽出一角捂在脸上。原来她不是刚刚开始哭。她大概哭了有一阵儿,叫我给打断了。

"我大妹是个……"她咬牙切齿说了句潮州话,我猜是混蛋,或者无耻什么的。顺着之前"埋迷破"的意思。

"一根筋。北京话讲一根筋,就是钻牛角尖,认死理,一条路走到黑。"

三十一

原来陈绣屏在饭桌上对着陈锦屏尖叫的那些话,那些甩着耳环飞着泪,手指头狠狠戳向她姐,喊到嗓子嘶哑的那些话,很可能全是事实。她说陈锦屏为了跑去北京才跟小郁同志谈恋爱。跟小郁同志去公园里面玩是为了欺骗他结婚。小郁同志上了陈锦屏的当。陈锦屏害人,害得她陈绣屏——最先看见小郁同志,并且真正爱着小郁同志的陈绣屏,竟不能跟小郁同志在一起。她陈绣屏为了小郁同志把家里讲好的亲事都退掉了,因为小郁同志讲要反封建,叫她反对封建包办婚姻,她就听他的话。她最听他的话。结果怎么样，她这边轰轰烈烈反封建，一转头小郁同志被陈锦屏叼走了。最可恨的，她还是跟着全家到了辜记才醒过味儿来。那天她小口小口吃着牛肉粿条，羞答答地偷瞧着小郁同志，幻想着有朝一日……却听到小郁同志亲口宣布"已经向组织打报告"，他即将"与陈锦屏同志发展恋爱关系""请求组织批准"。

小郁同志宣布消息时只有阿公阿嬷稳稳坐着，其他人都大吃一惊。

阿公是早几天的一个晚上先得了禀告。小郁同志晚饭后来家里，在堂屋站得笔直，刚开口阿公便叫跟他回房间，厅里面因为灯光亮，孩子们正围着桌子写作业。其实陈家是小郁同志平时常来常往的，跟孩子们一向也有说有笑。但今天他表现奇特，一进门就向阿公敬了军礼："陈大夫！"礼毕也板着，没松弛。阿公制止孩子们嬉笑，但也觉出不对劲。

阿公阿嬷的房间窄小，这密谈的气氛毫不温馨，毕竟平常孩子们给叫进来多半是挨训。房间叫一架庞大的拔步床占了一半，据说是阿公留学归来跟阿嬷结婚时家里给置下的。顶架上是一大块镂空木雕，围栏都漆红漆描金花，檐幕拖着流苏，蚊帐对开拴去两边的柱子。整个床像个微型的戏台，此刻大幕拉开了。阿公坐在床沿，胳膊耷拉着手摊在腿上。

小郁同志只能坐对面墙根的一把小矮凳，从低处仰望阿公。

为了不叫阿公别扭，他今天特意没穿军装，但那黄不黄白不白的粗布衬衣扎进裤腰里，袖子卷到肘弯，红白皮色大方脸，一看就不是本地小老百姓家的后生仔。锦屏也跟着溜进来,关上门靠墙立着。

小郁同志先汇报了全国的革命形势,又阐述了部队南下的意义,又分析了他作为普通士兵在历史洪流中的使命,最后落在目前的任务,任务就是"……要跟群众紧密团结"。绕了一大圈终于提到他对"跟群众紧密团结"的理解,理解就是"已经向组织打报告""与陈锦屏同志发展恋爱关系"。

阿公听完垂了头,没回答,没应声,半天才说既然已经报告组织那就请组织做主吧。但实际上阿公的脸色他们看得心惊,他好像垮掉了——妈妈流着泪一样一样数:"眉毛垮掉了,嘴巴垮掉了,肩膀垮掉了,腰背垮掉了。我对不起阿公啊,伤透他的心。"

我想起早上檀生爸爸说的"四十里""四千里"的话,阿公是巴不得大女儿在镇上安家。

"难道阿公阿嬷之前完全不知道吗?你们瞒得那么严实?"我心里叹口气,"龙门共仰无双景,珠浦先开第一亭"。

"那个时候部队上是不能私自谈恋爱的,要打报告。"妈妈说,"我们不敢告诉人也是没有办法呀,组织还不知道别人都知道了,这个你叫组织怎么想?这不是欺骗组织吗?犯错误是要写进档案的!——但实际上,嗯,我们并没打恋爱报告,我们谁也没告诉……"

"可阿公是喜欢爸爸的对吧?我听您话里的意思,不然怎么会领到屋里单独谈话。"

"何止喜欢，那时候老郁最先认识的是我爸。我爸一开始就对他印象很好，讲这个兵仔，有文化又力向[1]勤奋，将来会有出息。"

现在一想，阿公认识檀生爸爸，喜欢这个兵仔，可不就该是迟早的吗？小郁同志是卫生员，老陈大夫在乡间运营一家私人诊所，一老一少算是同行。

那时部队刚来不久，北方兵仔们水土不服严重，医务室缺医少药也没经验，小郁同志在和平时代也忙乱得像打仗。有次一位战友捂着肚子嗷嗷喊痛，在床上打滚，还吐了带血的黏液。问了各种情况就是查不清病因，小郁同志只能背着他去往潮州城区的医院。路上经过陈大夫的诊所，虽然招牌上写明诊治眼耳鼻喉，但红十字毕竟是红十字，他进来想着碰碰运气。结果陈大夫看一眼问了两句话就乐了——"你吃菠萝了？""吃了多少？"原来这位病号不知厉害，贪馋菠萝美味一气儿干掉两个，胃病发作黏膜出血。问他他却不敢说，因为是背着大伙儿偷吃独食。病根找到，用不着上潮州城区了，小郁同志很快就做出处置，陈大夫一听全都正确，因此对这医务兵仔相当赏识。尤其赞叹他顶着烈日咬着牙把壮硕的战友背来又背去，一句废话不说，一点嫌怨没有，年纪轻轻已坚定践行医者仁心。

这之后来往渐密。他二人看着像师徒，但老陈大夫谦逊，虽然常常给小郁同志讲解医理、分析医案，却一定不肯以老师自

---

[1] 力向：潮州话卖力、努力。

居,只笑道"忘年之交",甚至还很愿意多听小郁同志谈天说地,一边听一边向家里的男孩子们叮嘱向这位兵仔大哥学习。男孩子们阿公管理肃严,毕竟陈氏衣钵,家里的诊所,还有作为医者的处世之道,未来都是要给儿子去继承的。至于女儿们,她们嫁人。他只草草给她们介绍了小郁同志。或者介没介绍都不一定。

老陈大夫就这样疏忽了,以至于后来"伤透他的心"。

"我记得她那个样子。"妈妈说,"她喜欢老郁我们早就看出来了,她笑眯眯地一直在拿眼睛瞟他。她什么时候爱笑?看见老郁她就笑啊,这怎么瞒得了人呢?"

她说完后烦恼地哼了一声,我才明白话里的"她"不是阿公而是二姨。

"她不爱笑的,跟我们姊妹兄弟在一起就没有过什么笑脸。对我就更加没有啦,好像我欺负她一样。

"我欺负过她吗?——没有啊!

"是,阿爸看重我多一点,偏心我多一点,我也知道,全家都知道,都不拿它当一回事。

"那个时候嘛,哪家小的不捡大的衣服穿呐?她大一点就不肯,讲恨我的衣服,讲恨我的气味。

"她讲,个子差不多为什么一定姐姐穿新妹妹穿旧?为什么姐姐吃多妹妹吃少?她讲歪理。"

妈妈滔滔不绝,急了还伸手指指点点,仿佛跟大妹争抢衣食就在昨天午后,而不是三四十年前。她越说越生气,我越听越困惑,她刚才明明在哭的,半夜不睡觉躲到这里,摸黑流眼泪,难道是在辛记的吵架又勾起了儿时这些琐屑？为了三四十年前的衣服零食她到现在还在怄气？一根筋的到底是谁……

"哦，二姨小时候也那么好强啊。"刚说完我就想扼自己喉咙，什么叫"也"？趁妈妈还没留意赶紧打岔，"刚才您说二姨一根筋是为什么呀？"

她顿住了，黑暗使房间寂静，我简直能听见她眨眼睛的响动，眼珠子干涩，黏液稀薄，眼皮刮下来时咕叽咕叽的。她一睁一闭一睁一闭好几次才润滑无声了。

"我妹妹一根筋，为他吃了多少苦啊！哎呀，可怜啊我妹妹，她心里过不去那个坎。老天爷啊，她苦死了。三十一封信呐她给他写了，三十一封，那个不是情书，是，是……"她停在"是"上好一会儿也没说是什么，"我当初不懂，只知道骂她不要脸，也不给她回，还写信叫我爸好好教训她，不叫她来搞我的破坏，还动员大弟二弟他们孤立她批评她。我不懂啊，我的心怎么那么狠毒啊！我是狠毒的姐姐啊！我不知道她那么一根筋啊，她苦死了。"妈妈用被角压住嘴放声痛哭。

三十二

是二舅讲的。下午他们在回来的车上，二舅讲了一路。因为有出租车司机，他本来还吞吞吐吐，但讲着讲着妈妈就绷不住呜呜地,他自己眼泪也冒出来,全不顾了。

原来小郁同志和锦屏走后,绣屏大病一场,先开始是低烧,阿公不大理会只叫休息休息。躺了两三天没吃东西,连水也没喝多少。然后一连十来天,忽烧忽不烧,阿公也说继续休息,只叫多进些汤水,没做什么处置。直到一天夜里突然就发起高烧,反反复复到翌日早晨都不退,绣屏两度晕厥,阿公这才慌忙。但家里就算有诊所,也不能急救,只能同大儿子二儿子轮流抬着背着送去医院。急诊的大夫还斥责了阿公,为什么拖那么久才来,不要孩子的命了?自己还是做医生的人。阿公追悔不已,努力回想绣屏的病因就是想不出来。大舅那时已经是大孩子,一向体弱心思也敏感,提醒说:那天爸爸你们讲起庵埠那家的婚事,你告诉她一定不可以退,因为已经定好的,二姐问为什么没给大姐定先给她定,爸爸你就说是怕大姐嫁到太远将来回娘家不方便,所以专门让给她的。二姐不是当时就气得坐到地上了吗?病也是那天病的。

但阿公听不进去,对"心病""忧思成疾"这些说法根本当是瞎说,认为一个小姑娘哪来的那么多心事。"就是感染引起的,不会有错。"他坚持。二舅印象深,他也记得二姐当时的脸,眼白突然好大,嘴唇也紫了,没哭也没说话只干吼了一声,身子像条鱼一样从椅子上滑下来坐在地上,两条腿叉着。阿公叫她快起来砖地寒凉,但她不理会,阿公拽两下拽不动就出去了,因为这时诊所外面有人叫门,是锦屏学校的校工来找她取钥匙,说明明早就讲好,锦屏临时却没出现,这才寻到家里来。阿公高声叫锦屏也没回应，只好带她们上楼去找。二舅说阿公走后，绣屏就在地上坐了好久。

那时绣屏离十七岁还有半个月。

她住院时间不长，康复挺快，但回到家后一直不讲话，跟谁也不讲话，不是不想讲，是失声了，哑巴了。那时都说她是发烧烧坏了嗓子，但她连嘶哑的声音也不能发出，只好写字。过了一阵子写得自己也不耐烦，就用比画，最后就剩眼神，只表达点"是"或"不是"一类最简单的意思。渐渐大家也都习惯了一个没有语言没有声音的二女儿，二姐。至于庵埠的婚事，大概人家很快就听到失声等等，黑不提白不提地也就消失了。直到过了大半年，绣屏考进一个相当好的医护学校，正式从家里搬出去住校，在背着行囊跨出大门的时候，才再次开口说话，说的什么呢？老陈家的人再次听见她的声音都惊喜不已，但把她那句话当成笑话，因为觉得滑稽有趣："瓦 gian 噢。"就是"我走了"。哑了这么久，第一句话竟是这么句平平淡淡的废话。

"这些我都不知道，那个时候我已经到北京。我爸写信给我也没有讲起，只说家里一切都好叫我勿念。"妈妈说，木呆呆的，喉音分岔。她固然一直对阿公有愧，阿公在时却总是不愿再回首那些事，她结婚生子后回家几次谈起问起，他总含含糊糊带过去，结果到今天，那些苦涩艰难才由二舅说出来。

自从跟檀生回家见了妈妈爸爸，相处了那么长时间，我也只听到爸爸说起过他们相恋的往事。他可是一位浪漫的军旅诗人啊，从他嘴里说出来的都是胜利、甜蜜，虽然也都算实话，但都经过了筛选提炼成为高纯度的美好，其余不美好的即使仍是实话，甚至极其关键的实话，都叫他给略去了。这回到了潮州，听了各家零零散散的闲话，我才大致拼凑出了当年的情形：

当年妈妈离开家，几乎是不告而别，甚至更糟糕，还留下一个烂摊子。因为阿公虽然对大女儿失望伤心，一开始却还没有乱方寸，还抱着很大的期望，期望组织批复：不同意。或者在组织批复之前到部队上去拜访，找到长官，小心翼翼提出女儿"年纪小不懂事"，等等。之所以小心翼翼，也是怕长官误解他作为群众不想与部队紧密结合，而且即便很生气他却也绝对不想坑害小郁同志。结果他还没来得及走这一步，小郁同志所在的那支队伍突然离开驻地奔赴别处，而他们前脚刚离开，锦屏后脚就跟着，在一个凌晨出了家门坐上火车去了广州，然后再继续坐火车去了北京。阿公发现时，锦屏的衣物一件没留，课本一本没落，连梳子牙刷都带走了，还偷了点钱。原来两个年轻人把阿公骗得不轻，根本就没有什么恋爱报告，恋爱报告纯粹是用来稳住阿公的。因为那时小郁同志已经知道自己很快就到了退伍的时间，而他下定决心答应了锦屏，带她上北京！

其实他从来也没仔细向她打听过她为啥要上北京，为啥非上北京不可。他只知道当他偶尔流露出完全可以考虑留在潮州，说部队上也有同志退伍后选择留下而且都过得不错，在地方上很受重用，她就不吭气儿了。这不吭气儿可不是一个八拍四拍的休止符，而是持续三天。在第四天上他得进行深刻检讨才能再次见到她迷人的黝黑的笑容。但她仍不解释。对她的不解释小郁同志最终认为自己找到了答案：的确，这有什么可解释的呢，全中国乃至全世界有志向有才能的年轻人，谁不向往北京？

全套的出逃计划在西湖公园龙珠亭出炉。这对于一位有丰富军事经验的退伍老兵，以及一个思想先进、意志坚刚、体格强健的学生干部不是难事。小郁同志先到北京，按计划锦屏先到了广州一个同学的家里，准备一买到车票就再次出发。那时除了邮政根本没有别的通信办法，连电报都没处打也没处接收，他们失联了十几天。小郁同志天天天不亮就上车站蹲守，三更半夜才回家，甚至有好几次连轴转，叫花子一样露宿在车站外的墙根儿底下。春末的北京虽然还不热，但几天下来人也脏臭了，跟真叫花子没啥区别。

锦屏就算够顺利，但火车不靠谱，走走停停，说不清到底花了多长时间才到。她只记得自己一路上浑身是土，红土、黄土、灰土，这辈子都没有披挂过这么多土，玻璃窗上映出的是个多彩的泥人儿。

终于在一个刮着大风的傍晚，小郁同志与锦屏会了师。两个人在站外旷野似的广场上脸对着脸，啥话也没有，风就不叫他们开口，开口就灌一口沙子。他们只能闭嘴傻乐。

老天爷大概真的有心成全，之后他们竟然事事如意，运气奇好。先是郁家老太太欣然接纳了未来的儿媳，紧接着就赶上一个大部委下属的国营单位招工，郁家托人帮忙拿到了报名表喊里咔嚓填好；而陈锦屏以名列前茅的成绩拿下了招工考试，马上参加了培训班，体检一通过就住进了单位的集体宿舍。五十年代初，整个社会求贤若渴，让这个鲁莽的姑娘不仅没有一天流落街头，还给她安排了好前程。小郁同志帮助思想进步的姑娘逃离旧式家庭，更有"投身首都建设"的性质，在北京他们的社交圈子里传为美谈。

可这边潮州家里，从吃完辜记回来以后，就乱套了。先是次日清早绣屏来到阿公房间，哭到窒息，发疯一样，要求阿公一定退婚。而阿公还在思索怎样应对小郁同志打报告的事，只得敷衍，一个不留神就把为什么先给绣屏定亲的实话说了出来。正说着，锦屏学校里的校工来家拿钥匙，然后就发现锦屏人不见了，枕头上只有一封信。这封信阿公看了一眼就脸色大变，又喊人。大舅二舅赶上去时，阿公坐在床头抓着床柱，看着像要发怒同时又六神无主，他火急火燎叫两个儿子马上出发去赶火车。儿子们虽然不知道火车站在哪里以及为什么赶火车，但也扭头就往楼下冲，可刚拔脚父亲又叫住他们，跟他们互相看着，并没有下达新的指令，半响才口齿不清地说了几个字，意思就是不知道自己哪里得罪了神明。儿子们很惊奇，因为父亲是西医出身，从不谈神明，连祠堂里、家族里人们谈论，他也敬而远之。儿子们傻站好半天，父亲才再次口齿不清地宣布，你们的大姐去北京了，去得很好，跟你们未来的姐夫小郁同志在一起，他们是这样安排的，安排得很好，我很赞成。他们要去建设新中国，去北京建设新中国，我是坚决赞成的。

然而没两天就有亲朋来问，问锦屏是不是被人哄骗私奔了，是不是失了身什么的。阿公在家里明明千叮咛万嘱咐不许走漏风声，想半天才想到大概是校工那天没走，听了看了个七七八八传出去。镇子就那么大一点，陈家人饱受议论。其中最荒唐的一条来自阿公应该称小叔爷的，这老翁有点老糊涂：陈家女儿逃家？是讲引凤哦？原来他还牢牢地记着姑奶奶陈引凤的那次逃家。旁人听了都笑，这话就这样带着笑声传到阿公耳朵里。虽然刺心，却也提醒了阿公，陈家女儿逃家，锦屏不是第一人。他马上写信给妹妹引凤，希望她能给出建议。那时姑奶奶已改名陈恒，在青岛工作。全部亲朋都算上，姑奶奶是唯一一个既不批评也不讥讽阿公的人，当然宽心劝慰的话也一句没有。回信中关于锦屏，她只说了十几个字："不去寻，可先等信来。她最有主见"。阿公看完焦急没有一丝缓解，还说自己昏了头竟然去问引凤，引凤没有小孩怎么会懂这些事。可再一想引凤当年也是差不多年纪跑去上海，独自闯荡活下来，并不依靠亲戚，抗战开始后很长时间甚至跟老家断了音信呢。相比而言，锦屏到底还有小郁同志，而且天下安定，不是她姑妈那个兵荒马乱的年代了。

靠着这些自我安慰，阿公勉强熬过了一个多礼拜。然后收到从广州寄来的信，三页纸。撕开信封马上颤颤巍巍翻看落款：女锦屏拜上。阿公松口气，仰头歇了一下再看正文。只见她开篇先虚头巴脑谈了现在国家建设的形势，作为年轻人应该怎样投身到这样壮阔的洪流，等等。多半是从报上抄下来的话，一看就是跟小郁同志学的。字迹也草，模仿大人连笔画。直到第二页末尾才说她此刻人在广州，一切都好，向家里报告平安。阿公一看广州两个字跳起来就要出门，还妄想着拦截，又看到第三页纸，笔迹变了，原来是锦屏女同学的附言。女同学说锦屏这段时间住在她家，因为买票困难，但今天上午锦屏已经登上去往北京的列车，请伯父伯母放心。最后还盛赞阿公是开明的家长，她们为阿公鼓掌。

阿公有苦难言，又坐回原位。非常后悔早先跟孩子们说起他们姑妈的往事，原是为了批评她性格乖张带累父母家人为她操碎心，万没想到锦屏依样画葫芦。好在没几天就再次收到了锦屏的信，知道她不仅不曾落难还前程似锦，才踏实了。

踏实了还不到两天，绣屏高烧住院。当父亲的心里是不是有愧谁也不知道，他嘴那么硬，只提感染避说心因。可绣屏失声继而失婚，不过一个月，他眼见现出老态了，其实也才四十出头。

"我对不起阿公啊！"妈妈哭。

"我只顾自己！"

"大妹可怜啊，我心里面怎么这么狠毒！"她好像已经没力气了，抱着胳膊，鼻腔里发出呲呲声，气管很深的地方发出呼呼声。

"我欺负她我自己不知道。"她平静地说，"小时候我肯定欺负过她，肯定，我自己不知道。"

忽然房间彻底漆黑，原来街对过的红灯笼熄灭了，这会儿肯定过了两点。漆黑让我冒出个狂悖的念头。

"那要是……重来一次,您会把爸爸让给二姨吗?她说是她先看见的……"

妈妈没理我。

"您留下,留在家里,这样就不会伤阿公的心了,对吧……"

"不是。"妈妈说。

"啊,啥不是?"

"我不会留下。"

"对嘛,您爱爸爸!我就知道二姨是胡说八道!她居然说您是骗爸爸结婚,目的是去北京,哈哈哈太好笑了。"

但是妈妈一点没笑。

"我要去北京。我不会留下。"

"那不就,还是会伤阿公的心?"

"我不可能留下。"

"那么阿公……"

"我留下的话,迟早还是嫁到河边东门的郑家,要么洪家,在状元亭。早都说起过的。当时我连广州都去不成,做工做工不行,念书念书不行,就只能在家里等着出嫁。"

"但要是跟阿公好好说说的话……"

"这就是阿公定的啊!"

"可是阿公不是很偏疼您的吗?"

妈妈不说话,像懒得理我。

"您爱爸爸吗?——我是说小郁同志。"我豁出去了。黑夜给了我胆量。

"爱呀爱呀——去睡觉了太晚了，明天不能睡懒觉我跟你讲！"

三十三

好刺眼。虽然还没睁眼，但强光穿透了我的眼皮。我翻了个身背对光，决定还是先别醒了。啊可恶！背光也还是刺眼。我硬撑着爬起来，果然看见窗帘大开，整个房间金光灿烂。檀生不知道什么时候已经起床出去，也不想着帮我关下窗帘。我一边骂骂咧咧，一边艰难地向窗边移动。

"甲木欤——甲木欤——"阿煌在外面敲门，"大嫂，你醒了吗？你没醒吗？大嫂？大嫂你假装听不见吗？大——"

我拉开门一把揪住他脖领子。

"甲木欤！"他也不挣扎，笑道，"我妈说叫你甲木欤。"就是吃早饭。

"你告诉她们不用管我，我不吃早饭了，我再眯一会儿，拜托！"

"猜簸肉糜粥。"

"马上下去。"

今天天好，早饭在院子里吃。等我下去时他们快吃完了。二舅家没种什么花，墙根的紫色鸭跖草看着像野生的，院子半空里枝繁叶茂的木荷树也是篱笆外面别家种的。据说木荷夏天开花，气味非常甜美。

天真好啊，我朝着树冠深吸口气，希望能预支一些花香，但闻到的是烟火味儿，已经开始啦，鞭炮声此起彼伏。

妈妈转头看见我，笑道："好！大馋猫出洞！"又向厨房那边喊，"桂芝啊——不用盛出来，锅子端给她就行了，你少洗个碗。"二舅妈笑着还要拿碗盛，却已经被我夺了锅子。

檀生在扒拉最后几口，阿煌早吃完了但一直在他边上守着，时不时趴老哥耳边嘀咕几句。檀生不住点头，言听计从的样子。我问他们待会儿有什么安排，阿煌昂头严正宣布："今天我要写寒假作业——二十篇。"

"啊？不去啦？"檀生从碗里抬起脸，"不是去镇上吗？买降落伞那种？"

阿煌跳过去捂他老哥的嘴，低声吼他："吃快些！——我们写完五篇就去。"等檀生扒完最后一口，阿煌立刻就拉犁似的拉他上楼，连写作业都要他陪着。

那边那五位放下碗就走去堂屋了，阿嬷、二舅、三舅、檀生爸妈，在那儿筹划，为了今晚团年饭怎么个吃法。其实本来这事儿没什么可筹划的，按照二舅的性子，什么菜品、座次、流程，他早就安排得严丝合缝。大姐全家回来太难得，除了四个兄弟家，二舅这回大胆地向二姨夫小姨夫发出邀请，请他们赏光出席。因为本地确实没听见谁除夕回娘家团圆的——没人比二舅更精通礼数——所以说"大胆"。之前两位姨夫都没谢绝,都很体谅老陈家大团圆的珍稀,甚至答应了当晚即使不吃饭也至少过来坐一坐,拍一张史无前例的全家福。二舅因此很感激很得意。可谁能想到,自打我们来了就意外频出。现在二姨家和小姨家,到底还能不能来吃饭,坐一坐,照全家福,都变得不确定。阿嬷说了一长串,好像带着好几个问题,二舅皱眉笑着不停点头,但回答出来却是否定句:"不好办。唉,不知道她今天心情怎么样了。"

"我来!我打电话给她!"爸爸大声承诺,"我去接他们!"他声音洪亮,无论说啥都显得义薄云天。

"你拉倒吧。"妈妈说了句北京话,"我打给她。"

"你们不要打,我打吧。"二舅笑道,"你们档次高,规格太高,还是我讲比较适合。"他边说边拨电话,又向三舅说:"等下你骑摩托去把穗穗接来。"三舅点点头,摸了摸衣兜里的车钥匙。

"喂——娣花啊——啊,是穗穗啊,你妈出去啦?去哪里啦?怎么今天还出门呢?"二舅转过脸看眼大家,无声地苦笑一下。妈妈爸爸都低下头,无声地叹口气。"那么她什么时候回来呢?——不是,你们今天晚上……哦哦,好的好的,好的好的,"二舅又向大家轻轻摇头,"那么就明天再说啦?好的好的穗穗,我们明天等你们啰,你大姨大姨夫他们红包都准备好了,你要发财了,哈哈哈哈。"

挂了电话,二舅又跟阿嬷解释一通,说小妹他们家今晚不过来团年,穗穗当然也就来不了。阿嬷没再说话,站起来回她房间了。剩下的人都没说话。半天妈妈摇摇头："小妹的事情，我们换天再跟她讲，是要解决的，她的事情我跟老郁也商量过了，要帮她想办法。"爸爸点头，二舅点头，三舅跟着也点。

她的事情……不就是宝石的归属那件事情嘛，不是已经解决了嘛，我们都交公了，东西就在二舅或者阿嬷那里呀，还有啥事情？我隐隐意识到不那么简单。记得从姑奶奶家回来那晚妈妈跟小姨在阿嬷房间里哭，三人同哭，被檀生闯进门去瞧见，妈妈当时还发火呵斥他。肯定，小姨的事情是件不好办的事情。我朝妈妈脸上望，望到了哀伤。

"那我现在给二姐打了啊，"二舅说，笑得勉强而小心，"上次二姐夫讲好今年他们不回汕头过年的，他们小孩也不回来——圣诞节澳洲的学校放假他那时回来过了，过年就不用再回来——他们两个老的自己吃饭没意思的，还是过来一起比较好一点，这样比较好一点。就算不吃饭嘛，过来坐一坐对吧，聊聊天也很好了。"二舅说得面面俱到，列举了各种理由证明二姨他们应该过来团年，不来没理由的，但一听就是在给他自己做心理建设呢。爸爸妈妈听完，妈妈木着脸，爸爸笑道："可不嘛？他二姨夫应该过来，上回我们都没喝一杯，今天可以敞开了。"二舅得了支持松口气，马上就要拨电话，可刚摸到听筒电话铃就响了。他喂了一声马上惊讶道："不是讲今年不回去的吗？上次讲好的呀……"那边叽里哇啦说了一堆，二舅听了满脸委屈，"上次我跟姐夫讲好的呀，他讲今天晚上总会过来玩玩喝喝茶的……"忽然他安静下来，眼睛瞪圆了，"在哪里？已经到了？……哦好……什么？他们两个？……她一个？"二舅后背一拧朝院子转身，我赶紧把脑袋垂进锅里。只听他很惊讶，挂了电话又去跟爸爸妈妈嘀咕。妈妈听了迟疑一会儿："我跟她讲。"说着朝我走过来，我赶紧把支棱的耳朵收拢。

"二姨他们过来了，车已经停在门口。他们今天要回二姨夫老家，就在汕头。汕头虽然很近，但他们说要住到元宵之后才回来，所以咱们走之前没机会再见他们。二姨说趁现在他们路过，去汕头往南走，正好从咱们门口经过，顺便把东西带给你。你去吧。"妈妈一口气说完。

我不知道什么时候已经站起来，结结巴巴问啥东西啊。

"压岁钱吧。"妈妈木着脸。

"可是我们都工作了，不是小孩子了呀！"我尴尬笑道。

"快去吧，别让她等着——不用叫檀生，就你自己去——她说的，就你自己去。"

二姨指名要我。我现在也成了一号人物儿了。放下锅往外走，我心里还是发蒙，为什么偏偏找我？就算给压岁钱，把阿茂阿康阿耀阿煌几个的那份一起交给二舅不就好了，单找我没道理。而且昨天吵那么大一架，我想她终于跟她姐撕破脸皮，以后再也不会来往了，我肯定也连带一起被她摈弃了呗，所以到底为啥还要见我，还单独？——除非，她想挑拨我们婆媳关系，把当年她遭受的伤害向我和盘托出，让我认清妈妈的嘴脸心存芥蒂，之后好借着我膈应妈妈——又或者，她要就宝石事件教训我，痛批我的虚荣贪婪？想到她的冷笑，和口腔里金牙的幽光，我就想转身往回走，但已经走到门口了。

门口却没车。只有地上花花绿绿的鞭炮残屑，和洋紫荆的落叶落花。公路比平常安静得多，东西两边的小铺子全部关门歇业，住家户也没几个人在外面闲逛，周围好大片地方都空落落的。我正琢磨二姨他们还没到吧，多半二舅听岔了，忽然看见公路斜对过，好斜好斜的斜对过，离我一百多米的地方停了辆微面，有个笔帽大小的人站车尾冲我殷勤招手，难道是二姨夫？我就见过二姨夫一次，哪里记得清他的长相，只印象里他微微秃头，留着一撇一捺两绺小胡子。但离太远看不到这么细。正犹豫要不要回应他，另一边车门开了，下来一个人——她没看我，看着天空，对阳光很陶醉的样子。二姨。

我等了一下，觉得他们完全没有开过来的意愿，只得亲自开拔。我还在纳闷，压岁钱？明明不该给我们压岁钱的，檀生都三十出头了还收压岁钱，要脸不要啊。而且，不是已经发过话了吗——"我这些东西呢，是只留给我自己小孩，别人就不用想了。"

三十四

离这么远我才发现二姨的身材真好。脑袋小，背薄，胯窄，两条小腿细溜溜。她穿一套鸽灰西装裙，颈子里系着鹅黄色的围巾。整个人修长，就是有一点弱弱的，不像檀生妈妈那么挺拔，"金气绳"差一截。可为什么老要拿她们相比？我忽然问自己，为什么总不由自主对比这姐妹俩。其实没有妈妈在旁边，二姨挺好看的，够好看了。阳光让她颈子里的鹅黄色从鸽灰中跳脱出来，显得格外明亮活泼。二姨当然是有谋略的，知道怎样从外面找补"金气绳"。

二姨侧转身向我扬扬下巴算是打了招呼，又去看天。二姨夫却一通忙活，打开后备厢把东西一件一件往外拿，叫二姨搭把手提着二姨也不接，他只得全放地上，原来是好几盒子大礼包之类的。我笑着大声给二姨二姨夫提前拜年。

"哈哈也给你拜年，回去替我们给阿嬷拜年，给大家拜年噢！"二姨夫笑道，"我们回老家去一趟，到时候欢迎你们去汕头玩啊！"边说边溜一眼二姨，见她淡淡的并没反对，又认真道："汕头那边现在建设得也比较好了，比较现代化，比较繁华这样的——就是过年这段时间，普尔斯马特开张！普尔斯马特你知道吧？很有名，很气派！——过来的话，我带你们去购物！"

他说这些话时眼睛瞄着二姨，二姨调整好姿态准备跟我说话时他正好说完，收得恰到好处。二姨叫他上车，说跟我要讲几句。他说好的，可以把车开到公路对过去等着。二姨夫亲切地跟我道了别，就把车开走了。他乐乐呵呵忙忙叨叨，鞍前马后的。这一点跟郁志岩有些相似——情不自禁地，我又拿这对连襟比较。

"好了，你全部拿回去吧。"二姨从地上拎起礼盒一袋一袋递我手上。我感觉不能谢绝，看着好像挺贵重的，她又不明说到底送给谁。只得一袋一袋接，直到两只手占满，两只胳膊休想再抬起来。

"没有生二姨的气哦，你？"她笑道，嘴里金光一闪。

"没有没有，二姨您说哪儿的话！"我拼命晃荡两只胳膊，"您别多心呐！我根本，我就，哎呀，怎么会呢，不可能的，绝对……"

"你不生气啊！昨天我讲你那些不能当真啊！"她摸摸我胳膊肘，"都是我们大人的事情，很早很老的事情了，跟你们小孩没关系的。"

刚要继续客套，我突然意识到：二姨这是，在给我道歉？在二姨脸上我看到了歉意。二姨，难道，在给我道歉？我急得阿巴阿巴说不了整话："是是，长辈的事跟我们没有关系，我觉得觉得觉得您就是……"好想说"您就是小说里敢爱敢恨的那种人"，但没敢，说出这话对妈妈就不那么忠诚了似的。

"是痴呆囉？"二姨笑问。她的笑带着不屑，毕竟昨天那么出格的话她都说了，那么出格的事她也做了，旧案掀翻把整个老陈家搅得昏天黑地；但好像也流露出好奇，说好跟我们小孩没关系，却还是忍不住打听我们到底怎么看她。既不屑又好奇，二姨还是少女。跟五十多的少女谈心，太考验我。

我实在承受不了这重量，心一横把全部礼盒重新放到地上。

"二姨是痴情，我怎么会不懂。"本想说"我们"，出口却把"们"字咽了。

191

"哎呀哎呀在讲什么！"二姨笑，意思我瞎说，但没有了之前的不屑。又催我把礼盒重新捡起来赶快回去。可我心已经横下，恨不得把妈妈昨夜说的话全告诉她，好让她们姐妹俩和好了。虽然妈妈没有授权，但我总觉得捅破窗户纸就一句话的事儿——

"二姨，其实……"我心跳得好紧，"不光我懂，其实我妈，就是檀生妈妈啦，也懂的，她昨天回来很难过的，因为之前不知道你是——"

"你不要讲了，没意思的，我不想知道她怎么讲。你快回去吧。"二姨的笑眼见着就退干净，剩下不屑，还有疲惫。我突然刹住嘴，不敢再说话，有点难堪。

"我这个人是这样的，不去后悔。我不管的。我这辈子除了，"二姨闭着眼睛，说到"除了"才睁开，但只扫我一眼又别过脸去，好像哽咽了，"我除了对不起我父亲，我自己的父亲——我那时候不懂事，反对我父亲，没有轻重，不听他话，不懂得他辛苦，伤他的心——其他人我都，没有一点对不起的。"

二姨好强硬的样子，我又没跟她吵。她似乎仍在对峙，不知道跟什么。大概我太傻相，她脸又软下来，重新把礼盒捡起来一袋一袋递给我，催我快回去了。等我转身往回走没几步，她又忽然叫我，追上来把一个瘦长的小礼品盒子塞进我衣兜："这个是二姨二姨夫送给你的，你要进门了嘛。"我没手推让，只能一再感谢，心想原来不是压岁钱是小礼物。

穿过公路时，听见二姨夫叫我不要忘记替他给大家拜年啊，他把头伸出驾驶室扯着喉咙喊。真奇怪,他把车子掉了个头结果还是停得离家门口很远,好像就不想开过去,明明顺路。这肯定是二姨要求的,大概为了避免跟大姐姐夫再见面吧。我答应着回头一看,二姨还站在原地,细细溜溜的一个人。她朝我挥手叫我过马路小心,却就是一步都不肯再往前迈。

"一根筋",我想起她姐说的。

绣屏的痴情在她姐看来就是一个"怪",是她从小就很"怪"的延续。也许锦屏这样的姑娘认为爱情应该算一种收获,还有点儿不劳而获的意思,开心当然开心,但漫山遍野都是,根本收获不过来呢,所以也只能把痴情解释为一根筋,钻牛角尖,认死理,一条路走到黑。她锦屏不会,她没有这些肉麻,什么岩不岩……我记得听檀生说起过,他妈一直叫他爸小郁,到近几年,当着外人,才很吃力地改口叫"老郁"。妈妈对二姨的痴情不理解也就没有一点通融,昨夜使她感到愧对二姨的是另一件事情,因为她记起了一些句子。

"我在这里就要结束呼吸。"

"庵埠没有再提。但是还会等到其他。所有去墓山的路。"

"我必须离开,哪怕逃亡去墓山。"

"我的血流尽。"

"死亡在水边等待,但那是最好的收容。"

"死亡在火中等待,但那是最好的收容。"

"此地已经没有。我要踏进荆棘丛,即使死亡。"

妈妈念出这些句子。

这都是信中的话,二姨写给"岩"的信,前面那四封。妈妈印象很深,这么多年了还能整句整句说出来,大概一直在心里硌着。这些字句里充满了喊叫、鲜血,要死要活的。很多句子读不通顺,像诗歌但一点都不押韵。

"我原来看吧,觉得她就是失恋,发发脾气,疯疯癫癫的,一哭二闹三上吊那样,所以讨厌死她。"妈妈说,"我还跟小郁说咱们不给她回信,就不理她,治治她。"她仰靠在沙发背上。那时对过的红灯笼还没有熄灭,她的腮帮子红了。她说要不是今天二舅讲出来,她原本,这么多年了都不知道大妹那段时间怎么活的,大概其听说她胡闹了一段时间也就偃旗息鼓,而且后来居然运气很好进了本地最先进的一间医护学校,在市区时钟楼那边住校。等再有消息时她已经做了什么科长,之后结婚生子步步高升全都是喜讯,所以以为那一页就那么翻过去。

"阿公来信里面根本没提到大妹生病住院、成了哑巴的这个话,根本就没提大妹。"妈妈说,那时以为爸爸不提是因为大妹的丑态也惹恼了爸爸,羞于提她,还觉得"治治她"见了成效。没想到那是她最艰难无助的时刻。

"她写的不是情书啊,三十一封信,其实不是情书。就在她说不了话的那段时间。"

"您不是只看了四封吗……"

"是啊,假如只有这四封,那她不过就是写情书作怪,为了小郁被我抢走、为了输给我她气不过嘛。但作怪的话她作不了几天的，气出完就完了，我还不了解她吗？所以她不是作怪——她写了那么多。"

"可您都没看到剩下的那些啊？那些都被……"我刹住嘴，不想提锅炉房。

"我都不用看啊，不看我也知道。她写的是什么你明白吗？她在干什么你明白吗？——她在求小郁救命。"妈妈苦笑，她没想到大妹跟自己一样，想跑，想离开。

结果小郁去了锅炉房。

这么多年了，锦屏终于看懂绣屏的信。因为没看到的二十七封，她才看懂前面这四封。

我还记得妈妈讲起过她和大妹几乎毫无默契可言，压根也不像姐妹俩，没有共同语言玩不到一起，从小就还有点儿彼此提防。唯一记得起来属于她们俩的温馨时刻，还是十六七岁那次，她们一起看一本画报，看见里面乌克兰妇女的发式，两人相视一笑都觉得很美，绣屏照着画报帮姐姐编了一模一样的辫子盘在头顶，两个人都非常得意。但之后没多久，庵埠的婚事和小郁同志，在她们的生活中相继出现了。

二姨的这堆礼盒好沉，提绳又太细，勒得手生疼。一进门我就咣当一下全撂地上，阿嬷二舅他们都围过来拆看。妈妈没看礼盒光瞧着我："说啥了？"我说叫我替他们给大家拜年。

"完啦？你出去这么半天。"

"二姨夫说欢迎咱们去汕头玩儿，说汕头这两年建设挺好。"

"还有呢?"

"他说过几天普尔斯马特开张,带咱们去购物。"

"二姨呢? 二姨说啥了? 你们俩不是站在那里说了好一阵吗?"

妈妈就那么一直瞧着我,眼巴巴地。我真不知道该怎么说,反正不能告诉妈妈二姨说"不想知道她怎么讲"。妈妈肯定看出我的为难,还特意把我拉到旁边,压低声音又问。

"二姨叫我别生气。她说昨天她在饭桌上说我的话都别当真。说那些过去很久的事情跟我们小孩没关系。叫我们好好玩儿,别的没了。"我把能说的都说了,可妈妈侧着耳朵还在等。

"哦哦,她给你道歉了,太稀奇了,陈绣屏还会道歉……还有吗?"她抬起头。我忽然想起来小礼物,笑道:"还有还有,您说她要给我们压岁钱,其实二姨给我们的是小礼物。"我掏出那个瘦长的礼盒。打开一看,我们俩都愣了,黄澄澄的一条金项链,坠着三朵金牡丹花。妈妈张着嘴,又放在手心里掂了掂,嘴巴张得更大。

这可不是什么小礼物,这么浓酽的金色我就没见过。

"给你的时候她说什么了?"妈妈呆呆问。

我这才明白二姨说"你要进门了嘛",是指我要嫁进门,刚才我还以为她说我拎东西进门。妈妈听着,反应好像很迟钝,但抬头时脸笑透了。

"她不用送的啊,按我们这边的规矩的话。"二舅笑道。妈妈叫他过来看,他都没听见我们说啥,却好像啥都知道。接过去时他偷偷用没包纱布的那只手掂掂,"嚯"了一声马上又自嘲:"我太粗俗了,哈哈哈!"

他们都叫我戴起来看看,我这回可长了个心眼儿,绝不敢再冒冒失失接受这么贵重的礼物了。我连盒子一并交给妈妈请她定夺该怎么办。她笑道:"二姨给你的,你自己收起来啊!"又隔着人堆朝阿嬷喊:"结婚礼物,她二姨给她的!到时候当新娘子……"又转身朝后面喊:"小郁——二姨送了厚礼了喔!"爸爸一边答应着一边从院子那头赶过来,"嘿——"笑呵呵嚷。

唉,他们说的没错,他们上一辈人的事我们小孩真的看不懂,明明昨天天都要塌下来,今天又喜气洋洋了。

堂屋里好热闹,三舅妈已经过来,说早点来给二嫂帮忙。"要写二十篇"的阿煌不知道啥时候偷偷溜下楼。他禁不起一点风吹草动,钓他都不用下饵。檀生也跟下来,看见金项链向我笑道:熔了打颗金牙给你镶上。马上被他妈呵斥"瞎说"。二舅指挥三舅拆开一个大盒子,里面歪嘴水滴形的桃红色点心好诱人,说先取出来四个摆供品,三舅应声便去取碟子。阿嬷正站在祖宗像的镜框下面收拾小供桌,好像要尽可能多地腾出一些地方。

平常小供桌上的摆设很简单,就是一瓶绢花,一碟橘子,一碟橄榄,没有烟酒,也不供香火。今天添了一碟桃红色点心,橘子也换成绿芭乐。二舅妈说等傍晚还有做好的鹅、鱼、鸡、肉脯都要先端过来,拜祭之后我们再吃团年饭。二舅说阿公水果里只愿意吃点芭乐,烟酒从来不沾,虽是潮汕人家,但因为学西医出身,不喜欢香烛,在世时他自己就从不往供桌上摆金箔纸钱之类的，现在孩子们也依他的习惯不摆。"我们这里各家祭拜祖先呢，多多少少都要摆一点纸钱，金光闪闪的很好看嘛，但是我们家不要——所以阿公是个有思想的人。"二舅见我瞻仰阿公的画像，郑重解释道。

阿公的画像其实不像阿公的父亲，也就是我们祖阿公的画像那样是后人凭记忆描述给画师画出来的，阿公有相片，只是比较模糊，他的画像是把相片上的线条锐化后再请人临摹的一张。跟祖阿公对比起来，阿公显得生动多了，因为他有表情。他有一点笑意，虽然很难捕捉。从左下往右上看像笑了，可从右下往左上看又没有。不知道阿公是不是本来左右脸颊就不一样，还是因为现在在玻璃后面，玻璃又反射又折射的，稍有点明暗变化都会使他表情飘忽。但也许阿公当年拍这张照片时，情绪恰好很复杂，正赶上转忧为喜，或者转喜为忧。也许阿公就是这么个人，似笑非笑的，叫人觉得亲近慈祥，但又不那么肯定。两个女儿不睦那么些年，提到阿公却一致认为阿公是好父亲，是自己对不起阿公。明明啥都是阿公做主，姐妹俩却把账记在对方身上。

阿公总是好的。

三十五

还以为都除夕了诊所应该可以关门歇业吧，偏偏不可以，从午饭前患者就陆陆续续上门来，没一小时竟然还排起了队。全是叫各种鞭炮炸的。有人伤了眼睛，有人伤了耳朵，有人伤了脸颊，这些都还算对口，诊所毕竟是五官科诊所。后来炸了其他部位的人也来了，整个队伍流血冒烟吱哇乱叫的，陈大夫简直忙不过来。这么鲜活的教训阿煌拒不吸取，仍铁了心要去买带降落伞那个，拉着檀生经过队伍时，还对伤兵们流露出一丝鄙夷。

今天的陈大夫是三舅，二舅手坏了嘛。三舅吃完早饭就换了白大褂，坐到位子上了。二舅没换，但也在旁边陪着，一边帮着问诊一边还得不停向人解释"我手这个不是炸的，不是不是"。爸爸就在不远，应该听得见。他本来可以闲庭信步细细欣赏堂屋那些红木家具的，但二舅一工作他就坐到不远处了，一直不怎么动换，以放弃自由的形式赎罪似的。

我头回见着三舅坐诊。他平常话极少。大家交谈时他只是不出声地笑，要么就点头，笑着笑着点下头，好像始终保持赞成无论怎么样都好，尤其赞成二舅。据妈妈笑说，他幼年时还挺独立的，对哥哥姐姐都不服，倒是去插完队回来，脾气就变了，跟着二哥做了乡村医生。在诊所里尽管他也被称作"陈大夫",也能独当一面,可只要二舅在的话,他就自动引退为陈大夫的助手。有次我看见一个患者迈进门来问他一句,听着像"你是陈大夫吗",他倒不假思索转头就喊:"二哥!"也许只有他二哥不在时他才敢忝居"陈大夫"之位。

妈妈让我跟她去帮两个舅妈,一进厨房就看见二舅妈正在为午饭做准备,台子上粿条泡了好大一盆,她刚要切肉丝切葱丝切姜丝。午饭是十个人十张嘴。二舅妈从早晨六点到现在没出过厨房,连坐也没坐一下。妈妈叫她停,不许她做了,也不许三舅妈做。

"桂芝,你想累死吗?"妈妈问,脸上一点笑没有,规矩也不管了,平常我们说"死"字她都要瞪一眼。二舅妈笑道我哪里累啦,再说粿条都泡好了,很快的。妈妈转头对三舅妈下令:"去告诉他们,中午我们全部吃点心。"然后根本不由二舅妈分说,直接动手把礼盒里的桃红色点心全部取出来。二舅妈又要张罗取碗碟,妈妈也不许:"还得洗。"叫我拿来足够的餐巾纸,"等下发给他们,就在手里捧着吃好了,不许掉渣,掉渣就自己打扫。"二舅妈还想客气,妈妈不耐烦道,"我要发火了,怎么这么啰唆。"又指挥我把盆里的米粉沥干水分装起来放进冰箱,肉也放回冰箱,连葱姜也放回冰箱,砧板菜刀碗碟全部洗净收纳。然后对二舅妈说,"你吃完点心就去睡个中觉。"二舅妈手足无措笑得尴尬:"啊,大姐啊——"

"我要发火了。"妈妈再次预告。

"不是,大姐啊,等下姐夫檀生他们不吃中饭会不行的,再说阿嬷……点心怎么行呢?"

"点心有毒吗?"妈妈边说边把二舅妈的围裙也扒下来,"快走快走!烦死了。"口气越来越凶狠,手上也粗鲁,还在她背上猛地搡了一把。

二舅妈大概没见过大姑子这副嘴脸,只得依了往堂屋走。妈妈一直吆喝着她的背影防止她再回来,看她上楼了才停嘴。

"我们这儿的女的啊,蠢。一身牛力,卖到死,牛一样蠢。"她嫌恶道。她去阿嬷房间门口把那个老竹椅提过来,说是坐着晒晒太阳,实际亲自在院子里把守。果然过了会儿,二舅妈三舅妈鬼鬼祟祟又返来,妈妈立刻门神一样瞪着眼说:"我真发火了!"那俩都笑弯腰,只得老老实实回房间了。

"蠢婆娘。"妈妈闭上眼冲太阳说。

果然中饭全家都吃的点心。我吃了一个虾肉香菇馅儿的咸粿、一个红糖甜粿、一块绿豆糕。完美。就是吃绿豆糕的时候不小心落下些屑末,默默用纸巾打扫了。爸爸一看吃糯米制品,笑道:"我假牙吃不了这个,还有别的什……"忽然住嘴,想是看到妈妈脸色了。檀生叽叽歪歪:"黏糕哪有咸口儿的啊,这玩意儿——"瞥一眼妈妈也闭了嘴。二舅三舅好不容易把伤兵队处置完,肯定都饥肠辘辘了,走到圆桌发现每人只有三四块独立包装的点心,和一碟子餐巾纸,听见大姐不咸不淡说这就是午饭,都有点惊愕。二舅一边含糊应了但东张西望寻找二舅妈,一边说不想吃冷的,冷的比较硬,热了会比较柔软好入口,希望能上锅蒸一蒸。阿煌也叫"我要吃煎一煎的,裹鸡蛋煎最好吃了",二舅点点头夸儿子"很懂行嘛你",站起来张嘴就喊:"桂芝啊你——"冲着厨房。

"不要喊她,她在休息。"妈妈朝楼上扬了扬下巴,"她们两个做了那么多事,现在需要休息。"因二舅愣着,她又道:"她们和阿嬷的点心我都让送到房间里了。你不要去打扰她们。"都不带看他一眼的。爸爸拉了二舅衣服叫他坐下:"喝点热水,就着。"三舅马上站起来去倒热水。阿煌莫名其妙,还要犟,檀生就一劲儿催他快点吃:"今天还有十九篇半等着你呢。"

妈妈一直冷傲地青着脸,但嘴角悄悄咧了一下,对大家的服软儿感到挺满意。一桌子人都叫糯米粘住了嘴,堂屋清清静静的。

"太好了,你们还没吃午饭啊!我们还怕赶不上了!"是大舅,一跨进门就嚷。这嗓门炸雷一样,回声嗡嗡。大舅后面跟着小舅,他们两家约了一起过来。说的是晚上吃团年饭,这会儿就到了。两个舅妈和阿茂手里提着礼盒,喜气洋洋地围到圆桌边。

"午饭吃什么?"大舅张嘴就喊,"桂芝啊——桂芝——"冲着厨房喊个不停。妈妈叫他,他敷衍道:"大姐等下,先吃饭先吃饭——"结果楼上卧室的门马上就打开来,二舅妈边笑着往下跑边嚷了一句话,我也能听懂了,"肉丝青菜粿条"。"好好,这个好,又方便又快!"大舅哇啦哇啦又催她快一点。

二舅妈跑过圆桌时,二舅也站起来,冲她说了句话,我也听出来几个字"蒸一下咯——煎一下咯"。二舅妈答应着,边系围裙边点数吃粿条的人头，那边大舅小舅大舅妈小舅妈阿茂，这边二舅三舅爸爸檀生阿煌，还是十个人十张嘴。

妈妈没说什么，就往厨房那边看了一眼，也并没有像一再预报的"我发火了啊"，眼里完全没有怒气，眼珠子像散了瞳。

三十六

从镇上回来檀生就有点不太对劲，我没看错的话他在发愁，在担心些什么。还以为镇上的鞭炮售卖点关停了，他们空手而归呢，结果降落伞啥的都买到了，阿煌也算称心如意。可阿煌看着也不太对劲，有点蔫蔫的。趁他俩写寒假作业时我推门进去，他俩果然在密谈。一见我进来，阿煌马上假装问檀生算术题，檀生也拿起床头柜上的杂志假装在看。太拙劣了。

"《舰船知识》？呀呀呀，阿煌你好厉害，才认识几个字儿啊，就看《舰船知识》？"我无情地讥笑道。阿煌抬起头扮个鬼脸："是我爸看。"

"别装啦！早就发现你们俩鬼鬼祟祟！快说怎么了？"

阿煌看看檀生，檀生点点头。

"我们看见阿康加入黑帮了，就是黑社会。"阿煌对我说，眉毛眼角嘴角全耷拉着，好像情况已经糟糕到不可挽回的境地。

我笑得直想亲他鼓鼓的脸蛋子。

他看我不严肃、不当回事,一下就很着急:"你不懂!你知道他干什么?——他帮他老大——"说一半停住,后面的话好像说不出口。

"啊,干啥了?"难道杀人了?我想。

"——开车门。"

我笑得要去抱他,被他烦躁地推开。檀生坐在床头藤椅上,完全没有笑,这才引起我重视。

原来他们刚才去镇上碰见阿康和一些成年人走在一起,据阿煌说那些人名声不好,无业青年,混混,"孬崽弟"。而阿康帮开车门的那个"老大"年龄更大一些,有四十岁了,这边都知道他"进去过",前些年才出来。这人现在因为做生意做得兴旺,在本镇乃至潮州、汕头都有点名气。阿煌说大伯和爸爸再三告诫过家里的孩子不要跟那些人玩到一起,连来往也不要来往,但是今天他们发现阿康没有遵守。在镇上时,他们看到阿康跟那些人站在一起好像在等人,阿煌叫了他但他没听见。然后就看到一辆很大的车子停住,阿康屁颠屁颠去打开车门——传说中那个有名的人物就出现了,阿康在后面跟着他,满脸堆笑。阿煌忧心忡忡地说,看得出来,阿康跟他们很熟,他在拍那些人的马屁。

"他肯定已经加入黑帮了,就是黑社会。"阿煌叹气。

我摸摸他后脑勺,他的发茬儿柔软却又扎手,像个小狗子。他闻起来热烘烘的,也像个小狗子。

"你害怕啦?"我问。

"我怕他们欺他,那些人会打人,会用刀,刀上面有一排放血的缺口。"阿煌说,看着我,好像很希望我反驳他。

"一个刑满释放人员做生意发了财,买了车,交了朋友,朋友拍他马屁,好像也没啥啊。他生意合不合法咱也不知道,他呼朋引伴的也未必就要干坏事啊。"我并不完全为了安慰阿煌,就觉得他俩自己吓自己。檀生也真是的,偏见太深。那时《古惑仔》系列电影正火,我跟檀生通宵通宵地看盗版碟,非常入迷,好些台词都能背下来。他大概就有点分不清现实和虚构了,尤其这边有的地方晃眼蛮像砵兰街、庙街,又看见青少年吊儿郎当成群结队,还说一口他听不懂的广东方言,就觉得要出大事儿。

"噢,可能吧。"檀生终于笑笑,"但愿没事儿。"

"阿康讨厌我家。"阿煌忽然说。他趴在写字桌上,两眼呆呆冲着窗外。

"啥?讨厌你家?"檀生惊讶,悄悄和我对望一眼。

"对的,我全部知道。"

"讨厌……他天天来你家吃饭还讨厌?是不是讨厌你太淘气?"

"不是的。他不讨厌我,不讨厌我妈,不讨厌阿嬷,他只讨厌我爸。"阿煌说着转过身来,"因为他说我爸是老板,他爸是我爸的马仔。"他歪着头可怜巴巴的,像吐露了一个巨大的秘密之后非常疲倦。

檀生马上朝他跳过去,左手搂他左肩右手推他右肩,把他推得在他怀里东倒西歪,还嘲笑:你小子净瞎琢磨。但又悄悄转头看我,皱着眉头。檀生也意识到了,阿煌也许并不是瞎琢磨。这小子刚才可怜巴巴的眼神其实还挺复杂的,一头儿怕堂哥挨坏人欺,一头儿又怕堂哥学坏了对付爸爸,哪头儿都让他揪心。

我们一起安慰他劝解他,逗他开心,但他开心不起来。正东拉西扯就听见楼下大门外头一声锐利的呼哨,紧接着是两个人的哈哈大笑。"阿康他们来了!"刚刚还愁绪满腹的阿煌立刻坐着蹦起来,扔了铅笔就跑下楼去,把我们抛弃不管。"幸亏是个没心眼儿的皮猴儿。"檀生笑叹。

下了楼看见果然是阿康,和阿茂。认真再看就乐了。阿茂不知道什么时候换了件中式外套,咖啡本色提花缎。对襟盘扣连肩袖。袖口挽起两寸露出鹅黄衬里。立领又硬又高把他这么瘦的人都戳出双下巴。底下裤子球鞋仍是旧的。"我们这里过年要穿新衣。"阿茂不得不解释一句,因为大嫂我瞪着眼上上下下看了他好一阵,看得他发毛。"我爸让我穿的。"他低下头,"他请小姑买的。"禁不起看,他全招了。

阿康也笑,还有点鄙视阿茂老土的意思,肯定因为觉得自己个儿太帅太潮。这倒也不算瞎自信,今天这身行头把他衬得跟个电影明星一样:整套的修身西装,颜色是金属系的银蓝,泛出霓虹光泽。里边小方领白衬衣,配一根窄条深灰领带。裤型虽瘦却不窘迫,甚至颇有余量。可惜鞋是双窝出褶子的旧皮鞋。见我看鞋,阿康跳着跺了两下脚不许我细看。

"真潮啊阿康！都可以演电影了你！"我由衷赞叹。他笑而不答。我又夸他眼光好："在香港买的吗？"看得出来价值不菲。"一个朋友送的。"阿康道，做出老练、不在意的样子。

　　我咯噔一下，大概就是车门里那朋友吧，送这么贵重的礼物，难道真的收了阿康做小弟？像洪兴、东星那样大哥收小弟给见面礼？电影里都没见过出手这么阔绰、这么爱惜人才的大哥。就不知道他回头需要阿康回报些什么。

　　又一声呼哨，是阿康勾了手指头吹的，朝公路远处。我顺着一看，公路上有个人影，在蹬一辆三轮车，吭哧吭哧很费劲儿的样子，车上的货物肯定挺沉。那人穿的像是戏服，头巾在风里飘，大太阳下衣服还会反光。"是阿耀吧？"檀生认出来了。

　　阿耀骑近了我才看清楚，他果然穿的戏服，像扮演一个兵勇，在一部讲太平天国的电视剧里。这戏服呢总体是一匹明黄色府绸的各种表达。上身裁了秃领子对襟衬褂，下面裁了忽闪闪一条灯笼裤。剩料不能浪费，裁成四方形用绣花绷式的塑料圈压住了充作空顶巾冠，黄绸子从三面披下来盖到肩膀，只露一张前脸。冠额上竖起一截弹簧挑一簇红缨瑟瑟抖动。衬衣外面另套一个红色天鹅绒马甲，前襟镶出一缕稀疏的人造毛毛风儿。马甲有扣子但不扣，不知道就这讲究还是因为阿耀的肚子扣不上。

　　"怎么样大嫂？这是我们锣鼓队的演出服，"阿耀跳下来笑道，"学校出面专门问县里潮剧团借的。很华丽的，对吧？——全部都是丝绸。你摸摸。"胳膊伸过来非要我鉴赏。

"噢,是啊,可见你们学校很重视啊!你是锣鼓队的啊,了不起了不起。"我逃避对服装的表态。忽然看见他脚上的新鞋,灵机一动,"哎呀这鞋好有品!是……白马鞋行的?"

"啊,北京也有白马鞋行?!"阿耀惊喜。我说可惜还没有,那边还只是听过白马鞋行的名号。一低头发现阿煌在摸阿耀的衣料,又仰望阿耀头上的红缨,目光好生艳羡。

阿耀招呼兄弟们赶快卸货,他唰地掀开三轮车斗上的苫布,露出满满当当的锣鼓乐器。"全是宝贝!"阿耀喊了一嗓子,还宣称,"你们这辈子很可能再难有机会摸到。"原来他们锣鼓队今天参加市区的花车游行,完事他负责去潮剧团还东西,但人都放假了他只能等年后上班再说。说是"只能",他心里都要乐疯了,马上往阿嬷家狂蹬。趁着今天团年人齐,他要组建一个"弟兄锣鼓队",锣啊鼓的人手一份儿,领着大伙儿好好过过瘾。我听他说完使劲憋着乐,太傻了,谁会跟着他丢人现眼啊,除非傻子。

我这念头还没闪完就眼前一花,陈氏嫡孙们全都扑上三轮开抢,中间还夹杂一个外戚,他们的大表哥檀生。根本来不及阻拦,"弟兄锣鼓队"刹那间已经成立了!而且根本来不及捂耳朵,演出已经开始了!

阿茂阿康一人抢了一个腰鼓挎在腰间,阿煌抢了一对小镲,檀生抢了一面手锣,阿耀自己最后搬下一尊胸鼓,郑重钻进绳圈,让鼓端端正正卡在肚子上,操作完成后才想起来忘了拿鼓槌儿,又命令我去拿。我一看车斗里还有两根长笛子、两把唢呐、两对中镲、四个腰鼓和一面带架子的大锣，既心惊又庆幸，好在人手不够只有弟兄五个，不然整条街的街坊都要打上门了。

"大嫂，你再去屋里叫穗穗出来，她会吹笛子。"阿耀吼，他不吼我压根听不见。那四位沉迷在自己制造的噪音中。很遗憾穗穗没来，我也吼，小姨一家都没来，今晚他们不来团年了。阿耀有点吃惊，马上转身制止演奏家们。"穗穗没来啊！小姨他们不来的话，穗穗就来不了啊！"他说，有点不快的样子。阿茂他们也皱着眉头。忽然阿耀说："不管他们，我们去把穗穗接过来！就骑三轮车！"马上把胸鼓取下来送进堂屋。阿茂阿康也一起把车上东西全搬进家去，又提了把竹椅放在车斗里，三个人跳上车就出发了。

"小姨家从后面小路走是很近的。"阿煌说。哥哥们一走，他也不打镲了，好像自觉地遵守着纪律，虽然锣鼓队刚成立五分钟。

"穗穗今年多大来着？"檀生问。

"十六岁。"阿煌答，"姐姐不喜欢出门到外面。"

天有点阴下来，原本澄明的空气里渐渐有了各种各样的云雾，乡下暮霭的成分是丰富的。远处菜地上、池塘上腾起的白色水汽，静静停在低空。竹林后面的人家还在烧老灶，紫蓝色炊烟汩汩冒出来。北边公路两旁不断地蹿起鞭炮的硝烟，裹着火光的祥云朵朵。天一阴就算没风不冷，也有凉意。

三十七

堂屋里简直热。还有点臭烘烘。诊疗室那边站了一排半大小子，有的脱了鞋袜，有的裸着脊背，还有两个小的露着半边屁股在涂药。原来中午的鞭炮伤兵处置完了以后下午又来一波，也基本是各种燎的烫的，也一样鬼哭狼嚎。其中有几个感觉挺面熟，马上想起他们上午已经来过，现在又添了新伤，合着一点没长记性。而且都受伤了嘴巴还不肯消停，整个堂屋充斥着吵闹。有互通有无搞学术交流的，有争论急了动手动脚的，有满嘴"花普"（潮语吹牛）炫耀自己能留疤的。喧哗和臭气打消了我的同情心，我只想说"大伙儿活该"。二舅三舅脾气真好到家了，始终温言细语、轻手轻脚。

"幸好中午那会儿没什么人，二舅他们还能得空吃顿午饭。"檀生叹道。

"中午嘛，这帮人自己也回家吃饭了啊。"爸爸笑道。他和大舅小舅坐在堂屋沙发上，三个人齐齐望着诊疗室发愣，太吵了，他们都没法聊天。

"乡村医生辛苦啊，家就是诊所，没有下班的时候。"爸爸说，"跟战地医院有点像。"他想起了自己早年的职业生涯。

"噢，我都忘了，您跟二舅三舅是同行呀！"我笑道。爸爸也乐了:"这怎么能忘呢,我跟老陈家为什么缘分深?老陈家一门的医生嘛!"他转头看着大舅小舅,"除了阿公、二舅、三舅,你们二姨也是医疗行业的,大舅小舅也都在医院干。"

小舅说:"哈哈哈哈,我不算医生啊,我在医院后勤跑腿那就是瞎混,混到退休就好。"

大舅没笑,没表情,定定道:"我不是,我什么也不是。我这个人。"垂头去抓了张报纸看。爸爸一时有点接不上他这话,只笑道:"好着呢都好着呢,老陈家都好着呢。"

我模模糊糊记得大舅是在社区里一个保健站工作,具体干什么也没听说。看他这情形好像对自己很不满意,要么就是对职位待遇啥的不满意呗,大舅那么骄傲的人总有"怀才不遇"那股劲儿,那股劲儿让他时不常地显出点干枯。他后面不远的墙上是阿公的相框,乍看阿公倒比大舅还年轻些,他们此刻明明差了快二十岁。

一时外面进来个伙计说是送货,二舅听见赶出来。伙计从布袋里取出一个由旧报纸和胶条严严实实裹住的东西,两手端着说了句潮州话。二舅喜笑颜开。但东西有点大,可怜他单手接不住,檀生赶紧接过来。二舅马上去找来剪子使劲铰开那报纸,小孩似的按捺着开心。我们都伸着脖子等着看到底什么宝物,结果打开一角就看到是个大瓷盘子而已,金边白地有些线描的花鸟图案,家常半旧。但多看一眼吧倒有点眼熟。哎呀想起来了,就是刚来那天檀生打阿康,被连累摔碎的那种盘子啊,装干果茶食那个。买到一模一样的新盘子二舅当然庆幸。

"嘿……"檀生咕哝，他也想起来了，臊得不行，眼珠子滴溜溜转着偷看二舅。二舅没注意，全神贯注盯着新盘子，还轻轻地反复抚摸。

"二舅我真的……太不好意思了，这个算我赔您的吧。"檀生红头涨脸道歉，又觉得还不够，"嗨，我买一整套新的孝敬您吧！"二舅抬头，指着盘子笑道："这个比新的好。"又拉檀生手去摸盘子。

我们这才发现，这居然不是新的，而就是碎了那个，被重新粘起来、钉起来了，大块儿小块儿还有碎碴儿全都归了原位，拼缝纵横交错，像在盘子上结了半幅蛛网。原来当时残片并没扔，二舅说他都收齐了交给镇上的锔匠铺子修补。还以为年后才能补好没想到今天就送来了。伙计说怕你们吃年饭要装菜嘛。

"潮汕这边的锔瓷很有名的，全国有名喔。"二舅得意笑道，手写出"锔"字教我们认识，又引我们细瞧那拼缝两边，星星点点的铜钉子在瓷面上嵌得平平整整，摸起来滑不溜手。大家传着看，都惊讶叫好，但也笑话二舅过日子不会算账，修补费花了一百五十块钱，比盘子本身贵多了。

我把盘子送去厨房，正闻见乌鸡水鱼汤炖好了。哎呀不对，我发现二舅妈正在操作的几个菜品是昨晚不曾告诉我的，高压锅里压的是酱油猪蹄，呲啦一声下去油锅的是红昭（音）鱼，此外还有蒸屉里的豆酱排骨和砧板上切好的韭黄在候场。二舅妈昨晚今晨准备了那么久，到此时仍然忙得不可开交——"桂芝，你想累死吗？"我想起妈妈数落她的话。

台子上放着一大碗灰不拉唧像湿泥巴一样的东西，我瞧不出来是啥，忽然脱口道："羊油麻豆腐！"没想到潮汕乡下也有这么地道的北京特产。全部的舅妈都笑了："不是啦！"非说是土虾。我说，可是虾在哪？钻进土里了吗？她们笑得直不起腰。我又问水盆里泡的一大把树根须是什么，她们说叫"五指毛桃"。我说请问五指在哪里？毛桃又在哪里？简直莫名其妙。她们笑得互相搀扶才没摔倒。是啊是啊，捉弄一个没见过世面的北方土老帽儿，平常哪有这机会。我也跟着乐，老实说我很甘愿被捉弄，反正都要丢人，干脆主动提供这个服务吧。

　　大舅妈站在厨房门口，倚着门框。她话少，说话也多半鹦鹉似的学大舅舌，好像自觉不该或者不宜拥有独立的想法意见。都二十世纪末了，这样的人好稀奇。不知道当初大舅就是冲着这个爱上她的呢，还是结婚之后逐步把她塑造成这样的。以前还听檀生妈妈赞他们"夫唱妇随"，绝没想到是这个形式的妇随。她虽然脸朝我们站着，却时不时要扭过头去眺望堂屋，那角度肯定是能看见大舅吧。扭头的时候我发现她梳个低低的马尾辫，细细的一把头发用根普通的橡皮筋拴着，就是用来捆菜的橡皮筋，没有任何装饰。这发型比短发烫发好打理多了，其实就是不用打理。她的衣服乍看跟大舅那身区别不大，也是没啥款型的中长外套，墨绿色。裤子的颜色在灯光里很含糊，说不准是麻灰还是土黄。鞋子系带，式样潦草，鞋头还有点秃噜皮。他们家把美的好的华的贵的都给儿子披挂上了，阿茂那件缎面外套上的提花，我留意才看清楚，是五只蝙蝠团团围住一个字，福。

正说笑呢,看见阿嬷走出她的屋子,回身锁了门往厨房来,仔细瞧了一阵灶上进度但没说话,大舅妈小舅妈又簇拥她去了堂屋。二舅妈悄悄嘀咕一句:"就是不放心咯——很难讨她满意的。"嘀咕归嘀咕,手上活计一刻不停。

阿煌从外面奔进来嚷:"接到了!他们把穗穗接到了!"我赶忙笑着跟出去迎接。老陈家男丁太兴旺,四个孙子两个外孙子,就这么一个外孙女,应该公主似的吧,不喜欢出门的公主,骄傲的公主。我想起阿茂阿康还专门给她准备了一把竹椅放车斗里呢,他们自己坐在硌屁股的斗沿儿上。

我出门正看见公主下车,她人坐在竹椅上没动,是两个哥哥连椅带人一起从车上抬下来,椅子腿压根没沾地。阿茂阿康真跟一对轿夫似的抬着公主的步辇,一直抬进堂屋去。一路上穗穗捂着嘴乐得喘不上气,说自己下来走,但轿夫们充耳不闻。进了堂屋他们终于让椅子降落,穗穗走出的第一步我就看出来,她有明显的残障,其中一只脚是无法伸直只能蜷缩的。这使她整个人显得非常瘦小。我这才想起我们到阿嬷家第一天的那顿宴席,穗穗没出现,当时妈妈问小姨:"穗穗呢,怎么没见她呀?"小姨说"她在家呢",妈妈点点头没再追问。我那时还奇怪呢,没来的原因是"在家",这算什么回答。

我转头低声问檀生怎么之前不告诉我,他结结巴巴说忘了,也没想到穗穗会真的出现,因为听说她不出门的。原来她不喜欢出门是因为出不了门。

跟大姨大姨夫隆重见过之后,穗穗又跟舅舅舅妈们问了好,又跟阿嬷说了几句，终于轮到檀生和我。她怯怯看我们一眼就低了脑袋："大哥大嫂过年好。"我都没看清她长什么样，只笼统觉得她清秀白净。我们也问了她好，然后就有点没词儿，我想说些客套话，但太不了解情况怕说错了。而她刚进门时檀生还凑我耳边上提醒："不知道小姨怎么跟她说那个事儿的，她会不会不理咱啊。"所以我们俩都有点心虚口干，战战兢兢的。幸好阿耀在旁边早已不耐烦，一劲儿催："人齐了就赶快排练！"不由分说地就往穗穗手里塞了一支笛子，又吆喝阿茂阿康立刻过来抬椅子。我们这才混过去。

三十八

阿耀说得那么起劲儿，我以为他多么内行呢，结果他的业务能力根本当不了总导演。他给大家的指引就一条：大力！而且乐谱之简陋也登峰造极了，听半天来来回回就这一句：呛、呛、奇呛奇！奇呛奇呛奇呛奇！呛、呛、奇呛奇！奇呛奇呛奇呛奇！锣鼓队的弟兄们一开始还激情四射，但演奏十遍之后渐渐停下来，终于从作品中品出了自己的傻气。阿耀问："穗穗你吹的啥？"穗穗说了个曲名《十杯酒》，阿耀说不吹这个，吹《采花》吧！穗穗苦着脸笑道："我吹什么我也说不清楚，我都听不见啊！"大家都笑，阿耀也沮丧："算了你还是打镲吧！——大嫂你去给她拿一对镲。"我得令刚要去,他又补充道:"你自己挑一面锣吧,腰鼓也行。"我心里虽然吼"我可不想跟傻子一样站在公路边丢人!"但脸上仍堆笑捧他:"大嫂不行的,你这种才华又不是人人都有。"他坦然点点头。

笛子手换成镲手,还是不行,演奏仍然一塌糊涂。阿耀又苦口婆心给大家补了一课"潮汕鼓乐的历史由来",从大清溯至南宋,从各种传说到非物质文化遗产,还是不行,演奏仍然一塌糊涂。阿耀又提议队员们全都换上他带来的锣鼓队服装,以风貌上整齐划一来增加专业性。我听了赶紧目露凶光禁止檀生附议,所以最后还是没换衣服,但全体队员都戴上了那太平天国式的头巾帽子,我绝没看错,全体队员含檀生含穗穗戴上之后竟都面露得色,真心觉得自己美不胜收——还是不行,就他提的这堆牛头不对马嘴的提议,让演奏始终稳稳保持着一塌糊涂。

人心就有点涣散。阿康嘲讽阿耀"在锣鼓队里是不起眼的小角色吧",阿煌还娴熟地运用了一个成语"滥竽充数"。他们的风凉话引起观众的哄笑。是的,就这会儿工夫已经有一大群人围拢来。我先还想糟了,街坊们果然不堪其扰要来吵架了,但很快发现他们竟是虔诚来捧场的,就非常惊愕,连这种水平都能吸引观众……他们还点评,还零零落落鼓过几次掌叫了几声好,还饥渴地期待下一个节目。人群里还有从诊所走出来的伤员,流着血瘸着腿包着纱布也要站在那里观赏,由衷流露出"比鞭炮还好听"的眼神。潮汕人爱鼓乐真是爱入膏肓。

我还在人堆里发现一双亮晶晶的眼睛,里面盛满崇敬。虽然一时也跟着大伙儿哄笑,崇敬化作讥嘲,听到不堪入耳处眼皮也急速眨巴甚至还翻了白眼,但很快很快,又会化回崇敬。这眼睛是小舅的,他崇敬阿耀,他的孩子。他还跟旁边人介绍呢,我听不清,只见他朝阿耀指指点点,肯定提到了"我小孩""念书好"之类的话,旁边人似乎也都夸他福气好什么的。阿耀根本没留意人堆里的爸爸,他正焦头烂额。

我还从没见过这样的父子呢,爸爸崇敬孩子。

就在观众极度期待而演奏家们已经枯竭的时候,叮铃铃铃,来了一伙儿六七个骑自行车的小伙子,大刺刺地就往里挤。为首的跟阿耀聊了几句,竟然扭头就招呼他的人全面接管了锣鼓队。不知道他说了些啥,阿茂阿康阿煌立刻就把手里家伙什儿交给他们,还乖乖地向后退到非表演区,檀生虽搞不清状况但也缴了械,和弟弟们把穗穗抬到花台上去,一起当观众了。最后连锣鼓队创始人陈增耀也从绳圈中退出脑袋,老老实实把胸鼓献给来人。我听了阿煌翻译才了解,原来这伙人不是别人,正是揭阳不锈钢厂下属第二营业部销售一科厂办锣鼓队。他们差不多都住在隔条公路的前村,不知道是谁给他们传的信儿,只看得出他们一旦得信儿就马不停蹄地赶过来。

这才叫演奏嘛!太好听了,我没法形容,鼓乐的语言没法译作文字。我只感觉他们鼓槌一落,我腔子里就蹿出一股劲儿,精悍振奋,就要去抓捕、去投奔那鼓点,被它驱遣。难怪叫"醒狮"。醒狮是潮汕土生的家养的兽。

公路对过的人、路过的人都围过来了,檀生爸妈和舅妈们也出来了。连阿嬷也出来了，袖着手歪着头往这边看，虽然脸上没表情，但姿态是欣悦的。大概病患们走光了，所以二舅三舅也出来了。观众都傻笑，人人都袒露着倾慕，也跟我一样努力压制着身体里狂舞的兽。

原锣鼓队成员被排挤成观众，不仅不沮丧还更痴醉，茂康耀煌全张着嘴，半天都不闭一下。檀生也忘了偷偷点颗烟，烟他刚才打锣时别在耳朵上呢。穗穗直挺挺坐着，不去仰靠椅背。夕阳照着她头上的纱纱蝴蝶结，还有她毛衣领上镶缀的珍珠花边，橙色紫色白色莹润的光绕着她的脸。我能看出小姨的影子了，小姨少女时也是这么娇丽吧。

阿康转头见三舅站后边，很开心的样子，就凑过去把爸爸拉到远点的地方，父子二人聊起来。主要是阿康冲着他爸耳朵侃侃而谈，好像在描绘什么，胳膊不断在空中抡出很大的半弧，仿佛谈得相当广阔相当灿烂。奇怪的是他爸刚听一会儿就开始摇头，不断地摇头，有多少半弧就摇多少次头，好像对那些半弧抱着深深的怀疑。三舅一向只会点头的，我记得。

天暗下来的时候，大舅也从大门探出半个身子，趁着演奏的间隙冲阿茂喊，一是提醒他新衣不要搞脏，二是叫他该回去做准备，等下要开始祭拜。"长房长孙！"他还用普通话提炼出这句，笑着向观众们喊。

尽管意犹未尽，但毕竟各家都有祭拜活动，不得不散场了。檀生他们正要抬着穗穗回去，却来了一辆电摩托，是小姨夫来接穗穗回去。穗穗不吭气，明显不想离开，我们大家也留她，但小姨夫笑嘻嘻地执意要接走，说她妈妈在等她呢。妈妈爸爸只得答应了。穗穗上了后座，一直到他们消失在后巷，也没再看我们一眼。

小舅陪他小孩一起收拾场子，唠唠叨叨了好些，看表情全是赞叹，阿耀虽没对答，胖脸上全是美滋滋的受之不疑。

大家都往回走时，阿康还独自站在原地，在跟他爸爸说话的地方。三舅大概早已进去。我和阿煌叫他回吧，阿康没理我们，脸却憋得很红。忽然他咬着牙说了两句很短的话，撇下我们先进去了。

"他讲——'欠拖阿'……'欠拖阿'就是，嗯……活该的意思，又讲'自甘贫穷'。"阿煌轻声告诉我，呆呆地，"他讲谁啊？"

三十九

熬过了大舅作为陈氏长子的新年祝词，又熬过了妈妈作为归宁长女的新年祝词，又熬过了爸爸作为首都人民代表的新年祝词，又熬过了大舅关于此番陈氏家族团圆的珍贵性及历史意义的发言，又熬过了大舅关于潮汕家宴传承是中华民族优良传统的具体表现的重要发言，又敬候以大舅为首的陈氏子孙向阿嬷祝酒并为她奉上全桌第一碗汤，又观望到所有长辈都已下箸，又假模假式与阿煌阿耀闲谈几句，之后，终于端庄娴雅地搛起一片煎咸五花肉。怎么说呢？我也是吃五花肉的老人儿了，各种形式的五花肉吃了不少，以为已经穷尽手段，却想不到仍有新篇。

"注意控制下目光，"檀生在我耳边悄悄告诫，"太狼性了。"

我数了下桌上有十二个菜一个汤，但这是暂时的，因为二舅妈还没上桌，还会有新盘端上来替下光盘。要说全国上下的年夜饭，不管哪家都摆出全力以赴的架势，据我看，其中最憨实、最下死力的就是潮汕。我吃过的好些席面看上去虽也琳琅满目，实际好些菜是一式两份，假意为方便坐得远的客人，真心为自己省力。哼哼，休想糊弄我。而潮汕这地方，整桌菜没一个重样的，全孤品。

但全孤品呢也的确有个弊端，桌子那么大，天南地北的，不兴伸胳膊去够更不能走过去，所以我今天吃不到对面的竹笙丝瓜烧蚝子、煎红昭鱼和沙茶酱焗大虾了。

"对调一下。"小舅妈远远地忽然站起来，指挥我把我这边的两个盘子和她那边的两个盘子对调一下，蚝子、红昭鱼立刻近在眼前。"给你送货上门。"她抿着嘴笑，又转头向大舅道："还是请大哥来介绍一下这个鱼吧，我们不懂讲不好。还是大哥讲。"小舅也附和，两口子逗大舅说话。但大舅好像兴致不太高，"红昭鱼就是我们这边土产的鱼嘛，格外没什么。"淡淡笑笑。

我也有点看出来了。祭拜的时候大舅就声低气弱的。他领着大伙儿行礼上香，又让弟弟们向阿公和祖先做年终述职以及展望未来。二舅先说诊所欣欣向荣，明年打算秋天还要增加一点规模。三舅说已经去过市里办的进修班培训，正规文凭很快拿到。小舅没说自己说的阿耀，成绩好，老师讲开元、金山、绵德随他挑。轮到大舅，他也没提自己，说长房长孙陈增茂立业在前，明年就会成家，成为下一代中首个为陈家开枝散叶的后生。不知道为什么我听着他这话不太硬气，阿茂似乎根本还没恋爱呢，虽然他跟摩托的合影英雄帖似的撒将出去。

错不了，大舅闷闷不乐。他喝酒也不找人碰杯，独个儿不断地抿一下抿一下，刚开席没一会儿脸就红了。檀生也看出来大舅不乐，心疼了，不许他独喝，陪着他干了一个，又劝他喝汤吃菜。又转过来悄悄告诉我听小舅说的，阿茂原先相亲的那家见过面后没有下文，也没说原因。

"我们这边的，比较，普通话怎么讲呢，比较势利。"大舅苦笑说，"就是嫌弃我们家呢，财政情况不乐观——没有钱啦。"

"不乐观，没有钱。"大舅妈补充道。

"你别着急啊老大，阿茂这么好的人才，姻缘肯定好的。"爸爸凑过头来，他也看出大舅有心事不痛快。

"我们阿茂没有上大学嘛，工作是不错的。"

"阿茂工作不错的。"

"但是已经很大了，我们怕要耽误。"

"我们怕耽误他。"

大舅两口子一递一声长吁短叹。爸爸和檀生都叫唤哪儿的话啊，阿茂才多大你们就急着抱孙子吗。我笑问阿茂："都见过面啦？你自己感觉姑娘咋样啊？"阿茂努力扯嘴笑笑："她在深圳打工。"完全听不出倾向。"她提啥条件啦？你满足不了？"我笑问。阿茂说没有："没提条件，就是问我想不想去深圳，说那边现在搞得很活。""那你咋说？"我很好奇。阿茂笑道："我当然想去啦，去那边还可以试一试新的……"可还没来得及说"新的"是啥呢，就被大舅接过话去：

"她就是不想在这边，不想你们两个再发展，你懂了吗？"大舅冷笑道，"叫你去深圳，你怎么去？去做什么？住在哪里？——你去不了的。"

"你去不了深圳的。"大舅妈补充。

阿茂没回答。他坐在那里喝新奇士橘子水，已经喝两罐了，菜没吃两口，碗碟还是干净的。他那身五蝠团花缎褂在灯下泛紫，倒是富贵了，但也无凭无据把一百多年加在他身上，他闪耀着民国以前的紫光。而且他坐下来时我才发现这缎褂跟壳子一样硬，一看就比他实际的体积大好多，太空阔简直算个房间，他光着细弱的小身板儿缩在里边。

"政策已经有了，我们去区上开会的时候上面给我们传达的。"二舅大声说。他在那边跟妈妈他们聊天。他边说边站起来，提议大家向三舅敬一杯酒，祝贺他人逢喜事。妈妈喜笑颜开地表示太应该了，又叫二舅把那政策正式说一遍，好教大家知道老三喜从何来。

"去年嚯，全国人大常委会，通过的《执业医师法》，"二舅努力去学《新闻联播》的口气，"里面就讲嚯：'乡村医生符合规定的，可以依法取得，执业助理医师资格，和——执业医师资格。"他忘情地自己先抿了一口酒，"什么意思呢？就是讲，拿到正式文凭以后，老三可以从助理医师升为医师。"

"啊，太好了太好了！"大家都赞叹，举杯祝贺三舅。三舅一直低着头，开心又害羞，意意思思要站起来吧，好像腿脚都不听使唤。二舅伸手按住他不叫他站，他也就埋着大红脸坐着受了礼。"老三这两年很辛苦的，又要坐诊又要下去村里山上到处走，又要去市里进修班上课还要考试——你们三舅很厉害的。"二舅说，向着我们，又溜了一眼阿康。阿康没吭气。檀生抢过三舅的杯子给他斟满，说不行我得跟我三舅单走一个，说着也溜一眼阿康，阿康笑笑。

干完杯落了座，大家都帮三舅筹划下一步怎么办。按说可以从二舅这边退出，不再做助理医师而另立门户了，但三舅只是笑。半天他说："先干好本职工作吧。"意思是还不走，仍服务于二舅这边。

"哈哈，兄弟齐心，其利断金！"爸爸笑道。什么事用纯正的北京话一说都显着圆满。

"如果需要的话，大姐可以支持你。"妈妈说。爸爸马上附和。三舅望了妈妈一眼点点头，好像红了眼圈："谢谢大姐大姐夫。"拉着三舅妈站起来敬了他们一杯。

"三哥有能力的，大姐，不要小瞧了人家啊！"小舅抢着说，"哈哈哈，三哥有墙（钱）的，比我有墙。"大家都笑。

小舅妈也凑趣道："你看看阿康穿什么就知道了呀！"大家

这才端详阿康的行头。小舅妈摸着衣料夸好。她最懂了。

"不是啦!"阿康笑道,虚着眼睛,"不是买的啦,是别人送的。"大家愣了下子,又啧啧表示吃惊羡慕。

"谁人啊?"三舅停了一会儿笑问,"谁人送的?"

"一个朋友。"

"哪里的一个朋友?"

"讲了你也不认识。"

三舅不说话也没笑了。小舅一看气氛不对马上嚷嚷:"我猜到了!是女朋友!——阿康谈女朋友了对不对?"大家都笑,都松口气,都悄悄佩服小舅机智。小舅妈表示不赞同阿康现在谈恋爱,骄傲道:"我们阿康这么帅,将来是要做大明星的!"大家说对对对,将来都要沾阿康的光。阿康笑道:"做什么大明星……不做不做。"不想做。

"还是参军吧!到部队去,去锻炼,成为一名光荣的中国人民解放军战士!"浪漫主义军旅诗人说。

"对啦对啦,去做兵啦!阿康你去做兵吧!"阿煌也很赞同。

阿康早已高中毕业,这两年待业在家,未来到底要做什么他自己一定想得比谁都多。

"做什么兵!不做不做——要做就做生意!现在就要做生意!"阿康笑着,狂劲儿上来了,"知道吗?做生意!"他拿筷子把碗沿儿敲得当当响。我离得不近也感觉刺耳。

"做生意?你现在做生意的话……"三舅笑道,"也就只能给人家做马仔啦。"

阿康脸上的笑中断了一下，后面的笑完全不同了。"那不是跟你一样吗？"他笑道。

四十

年三十晚上的公路没平常喧闹，车少，两边住户又分散，院子后面就是田野。放鞭炮的都跑去巷尾的墟场了，毕竟田野公路太空旷，烟花再盛大、声响再震撼都立刻会被黑暗吞噬，太不划算。我们沿着公路边走，路过的那些亮着灯的人家，都在吃团年饭，要么划拳拼酒，要么唱着卡拉OK拼歌，却没有一家看春晚的。二舅说过这里不兴看春晚。

越往前田野越来越多，人家越来越少，路上越来越静。

檀生和我已经有点没词儿，叨叨了这一路。而阿康除了支吾几声基本没话。刚才他在饭桌上抛出来的那一句有多伤人，多么伤他爸爸的心，他自己绝对有数，要不也不会哭。他爸听了那句倒没哭，只是笑笑。他自己憋了一会儿哭了，撂下筷子就往外走，大家都留他拉他，都根本拉不住。爸妈只得让我们出来陪着，怕他出问题。

走着走着冷起来，他那套修身西装肯定太薄，他紧抱着胳膊把脊背绷得像块青石板，中间的拼缝都要开线了。走在这俩大高个儿后面，我得不时小跑两步，想请他们慢点。可一个

"慢"字还没说完呢就一头撞在阿康背上,好家伙,真的像撞在青石板上。原来他忽然停住了,檀生也没发现,我叫他他才倒回来。

"我是好心对吧?"阿康说,"天地良心。"

"那肯定的。"我们说。

"他那么辛苦我不知道吗?我是为他好。"

"对的对的。"我们一再点头。

阿康站在路灯下,只有额头、鼻梁和突出的嘴巴亮着,眼白也隐隐约约。他吸了下鼻涕,拿袖子揩了揩。"不管他是给二伯打工也好,还是讲合作也好,总不如自己开店的对吧?这个我没讲错吧?"

"这个可能……"檀生迟疑了一下,"开诊所和开店不一样的吧?乡村医生不是公家给开工资的吗?并不能算自己的生意……"

"那是他自己蛋眉(傻瓜)啦!有生意不会做,有钱不会赚啦!"阿康叫道,感觉很冤,"我朋友给我讲的一条出路,就是,"他压低声,"这个不要讲出去——医药用品可以卖的,又不用干活又不用辛苦,我爸又懂行。我朋友说可以带我们——因为我在帮他做事嘛,他比较看得起我——就出一点点本钱,三万块。"阿康苦笑道,意思三万跟三百能差哪去?檀生嗯嗯没答上来,但我感觉到他眼珠子鼓出来了。

"我今天给我爸讲了,初三以后我朋友就去香港拿货,他门路多兄弟多,都是香港比较有权势那种吧,我们出三万就行。本来不带我们的，知道我们没什么钱嘛，还是看我面子。"

"拿货拿的什么货啊？"

"其实我跟你讲，很好的，我们也不会害人，就是拿过来再重新包装一下，跟新货是一样的。我们不会害人。"

"这个呃呃，阿康你先别急，反正还有好几天呢，我们先打听一下也许……"檀生语塞。

"大哥你想入股的话，我可以跟我朋友去讲，这个面子他应该给我。"阿康真诚打保票，把檀生逼得使劲咳嗽。

"你爸咋说呢？"我问。

"所以我气的就是这个，他将来开店做老板肯定需要资金的，但是现在连这点钱都舍不得拿出来，这个就叫——自甘贫穷。"阿康仰天长叹，"各人各命各安天命，我也不想说再多。我是想帮他，他眼睛瞎看不到。"西装少年有点悲凉。忽然他低下头，冷笑道："二伯命好，阿公偏心二伯，把家产留给二伯，叫我爸去山里面做苦力，一样的儿子两样的命——我是为他好，他现在不懂，以为我是坏心。"说着就又哭了。

我们大吃一惊但不敢多话，檀生默默搂着弟弟肩膀，只能由他呜呜地哭。我们站在公路边，田野里的风卷着浓烈的硝烟味儿扑过来，好像里面还有火药没燃尽。

"大哥，你带大哥大了吗？"阿康忽然止了泪，"我给我朋友打个电话，看看他们在哪。"檀生没法只能给他。他拨了号码后往前走了一大截背对着我们。我们又愁又急，这小子那意思是要去跟那帮人会合啊！可恶啊，这帮人难道都没家吗，都不用跟家人团年的吗？正努力攒词想阻止他，他跑来把大哥大往檀生手里一塞撒腿就跑，"他们在等我，你们回去吧！"他喊。我们问他去哪啊——他喊："就……月亮神……王朝……"根本听不清，我们再喊他，只听见几个字"祝你们新……乐……恭……财……"人早没影儿。

四十一

阿康这浑小子一跑我们可真不好交代了，显得我们两个大人既不能保护又不能约束，就是两个字——没用。快到家门口时望见有个黑影站在那儿，垂着胳膊一动不动。走近了才看清楚是三舅。他好像早猜到我们两个没用，只是笑着点点头："他跑了嚯？"我们说他倒是没乱跑，他去找他朋友了，就在市区一个什么地方，而且刚刚阿康用檀生的大哥大联系他朋友，所以我们有他朋友的大哥大号码，三舅您不放心的话我们可以去找到他。啰唆了一车话。三舅听了只是笑着点点头，"我管不住他的，他学坏。"

但回到堂屋，妈妈一见我们丢了阿康立刻急了，劈头盖脸就说檀生怎么那么不上心，那么不负责任，好大个帽子扣他头上。我也不敢分辩。还是三舅劝她不要急："阿康就是这样的，我都不担心他。"妈妈说："你不担心你站了一个钟头？"原来我们刚出门，三舅就上门口站着了。三舅只是笑，又叫三舅妈给我们盛热汤。三舅妈手脚麻利，热汤马上端到我们面前，两个碗里都有一大块带着裙边的水鱼。她是南澳岛人说普通话太吃力，只能微笑打个哑语叫我们赶快喝，很客气的样子。我看她待阿康也是这么客气。阿康不是她亲生，她好像从没插嘴过他们父子的事情。三舅叫我们不用担心了，毕竟阿康也大了，不闹出格，不做坏事就好。透着对阿康要求很低，只求他将来做个老实人过老实日子。

正说着，二舅妈终于上了最后一道菜，是个甜汤。这顿饭前面我已经吃了那么些好东西，可一勺甜汤入口，还是快流泪。鸡头米、白果、百合、莲子、银耳、芋泥馅儿团子，把天下糯叽叽甜丝丝的果子都集齐了，每一样有各自的清香，大合唱更是浓香。我眼饧骨软，不由自主向二舅妈飞了个吻。她笑得肩膀直抖。

"哎呀，等下拍全家福的话人不齐了！"二舅笑叹。他一直惦记全家福。经他一提醒大家才想到，都说遗憾，只好下次人齐再拍咯。

"没关系没关系，有阿嬷坐中间就行了啊，"爸爸站起来举杯向大家道，"全家福今儿缺这个明儿缺那个都没关系，多拍几张凑一起看不就行了？哈哈哈哈。"然后又要向阿嬷敬酒，"哎？阿嬷呢？"说了半天才发现阿嬷不在座位上，她早已离席去睡觉了。爸爸羞红脸还抹呢，"阿嬷睡了咱们也踏实了，回头人齐再拍。"

"本来人也不齐。"大舅道。他声音不大,大家又在说笑,听见的人不多。

"本来人就不齐。"大舅增加了音量,他脸红红的,嘴却有点发白。他的汤碗、甜汤碗都满满的,骨碟里只有一片水鱼壳。

"之前讲好的,二姐小妹两家都要过来,现在又没来。"大舅说。

"哦哦,二姐二姐夫上午回汕头了,小妹他们嘛……穗穗明早她爸爸送过来拜年。"二舅解释。但我有不太好的预感,大舅要的不是这样的解释。果然大舅还有后话,他闭了下眼睛,再睁开也只看自己面前的骨碟:"二姐的事不去说了,说也没什么可说的。小妹为什么不过来?她都讲好过来的,对吧?大姐回来之前我们就讲得好好的,对吧?就是大姐到家当天吃饭的时候,她和她老公也说团年要来的,对吧?"

这话很清楚,清楚得不能再清楚了。小姨不来因为小姨生气呗,生谁的气?还能生谁的气?

妈妈没开口,我不敢冒冒失失地说话。我偷看她时,发现大家都在偷看她。她脸上伤感,轻轻点了点头道:"我本来就想好了今天她过来,我就要,我们就可以坐在一起,好好地把事情说清楚,把她的事情好好地计划一下,下面怎么做……"

"为什么一定要等到今天呢?"大舅问。他手里的酒杯洒出来一点。妈妈看他一眼,想把抱歉交给他,但大舅眼睛闭着。自从喝了三四杯之后,他就不怎么睁眼睛了。

"不是,前两天比较忙,安排的事情比较满,就还没来得及……"

"比较忙，没来得及，大姐就是说觉得小妹的事情不很急，没有去别家吃饭、去公园玩这些事情急嘛。"大舅话风越来越硬。檀生有点动静，但他爸爸看了他一眼。

"老大说得对，我们还是应该先想着小妹的……"妈妈叹气。

"就是说，为什么要拖呢，拖了好几天。"

"对的对的，应该早一点的。我主要是想着这次回来呢，首先……"妈妈的话总是说不完整，刚开头就被大舅打断，每句都是。

"首先是看望家里面，也让家里面看看你……们对吧？看看你们的家庭多……好，你儿……子多好媳……妇多好，对吧？"大舅说话不流畅了，但好像还有千言万语，"这些全都很重要，对吧？都比小……妹的事情重要，对吧？小妹不重……要，对吧？"

"不是的不是的，怪我们考虑不周，这个怪我们，是怪我们！老大你讲得对，我们还是应该……"

"为什么要拖好几天呢？你们知……道这几天小妹怎么样的呢？大姐嚯……不知民间疾苦嚯。你们觉得不重要，没有出去吃饭、走亲戚、玩公园这些重要……小妹不重要，对吧？对吧对吧对吧？"大舅摇头晃脑，一连串"对吧"。妈妈爸爸不停地点头，明明该摇头的。

"大姐你不知道，这次小妹听说你们要回来，开心得不得了，到处去讲'我大姐回来了''我大姐大姐夫都在北京做干部''我外甥带媳妇回来探我们'，到处讲，又过来这边帮忙准备你们的房间，被子啊床单啊窗帘啊都是她一样一样置办的，多高档我不知道，漂亮是最漂亮的，比结婚新房还漂亮，对吧！"

檀生轻轻点点头。我也跟着点了头。原来是小姨，哎呀可不就是小姨的风格吗。

"大姐不知民间疾苦，你走了嘛，你去京城了嘛。"大舅仰头，仍然不睁眼，沐浴在大灯的强光下，"你们吃饭走亲……戚玩公园，开心哦？肯定开心。小妹这几天哦，没有办法，她没有办法。她最没……用的。拖呀拖呀……"

"大哥，这个事情不怪大姐，还是怪我，"二舅小心翼翼笑道，"大姐他们这几天都是我安排的，我主要是想这么多年他们没回来么，还是要先去……"

"你安排得很好，很好。"大舅笑道，忽然睁开眼，但立刻又闭上，没看二舅。

"但是大哥现在批评我了，大哥批评得很及时，我就明白了，我……"

"你明白了，你最……明白了。"

"大哥讲得对，我没想到，我考虑得不全面……"

"你考虑……得最全面。"大舅好像已经不想正常交流，只管阴阳怪气地在二舅的话里提炼出一个个短句，像一个个带尖儿的石头，朝二舅砸回去。二舅只得苦笑。

所有的人都不敢说话，大舅妈从大舅说"人不齐"开始就完全陷入沉默，再没重复过丈夫的一句话。她早早地盛了一碗米饭早早吃得精光，然后一直坐那儿陪着。三舅小舅也不来劝，舅妈们也没来打岔，阿茂阿煌到楼上多功能厅去了，阿耀埋头一点点啃鸡爪子。大家默不作声，整整齐齐，虽然都哭丧着脸但又似乎在等待着什么。

檀生望向爸妈，他们还在不断地轻轻点头，像背后的发条还没走完。我悄悄掐了下檀生的腿，他在桌子下面摇了摇食指。不懂，反正是叮嘱我不能吱声呗。

"阿爸讲，"大舅忽然大声说，同时抬起头，"诊所给老二。没讲给我。诊所全部给老二。"他伸胳膊在头顶画了个平面圆圈。

我听糊涂了，怎么又扯到阿公。阿公就在大舅对面的墙上。按理阿公刚才若能听见祭拜，现在吵架也应该听见了。

"我是长子，不给我，给老二。别人说，哦！老二继承家业！那就是说——老大不行的，比不上老二。你怎么解释？"大舅虽然看着前方，但并不是看向阿公的相片，也不是他对面坐着的三舅。大舅眼里的前方不知道是什么。

"你怎么解释？"见前方没有回应，他继续追问。他说的这个"你"不知道是指二舅，还是阿公，还是他自己，还是泛指随便什么人。

"十年，我在诊所干活十年，长子也好，学徒也好，助手也好，十年。"他双手掐开五指朝天花板举起来，"老二继承家业，老大不行！比不上老二！你怎么解释？"大舅之前说话已经断断续续，可是说这些又完全没打磕巴，只是仍闭着眼睛偶尔睁一睁。

爸爸妈妈听呆了。我和檀生也呆了。忽然大舅伸手连续抽了自己两个嘴巴："一门四杰！——讲什么！"另外三个舅舅一直赔笑不语，没防备大哥对自己动手，都惊慌去阻他。

小舅笑道："二哥，你今天拿的什么酒啊——哎呀瓯京啊，我就说嘛这个度数，哈哈哈，高了一点高了一点……"说着就去搂大舅的肩膀。大舅使劲甩脱，还是不断重复："老大不如老二，你怎么解释？怎么——解释？"

小舅嬉皮笑脸又去搂，大舅又狠狠甩脱，又搂又甩。大舅急了转身骂小舅："你最没出息！全家你最没有出息！"他话这么重，我们不相干的人脸上都有点挂不住，小舅倒仍是嬉皮笑脸："对的对的大哥，我最没出息。"但大舅就不放过他，继续骂骂咧咧，只是这次说的是潮州话，而且这以后全是潮州话，我和檀生被屏蔽了。切换成母语后他语速快了好多，嘴巴一直不停，眼睛闭着眉头紧锁。只见妈妈的脸上一会儿震惊一会儿恍然大悟，一会儿又痛心疾首。爸爸始终垂着头，很难过的样子。

檀生去问二舅妈大舅说啥呢，二舅妈只是苦笑。小舅妈也回避我的目光。檀生又捅捅埋头啃鸡爪的阿耀，叫他赶紧翻译翻译大舅到底絮叨啥了。阿耀抬头正色道："我爸说要尊敬大伯伯。"又埋头去啃。

大舅越说越激愤，竟带了一点哭腔，而且身子眼看就东倒西歪的。小舅一边哼哼哈哈应着，一边招呼另外两个哥哥"来吧来吧"，自己站起来背对着大家扎了一个马步，不知道他们要干什么。二舅三舅好像早有准备，马上抢过去把大舅托住，慢慢地往小舅背上放，直到大舅完全趴好，四肢松松地垂下来。二舅轻声问："你还可以吗，这回？"小舅说没事就背着大舅上楼了。檀生和我赶紧追上去扶着，小舅毕竟个子矮瘦，我们看着挺悬的。

到楼上我们还说把大舅送到我们房间躺下，但小舅直接进了多功能厅，而且二舅妈不知道什么时候在这里候着了，阿煌阿茂被从沙发上赶起来站到一边。昨天晚上莫名其妙出现在沙发上的被褥枕头已经平平整整地铺好，大舅脑袋一挨枕头就昏睡过去。

我们全走出来，只留阿茂在里面陪着。我悄悄同二舅妈惊叹："您怎么知道大舅会醉成这样啊？预感这么准的吗？"二舅妈苦笑道："年年年饭都这样，多少年了，只是你们第一次见。"

四十二

正要下楼，小舅叫住我们，竟邀请檀生跟他一起去，他比画了一个抽烟的动作。檀生往楼下一瞧，妈妈正跟舅妈们说话，一抬头就能看到我们，他还不敢那么明目张胆的。"去露台去露台！"小舅低声道。领着我们一拐又一拐，爬了七八级台阶，经过一扇小门上了露台。我们住下那么些天从不知道还有个小门，门后竟还有个露台。上去才发现它是在二楼屋顶，从外面看屋顶像是只有一圈围栏，以为纯粹装饰，没想到围住的是一个五十多平方米的大露台。

我不由得抱怨,这么一块好地方居然现在快离开了才发现!露台离地有八九米,站在这里可以望见好远好远,虽然天黑了,但纵横的小路上、住家的阳台小院里还有池塘那边的路灯既稠密又明亮。头顶的夜空也完全没有房檐林冠的遮拦,能看见星星和流动的云。我真恨不得今晚就支张行军床睡在这里啊!

"对哦这里不好玩,光秃秃的什么也没有。"小舅笑道,檀生正给他点烟。他轻轻用食指点点檀生手背,表示谢谢,像那种场面上的人物。深吸一口之后却又咳嗽了几声,为遮掩咳嗽又使劲清喉咙,清好喉咙用低沉的嗓音说:"万宝路比较烈嚯。"又抱着胳膊向半空吐了个不圆的圈。

我感觉小舅在我们俩面前有点爱装老成,好像总怕我们不把他当长辈,毕竟他比檀生大不到一轮。而且我们刚到那天大舅就当众训诫过他吃狗肉煲的事,跟训小孩似的。反正只要大舅在场,小舅就总要赔着小心、赔着笑脸。今天大舅更过分了。想想我都替小舅不服,老大就可以压着老小吗。

"你们现在也是大人了。"小舅幽幽道,"我为什么叫你们上来呢,我有我的道理。"他转回身,"我怕你们听了大舅这些话以后,产生错误的印象。我怕你们认为大舅不好。"

我和檀生对看一眼。

"他讲的这些呢,是不是客观事实?是的。是不是他真实的想法?是的。但我希望你们要全面地看问题,毕竟那个年代,你们阿公也没有更好的选择。"

我和檀生对看一眼。

"大哥心里面有气，几十年了，我们要体谅他。他也知道自己有时候说话很重，他也讲'话讲得太重是不对的，对不起阿公'，他也承认自己会对不起阿公。但是我希望……"

"小舅啊——"檀生瞪着大眼，有点为难。

"啊，怎么，你讲好了，都讲出来，没关系的。"小舅挺了挺腰。他比檀生矮差不多二十公分，不得不仰望大外甥。

"大舅说什么了啊？我们都没听懂。"檀生说，"他后面那一大嘟噜都是潮州话，我们一句也听不懂。"

"啊啊……"小舅好像吓了一跳，烟差点掉地下，"没听懂？"

"对啊，就听到他说阿公把诊所给了二舅，没给他，他白干十年。后面他到底说啥了？"我问。我发现小舅慌了，眼神东躲西藏，好像后悔不迭。他还掐了烟，转身朝着小门的方向，那意思想溜。但檀生虎躯耸峙，堵了他的逃路。

"其实也没说什么……就是比较不开心。大舅从十几岁就一直在家里这个诊所，怎么说呢，就是工作吧，跟着阿公到处去给人看病。很多情况呢，他也做相当于护工的那些事情，很苦很累的。你们不知道一个乡村医生多么辛苦噢！"小舅摇头，"从十几岁做到二十几岁，念书断断续续。本来那时候也不正规嘛，一会儿有的念一会儿又停学了，那么阿公就讲干脆不念了，在家里学习医学好了。那么大舅就听阿公的安排。结果恢复高考以后呢，二舅考上了医学院，阿公很高兴，二舅毕业以后又在大医院做了几年，再后面阿公就把诊所交给二舅了。那么阿公后来也帮大舅找了工作,但是大舅没有文凭啊,所以一直没有资格往上走吧。大舅现在快到退休也没有拿到一个职位,那他就比较难过了。就是这么一个事,已经过去了,大舅平常很开心的,偶尔才想起来讲一讲。"他望着檀生的脸,又看看我的脸,好像不放心,"你们不要放在心里,都是过去的事情了,大舅今天喝酒了嘛,发发牢骚哈哈哈哈。"

小舅语速既快概括也粗率,一心只想早点结束谈话。但经不起细想,命运对大舅太不公平,到现在都还能看出来重压在他身上留下的病弱。

"凭什么……"檀生脱口而出。我心里也正好想到这三个字,但檀生没说下去,这话是冲着阿公呢。

"大舅身体不好,阿公说,不适合再做下去;但是,当然了,二舅有医学院的文凭啊,阿公一讲二舅的学历就高兴,说陈家这脉没有断掉,很为二舅骄傲嘛。"小舅笑道,但又皱着眉头,"大舅刚才讲的就是这些,讲阿公偏心,说话不算话,害他一辈子抬不起头,还讲……他将来到了九泉之下也要找阿公问清楚。"他说着说着又说漏嘴了,把大舅这么激烈的话都给漏出来了。我看他本意是要和稀泥的,不想我们小辈的情感受往事的影响,想维护好现在的一团和气,但他又没有能力始终贯彻,他自己的情感还压不平呢,像塑料袋里装不了尖东西总要戳出来。

我出不了声,喉咙有点堵。檀生也低着头。

"大舅心里难过、发脾气、乱讲话,你们可以理解的哦?"小舅仰着头向檀生确认。

"就是小舅您受委屈了，大舅老是呲登[1]您出气。"檀生柔声道。

"我没有！我不委屈！"小舅突然变大声，"大哥讲得对！大哥怎么讲我，我都听他的！"马上又顿了一顿声音弱下来，"我小时候实际上是跟着大哥长大的。那个时候你们懂吗？严重困难，我们国家严重困难，没东西吃呀，阿公整天在外面回不了家，阿嬷也没有办法，要不是大哥省下来给我，我肯定早就饿死了。一个番薯很珍贵的，他给我吃他自己不吃。我小我很不懂事我全部吃掉了，大哥饿了两天。大哥对我是……是有养育之恩的，懂不懂？养育之恩。"使劲说完最后几个字，小舅呜呜哭出来。现在安静，他的哭声肯定传到很远。

檀生也不劝，一步跨过去抱住小舅。

过了一会儿小舅不哭了，他笑起来，很难为情。为了掩盖难为情，他使劲儿吸鼻涕清喉咙。我一边递给他纸巾一边笑道："小舅内心温暖。"他一听马上恢复了嘻嘻哈哈："你们看我笑话了！"檀生也笑道："可是大舅还是说错了一点，小舅怎么会'没出息'？小舅这么理解大舅，就是有出息。"

"我就是没出息呀，大哥没讲错，金钱事业我样样都没有哈哈，"小舅两手一摊，"我自己知道的，我这种没出息的儿子——对不起阿公。"

小舅也对不起阿公。小舅刚才说大舅也说自己对不起阿公。

---

[1] 呲登：北京俚语，批评、斥责。

"对不起阿公"的人数在增加。

底下在叫我们了。"唐僧,你在上面抽烟吗?今天第几根了?"妈妈已经走到外面公路边,好像在送客。

阿耀和小舅妈、阿茂和大舅妈都准备回家,三舅妈要留下来收拾但也被妈妈往外赶,叫他们两口子早点回去休息,毕竟明早三舅还要过来,诊所天天都要开门的。我和檀生则自告奋勇去帮二舅妈。我们刚要回厨房就被三舅拦住,他把摩托熄了火笑道:"我跟你们讲一下。"领着我们往房子后面的田边小路上走。

走到一个路灯下停住,檀生问他要不要抽烟,他说不要,几句话讲完不耽误你们休息。

"我的意思就是,我希望你们不要误解,今天大舅说的那些话,不能全部当真。"三舅笑道。

我跟檀生忍住了没看对方。

"大舅曾经吃苦,很多很多,你们年轻人很难想象,我大哥很苦的,他有怨言你们应该可以理解。但他今天讲二舅的话,有的是醉话有的是气话,很难听也不是真实情况,不能作数,我不是包庇二哥,我只讲实话。"

果然,我就知道小舅有隐瞒。

檀生说:"三舅啊我们根本没听懂啊,大舅到底说什么了?"三舅可比小舅狡猾,虽然也愣了一下但马上就接口道:"我知道啊,我就是啰唆几句。"但三舅没急着开溜,反而笑起来,好像如释重负。

"三舅,您告诉我们吧,大舅骂二舅了对吧?是二舅当年有什么事情坑他了吗?"檀生老实巴交问。但三舅瞪眼说了一串"没有没有没有没有没有",就不肯说具体的。

"您稍微告诉我们一点吧,就算提醒我们,免得我们回头说错话。您完全不说的话那我们就会控制不住往坏里想啊……"我得激他一下子。

"唉,其实就是大舅心里太苦,他吐苦水。他说二舅会讨好阿公,会讨阿公喜欢,说阿公把好吃的都给二舅,所以二舅长得像猪仔花[1]。说阿公给二舅念书不给他念,因为二舅不知道在阿公面前说了他多少坏话,说二舅从小就心计很多,早就想好办法争夺家产。哎哟。我大哥就是太苦了,他苦在心里面嘛,也不知道该向谁去讨回来。"

"二舅怎么不解释啊?"我问。三舅笑道:"大哥不听嘛,他就是委屈想讲出来发泄发泄。"

"二舅真的是一早就立志做医生吗?"檀生笑问。他这问题我听着不太合适,有歧义,好像拐着弯问"二舅一早就想争家产吗"。刚想替他找补,三舅已经接过话:"不是的。"他忽然有点严肃,脸上长年弯着的笑纹都没了。

"你们二舅当初是决心当工程师的,小时候吹牛也讲以后当了工程师怎么样怎么样,不想当医生,争家产更是没有的事。他当年考大学看好了要考湖北一个大学,因为那个船舶系比较出

---

[1] 猪仔花:潮汕方言"肥猪"。

名,二哥喜欢船嘛。但是阿爸不同意,一定要他考医学院,二哥不想,下跪一天,天亮跪到天黑,跪在阿爸阿嬷门口。他本来是刚强的性格,但磕头啊,求阿爸。呐,就在现在堂屋后面的院子里嘛。但是阿爸讲一定要二哥学医,不然他死不瞑目。这样,二哥才上的医学院当医生,知道了吧。"

三舅声音很温和,讲得也快,这番话也就一分来钟,可我听得心里好难受。实在没法想象每天春风满面的二舅有过这么一段儿,还以为他这辈子多么顺风顺水。

"但后来二舅还是……很好了对吧,跟阿公?他们父子俩后来怎么样呢?"檀生眼巴巴问。

"哦哦,很好很好,二哥很争气嘛,我们家最有出息的一个。"

"二舅也原谅阿公了哈?"

"什么?原谅阿公?怎么叫原谅阿公呢?"三舅对我的问题很吃惊,我对他的吃惊也有点吃惊。"你们阿公总要保住诊所啊,上面好几代人的努力才传下来的字号,到他这里就断掉了这怎么行,他也没办法嘛。二哥毕竟是我们四弟兄里面最优秀的一个啊!"三舅说到底还是赞成阿公。

"哦哦,那二舅反正后来,就是说,还是很开心的了……"檀生笑道。

"他不错的,我二哥,他是胸怀比较宽广的。有一点他也承认,他当年闹得太厉害,不体谅阿公的难处,叫阿公伤脑筋,是对不起阿公的,这个。"

有人在按喇叭，又轰了几脚摩托车油门，大概是小舅他们在催。但三舅好像还有话没说完，有点尴尬："檀生你不是有阿康那个朋友的电话吗……"然后借着路灯的幽光，吃力地记在小本子上，这才跑着离开了。

我跟檀生却都没动，就那么站在原地发呆。猛一下子接收了太多信息，人会犯晕的。

田边一长溜一长溜的青葙，还不太暖热呢就已经开花了，路灯把白花穗顶上的玫红色变成橙红色。青葙后面大丛大丛的芒草夸着白毛，一丝小风就吹得它们窸窸窣窣交头接耳，像一撮坏人藏在那儿搞阴谋。不远的地方传来鞭炮声，临近零点了。檀生忽然想起来之前跟阿煌讲好了晚上放鞭炮的，赶紧往回跑。

四十三

阿煌以为我们忘掉，正在烦躁，看见他大哥立刻眉开眼笑。他才不满足在自己家门前放鞭炮呢，叫我们带他去后面巷尾的那个墟场，说镇上的小孩都在那里。二舅妈叫他不要给我们添麻烦，他不依，非去不可，看那架势像要躺地上打滚。正乱着忽然有人敲大门，原来小舅又返回来了，说竟然忘记放鞭炮！而他已经把阿耀阿茂送到墟场，这下是专门回来接我们的。阿煌哈哈大乐一蹦老高。

都快到地方我才猛地想到,不是说要帮二舅妈收拾的吗……檀生笑道没事没事,二舅妈会体谅的,再说她都做惯了,咱们插手没准儿反而给她添乱。又感叹:"二舅妈这人真好,现在上哪找这么好的人啊,老陈家所有这些舅舅姨夫,"他鬼头鬼脑一笑,"——甚至包括我爸,嘻嘻,就二舅好福气!"不知道为啥,他这明明是好话,我心里却沉了那么一下子,说不上哪儿有点别扭。

等满眼烟花时我才又开心起来,管他呢,今后的事今后再说吧。

阿煌点了一个十二响的礼花,嗵地喷出去一支炮弹,嘭地在夜空里炸开,霎时星光粼粼。"快!赶紧许愿!"檀生催促道,说这会儿许愿应该管用。我想着回来这段时间都是因为我们俩做人不严谨引出一连串糟心事,过新年给大家伙儿添了堵,那就为大家伙儿祝祷吧!我先祝大舅新的一年心想事成,也祝阿茂新的一年心……刚开始祝,我就意识到要祝出岔子。比如祝大舅心想事成的话,那阿茂就去不成深圳试不了"新的";如果祝阿茂心想事成,那大舅会气病吧……祝二姨心想事成那妈妈……还有三舅家,祝三舅万事如意,那阿康就只能当老实人过老实日子,这个阿康肯定受不了,可要祝阿康万事如意,那他不知道要搞出什么名堂,万一闯出大祸三舅可怎么活。脑子一团乱。最后只能宏观地祝全家身体健康、平平安安。

"祝我啥了?"檀生含情脉脉。

"我祝你成功,早日成功!啥荷赛奖、普利策奖都归你行了吧!"我知道他一直想着这个。我也含情脉脉看着他,话都递到这个程度了,茅奖、鲁奖他总该分我一个。

"那我就祝你嫁给成功人士!"檀生开心大笑,指着自己。

我也好开心。心却奇怪地又沉了那么一下子。

玩到快一点钟我们才回家。以为爸妈早就睡了,结果他们坐在堂屋里一直等我们,还有二舅,三个人都是既疲惫又严肃的样子。

"明天,哦不,已经是今天了,去姑奶奶家,把正事做了。"妈妈说,很坚定。

"啊,联系好了吗?"檀生诧异。他现在被二舅训练得很周密。我也觉得这事儿咱们不能自说自话,姑奶奶家恐怕不是随便想去就去的地方呢。再说"正事",啥正事?不就是拜年吗?难道真的要把宝石们……

"我本来想应该先去小姨家,但跟你爸和二舅商量了一下,还是先去姑奶奶家吧。"妈妈说,似乎这个安排存在着某种必然的逻辑关系。

"我能不去吗?老太太这脾气吧,上回就给我累得够呛。"檀生抱怨,"站也不是坐也不是,水也不给喝,饭也吃不饱……"他朝妈妈作了个揖,又往身边一指,"姑奶奶喜欢她,有她跟你们去就行了。"他利索地出卖了我。但妈妈摇摇头:"你们两个一起,既然是你们两个一起收的,就要一起去还。"

那么终于还是要还了。我想到在美梦中早已给它们安排好的那些岗位,不由得悄悄瘪了下嘴。

檀生依旧劝妈妈:"早上先打个电话吧?"我也帮腔:"二舅不是早给我们谆谆教导了吗——不请自来就相当于破门而入。"

我看向二舅,这么冒失不会是他的主意。但二舅这回竟完全不像之前提起姑奶奶那样赔尽小心、瞻前顾后,毫不迟疑道:"明天,哦不,今天下午两点半去。"那意思反正她老太太还能跑哪儿去?他脸上的线条向来是柔和的曲线,肉比较饱满嘛,而且笑多;此刻曲线全绷直了,两颧下颌鼻梁骨,二舅忽然棱角分明。我想到三舅说的,他本是刚强的性格啊。

"那就咱们四个大的带两个小的。"妈妈说,戳戳天花板,"等老大醒了我们开个会,演练下。"

"大舅二舅也要去?"我很吃惊,我们犯了多大的错儿啊需要这些人押送我们?

"他们去是为了别的事情,"妈妈笑笑,"跟你们小的没关系,到时候你们把你们的事做完就可以先离开。"

"太好了!"檀生如蒙大赦。

回房间我跟檀生连夜演练,这样说那样说,怎么说都觉得不妥当:"我们不配收您这么贵重的礼物"?"我们家大人不让我们收这么贵重的礼物"?"我们收您这么贵重的礼物会使某些人心里难过"?演到最后都烦恼不已,因为我能想到的就是姑奶奶正深情追忆上海的似水年华,却被我们粗鲁打断,扫她兴致,驳她脸面,她会很受伤很凄凉吧?她那么清高的个性。妈妈他们也真是的,不让把宝石据为己有我不是不可以接受,但上门送还真太别扭。带着情绪睡下,做了一宿饱尝焦虑的怪梦。

然而早晨醒来，准确地说是上午十点十分，我的烦恼烟消云散，因为——宝石丢了。

四十四

准确地说，是失窃了。

大年初一的十点五分，妈妈咚咚砸门把我们叫起来，劈头就问："你们动宝石了吗？是不是你们拿走的？"我们也急了，檀生本来就一肚子起床气，他也嚷："孙子动了！"妈妈挨了凶反倒松口气，这才喘着气儿解释，宝石一直搁在二舅妈的木首饰匣子里，虽然没上锁，但木匣子藏在他们房间梳妆台第一个抽屉后面的暗层里，没人知道，连阿煌都不知道。但二舅刚才去取，打开木匣子一看宝石没了，别的东西都在就宝石没了。二舅慌了，说他亲手放进去的，连丝绒盒子一起，就在宝石拿回来的当晚，当着二舅妈的面。二舅妈给做了证，还赌咒说自己后来连碰都没再碰那木匣子一下。他们两口子当即就捉了阿煌讯问，因为想起他曾经鬼鬼祟祟打听宝石的消息，还缠着他爸要看。阿煌说没有啊我没有啊。二舅哪里肯信就要动刑，阿煌哭闹，连阿嬷都给惊动了，跑出来护着不让动刑，问会不会那个夹层太老朽，断了裂了啥的，东西漏到下面去了。二舅虽然坚称宝石在木匣子里，漏也只能是木匣子漏，但仍把梳妆台前前后后又搜查一遍，最终几乎要拆散架了也没找到。三舅一早来诊所值班，听见闹也过来问，也觉得茫然。兄弟俩不敢耽搁只能报告大姐。

妈妈第一反应竟然是我们俩。她离开以后我气得一句话也不跟檀生说。她骂檀生，还不是冲我，难道会疑心亲儿子？檀生拼命劝解，我只是不理。楼下阿煌也哑着嗓子号叫。我们俩冤屈啊，真想跟他抱头痛哭。但忽然灵光一闪，丢了的话，就不用去还了呗，我阴暗的心灵马上冒出一股快意。

出来路过多功能厅，妈妈在叫大舅起床，他晕头转向坐在沙发上发呆。看得出来不舒服，一劲儿掐自己太阳穴，脸颊上还窝出刀疤一样又长又深的褶痕。妈妈问他：昨天下午我记得你是一直在堂屋里待着的对吧？没有离开堂屋对吧？连厕所也没有上对吧？三连问把大舅问得更呆了，回忆半天说对的，我没有离开过堂屋。妈妈紧张又问：“你有没有见过什么人上去二楼？外面的人不是家里人？”大舅说没有，出什么事了？妈妈只告诉他家里丢了东西，一再让他回忆到底有没有外人上过楼，意思指那些上门的伤员病患。大舅坚定说没有，还说他从没听见去看医生结果把医生家里偷了的事，家里诊所运营那么多年都没有过。妈妈只得点点头。其实就算证明昨天下午没有外人上楼，也没啥意义，也许宝石早在昨天之前就被偷了呢，她自己也已经想到这节。大舅忽然期期艾艾起来：“大姐，我昨天晚上我……”他这会儿想起昨晚了，不知道还记得多少。但他大姐哪有心思说这个，只埋怨他你昨晚怎么刚喝两口就睡着了，一言不发的好没意思。

我们下楼像下到一池冷水里，堂屋气氛阴郁。大圆桌没撤掉，桌边阿嬷坐着，两只胳膊护着阿煌。阿煌半靠在阿嬷怀里，他的偃月刀躺在地上。三舅站着，手搭阿嬷肩膀，铜像似的纹丝不动。二舅坐着，二舅妈垂头站他背后。妈妈坐着，爸爸在给她捶背顺气儿。一大家子扶老携幼脸色灰暗，乍看还以为是难民。我的快意刹那没了。就要到中午，二舅妈没去准备中饭，老陈家已然停摆。阿煌还在哭哭咧咧："我没有告诉外面的人，我可以对天发誓。阿康讲不要到处去讲，万一有人起坏心，我听他话的呀。"

他"阿康"两个字一出口，铜像就微微一动。

也巧，这时从外面晃晃悠悠进来一个人，两手揣裤兜，哼着歌，睡眼惺忪头发也稀巴乱，身上那套银蓝色西装已经皱皱巴巴，一看昨夜就没回家。正是阿康来吃中饭了。

"阿康——"三舅几乎是咆哮，但立刻意识到自己失态，压低了声音叫阿康跟他到后面院子里。阿康稀里糊涂地跟过去。三五句话的工夫，就听见阿康的咆哮，同时也有三舅极其克制的问话。我们听不懂，只看见阿康疯牛一样低头朝他爸爸的胸口撞过去。

但我们马上听懂了。因为三舅切换成普通话说："你不跟我讲，你跟上面讲。"边说边拽着阿康的后脖领子，两个人连拖带扯地来到堂屋。他说的"上面"指的是挂在墙上的阿公祖阿公他们的相框。阿康大喊"讲鬼啦讲""证据拿出来""报警"，又冲着整个圆桌大喊:"你们烂人!"声嘶力竭。二舅、檀生都跳起来拉三舅,但三舅不管,非要阿康跪下,向祖先跪下。阿康不肯,和他爸爸扭作一团。阿嬷和妈妈来拉扯也被三舅甩开,他一定要制服阿康让他双膝跪地。大舅没上去拉扯,坐在那儿都看蒙了,大概从来他只挑剔过孩子们的跪姿不标准,这种根本不肯跪的情况一定还没见过。

阿康不跪,就是不跪,不管三舅怎么压他他就是不跪。简直像练过功夫,好几次眼看膝盖就着地了,结果他又跟弹簧一样蹦起来,直到被他爸按在地上躺着。躺着也还继续喊叫:"为什么跪,为什么跪他?阿公不公平,全家人就叫你去山里面卖苦力!这不是你自己讲的?上山下乡你一个人去……你衰佬你。"

三舅忽然失掉力气,手终于松开,站起身,脸上像淋了雨般所有线条都滑落下去。喉咙里一点声音都没有了。

二舅去搀阿康起来,阿康胳膊一抡,二舅一声哀号,像是遭到痛击。我们根本没来得及分辨怎么回事,就看见阿煌从后面尖叫了一句话,冲上来猛地把偃月刀一掷,正中阿康额角!血一下子就流出来了!阿康惊恐地看眼阿煌,又看看大家,转身跑出去。

二舅从牙缝里挤出声音,对阿煌说:"不是的,他没打我,是我自己碰到右手了。"阿煌愣了下,大哭起来,也跟着跑出去。只听见他在门口嘶声喊叫:"阿康——阿康——康——康——"

只有那两只追随他的流浪狗汪汪地回应。

四十五

檀生主张报警,大家都瞄了瞄三舅,三舅不说话。刚才阿康额角出血,他看到了,似乎想去拉住他,但没迈出一步。

檀生说绝对就是进了外贼,怎么会怀疑到自己家人头上?我也同意。他又说记得昨天一下午他们在门外紧锣密鼓地演出,阿康根本就没离开过他的视线。这话一出我却不能附和了,因为失窃未必发生在昨天下午呀。果然三舅轻轻摇了摇头,大家也不吭气。檀生一想也有点泄气,但仍然笃定说不可能是阿康。

"你们不知道……他跟人做坏生意,想要……"三舅说。

"我们知道。"檀生说。

三舅抬头看了眼我们,应该是想起我们昨晚曾跟阿康独处:"他讲给你们了?"

"对,他是想要钱,但他绝对不会做伤害您的事。"檀生道,强硬而温柔。我想吻他。

三舅落下泪用手一胡撸:"我管不住他。"后面又潮州话说了两句。爸爸听了马上挥手说:"什么!男孩子到这个年龄都要出点幺蛾子,这都算丢死人,那我怎么活下来的?"三舅苦笑又说了几句。爸爸更不答应了:"老三,你怎么回事,怎么就至于把自己说得一钱不值的?昨天都敬你酒呢,是吧,这些年多不容易啊，都替你高兴！"三舅低头又说了一句。这下爸爸没大声驳他，而是走过去把他按在凳子上坐下，低声说："不会的不会的，你就是心里难受说秃噜嘴了，口不择言，阿公会体谅的，不存在'对不起'。"

"咦，你这手包得乱七八糟。"大舅说，他把二舅的手腕子拎起来仔细看。这会儿他已经听说到底丢了啥，但竟然没有疾言厉色，也没指责谁，只是问起二舅手上的伤到底咋弄的，而且谁给包扎得这么马虎。只见他顺手又牵着二舅去了诊室，一路唠唠叨叨的，大概是在宣讲正确的包扎方法、包扎的历史、包扎的种类等各种理论。之后传来撕开绷带的声音，他好像亲自上手给弟弟包扎了。爸爸那角度应该正好能看见，他张望一下，转回头朝妈妈挤挤眼睛，妈妈点点头微微一笑。但她笑完又恢复了焦躁。是啊，不行真得报警了，得请警察来抓贼了。她坐在阿嬷旁边，抱歉地看着阿嬷，像是自责没完没了地惹来麻烦。阿嬷却没看她，站起身走回房间去。阿嬷佝偻得厉害，后背几乎弓成球面，真像一个黑底红花的天球瓶。

"饿了嚯？"二舅走出来，举着右手，一路展出手上那教科书式的包扎。"桂芝啊——中饭就——"他喊，但二舅妈没回答。二舅都走到她面前了她也没反应，平常中午她哪用他喊。二舅妈嘟囔了几个字，就拉着二舅走去后面院子。

"吃饭先等一等，咱们先报警吧。"妈妈叹口气。没人反对，三舅就要去拨座机。但大舅说还是请二舅亲自报警，这是他家，他的诊所，他做主。

二舅很快就返回堂屋，但他没再靠近大圆桌而是立在窗边，使劲眨巴了几下眼睛，显得有点晕乎乎。不知道二舅妈跟他说啥了。大舅叫他这就打电话吧，他说："不报警。不用了。桂芝热一下剩菜，昨天好多剩菜，咱们将就吧。"不等回答，他转身就去敲阿嬷的房门，一进去就关上了房门。

妈妈他们都瞪着迷茫的大眼，但没几秒钟表情就起了变化。我也一样，脑子里冒出一种无礼、忤逆，简直大不敬的想法。

四十六

贼是阿嬷。

阿嬷是贼。

经过二舅密谈施压，阿嬷最终承认，在宝石到家的第二天，也就是我们去西湖公园那天，她就下手了。根本没有难度。二舅亲口告诉她东西放在何处，同时她既有二楼楼梯口的门钥匙，又有二舅卧室的门钥匙。作案时三舅在诊室接待患者，她则轻捷地避开他的视线掠过堂屋。潜入，盗宝，恢复现场，整个行动不过五六分钟。如此干脆利落，因为她是个惯手。类似的事干过不止一回。

据说阿嬷已经坚持干了很多年，隐藏也严密，这次要不是二舅妈举发，宝石就会像之前所有那些东西——一只包金戒指，一个满月银锁，一盒鳄鱼皮带钱夹，一个蔻驰女包，一把泰国锡制小茶壶，一件苏绣睡袍，两封过年利市，整套资生堂护肤品……一样，下落成谜。

其实那些东西的消失二舅二舅妈早就知道，也知道是阿嬷拿走了，甚至也知道她拿去做什么了，因为总值还算可以承受，所以也就憋在心里。这次实在没想到，毕竟宝石那么贵重，为它们又闹出那么大动静，其归属问题全家瞩目，阿嬷自己还被奉为守护者合该公正廉明，结果……

当时首先进去的二舅走出来，向我们低声宣布：阿嬷拿的，就在她这里。大家都长舒一口气，都说事情好办了，尽管觉得匪夷所思，也有点替她羞愧，做老祖宗的人怎么手脚不干净，但又出奇一致地懒得同她计较，好像本来就没要求她品行多么高洁多么可敬。妈妈还笑着拍手道："这老太太也太淘气了！"二舅却没笑。他并不是来报喜的，出来是请求增援，因为阿嬷说：不会还。

妈妈的笑容僵住了，直奔阿嬷房间，进去后也关上了门。十分钟不到就走出来，满脸错愕，摇摇头："妈不肯给我，我把利害关系全讲透了她还是不肯。"大舅不信邪，也进去，也关门。但两分钟都没有，他就在里面叫大姐二弟一齐进去。我悄悄溜到门口，门这回没关，只见三姐弟蹲在那张古老的拔步床前，三颗头向右看齐，六只手扒着床沿儿，而阿嬷和衣仰躺在床上，睁着眼但紧闭嘴，任他们苦口婆心，她只油盐不进。

阿嬷的房间窄小，床占了一半空间，而且阿嬷瘦短，床更显大。床架原先的繁复装饰,流苏、镂空雕、描金围栏、戏台大幕似的对开帷帐统统都拆了,只剩下光光溜溜但排场很大的几根角柱顶檐还撑在那儿。各处缺东少西因而整体莫名其妙,阿嬷像躺在一张虚构的床上。

"阿嬷心肠好硬啊。"檀生在我背后咕哝。我说就是,真没想到,妈妈他们这样求她了都。

"我指的不是这个,"檀生撇着嘴巴,"你想想刚才,妈妈冤咱们,二舅冤阿煌,三舅对阿康都动手了,阿嬷居然一直扛着!"檀生伸手搂住我肩膀,口气有点悲愤。我心里一颤,委屈得差点哭出来,可不是吗?阿嬷眼看着孙子们无辜受累就不言语……她到底为啥啊?

四十七

中午这顿吃得零零落落。三舅盛了一盘子盖浇饭去办公桌上吃,二舅加入了他。大舅盛了碗汤泡饭去诊所外间的茶几上吃,爸爸加入了他。二舅妈独自在厨房吃。阿煌拎着两根骨头扔到门口喂狗,又端了碗饭站在那儿跟狗一起吃。阿嬷不吃,把那仨轰出来后说要睡觉。直径一米六的大圆桌上只有妈妈、檀生和我。

"阿嬷不是为自己。"妈妈说。

"早猜到了。为小姨，东西都给了小姨，对吧？"檀生冷笑道。妈妈垂头承认："是，小姨。"

"二舅一说是阿嬷我就猜着了。"檀生耸耸肩，"那天晚上我们从姑奶奶家回来，小姨不是已经来了，还去阿嬷那里哭。肯定就想要宝石嘛。"

妈妈不答，只低头吃饭。那么檀生说对了。他忽然一乐，低声向我道："阿嬷这算义贼。"我同意："理念是劫富济贫嘛。"我们俩忍不住贫嘴，觉得好笑。

"小姨啊，厉害，会哭的孩子有奶吃。"他感叹，"下回我想要什么也跟阿嬷哭去。"檀生话里透着对小姨的看不上。妈妈抬起头："不是这样的。你不要胡说八道了。"她口气平淡，并没有教训檀生。她说本来不想告诉我们，但她受不了亲人、亲骨肉这样议论小姨。

老陈家的孩子，虽然最初是三个女儿四个儿子，现在也是三个女儿四个儿子，看上去一个不缺，实际中间曾有过一遭曲折。那是大女儿锦屏去了北京之后的事。那会儿赶上三年困难时期，陈大夫要养活剩下的六个孩子极其艰难。他因此决定送走其中一个。话传出去不久，同族亲戚引来一户汕头人家，跟这边也拐弯抹角地沾一点亲，夫妇俩没有小孩，就想接走陈家最小的儿子。本已讲好，过去之后改姓更宗，继承一栋房、一只船，娶本地姿娘，给那边养老送终。阿公也由这边中间人引着去了一趟汕头，看了他家情况，点了头。但临近接人时阿公变卦，不给儿子只给女儿，要就要，不要就当没这事。那边气昏了，上门讲理，但阿公关门歇业三天拒不接待。最后那边没办法，只能自己找台阶下，同意接了女儿去，将来招赘。之后接走了最小的女儿，从此小姨仙屏改名为娣花。

这事阿公默默做主，没告诉北京，关上家门也听不到反对的声音，只有一个人急了。

那时姑奶奶陈恒还在青岛工作，在信里听说小侄女被送出去非常痛心，因为娣花刚出世时正好赶上她回家探亲，她抱在怀里亲过逗过，喜欢得不行。大孩子们她一个都没这样抱过没这样喜欢。但她反对也没用，而且也不得不体谅哥哥实在没办法，只说要一直看着娣花，不会断了骨肉情。过了几年，姑奶奶工作调动到了广州，离潮州那么近就相当于回了家，那时祖阿公祖阿嬷已经过世，其他两个兄弟一个去了山区一个上了岛，就剩他们兄妹二人，但能团聚总是好的。姑奶奶向哥哥要了地址，寻去汕头，摸索到娣花的新家。姑奶奶说她一进门眼前漆黑，半天看清楚，卵石地、泥巴墙，床上烂铺盖，锅里臭浆水，地上有个孩子野人样半裸着，在玩石缝里长出的树苗，姑奶奶试着叫她娣花、仙屏，她也没反应。姑奶奶都吓傻了。一问邻人才知道，这家女人已经死了一年，家败了大半，祖屋破朽，船也抵出去。男人根本过不了生活，到处去讨老婆，把娣花就当禽畜一样放养着。姑奶奶还问有没有给这孩子念书，人家都笑，觉得她不可理喻：都活成禽畜了还念书。

姑奶奶不管不顾，脱下外套给娣花裹住勉强遮羞，然后抱着背着就逃回陈家。阿公阿嬷当然心痛，但也想不出办法，毕竟立了字据。姑奶奶大怒，说要去告官，还说愿意收养娣花，也立字据。阿嬷是愿意的，求阿公考虑。

然而刚回陈家几天，养父那边就追来了，说休想接回娣花，不然就把吃他家五年的饭算钱给他，还要去告。最初那个中间人赶来谈判，也说难做，毕竟有字据管着。养父又软下来，说已经找到续弦，就快再娶，到时候一切自然进入正轨。阿公最后同意了，为了做人言而有信。中间人答应亲自不定期去监督，好教陈大夫心定。姑奶奶无话可说。接走娣花那天姑奶奶哭瘫倒。

果然后来养父再娶了，竟又过起了还算像样的日子。但后妈想着自己迟早生小孩，才不想抚养前面遗留下来的养女，只拿娣花当用人用。姑奶奶托人打听到，他们一直不给娣花念书，娣花快十岁了还一字不识。养父并不是没有学费，而是根本没有这个打算。姑奶奶又去哥哥家里商量，说自己的心意没有变，仍想收养侄女。阿嬷也很愿意，想求阿公考虑。可这时候风声已经不太好，阿公被弄去关起来学习，关在哪里都不知道，好不容易回来已是骨瘦如柴、衣衫褴褛，阿嬷也就没提。姑奶奶再三来问都没有下文。

又过去几年，娣花到了小学毕业的年纪，却没上过一天小学。她在养父家里的情况倒是有了一点细微的改变。因为后养母一直没生育，和养父的关系越来越糟糕，总骂他是"无后身、无后命"。养父恨她，故意在家里拉帮结派，做出一副跟养女攻守同盟的样子，给娣花买了新衣服，还许她跟邻居学认字。娣花想着自己终于得到了养父的慈爱，欢天喜地。没多久后，养母竟然跟人私奔了,还带走一包袱财物。养父到处寻人不见,气得到处骂。姑奶奶得了这个消息非常担忧,以为这个家又要散,养父又要崩溃,娣花会再度沦为禽兽。但出人意料,只剩他们父女二人的家,很平静,甚至其乐融融。

姑奶奶又跑去汕头,看见家里窗明几净,娣花也穿了齐整衣衫,头发指甲也都禁得起细瞧,也能跟人有几句对答。就一个,已经过了十四,却只认识钱和粮票,依然不能读书看报。那养父对姑奶奶笑脸相迎,又让娣花端茶,又留姑奶奶吃饭。上次他们相见是她偷回娣花后他追上门去,当时两人如同仇雠,四只眼睛都血红拉丝呢。这会儿他忽然礼数周到,看那放低身段的样子好像还想叙叙亲情。姑奶奶问为什么不给孩子念书,那养父看着忙碌的娣花笑道:已经大了,已经长成大人了。这叫什么狗屁不通的回答!姑奶奶越待越觉得不对劲。那养父对待娣花的神情举止,她全看在眼里,又吓又厌恶。但毕竟不能像早前那样抱了娣花就跑,姑奶奶只得怀恨回去商量。

这下阿公愤怒了,找中间人一同去理论,但中间人偏刚刚过世,过世前已有"坏分子"的帽子扣在头上,所以遗物烧的烧毁的毁一团乱麻,字据哪还有踪影?又去找祠堂,祠堂早被一支叫"战鼓擂"的队伍占领,小将们正在里面布置会场,准备批斗原先在祠堂里颇有权威的一个白胡子。阿公赶快退出来,只得独自前往汕头。但返来后竟说娣花在那边很好,养父自己已有说定的女家,但担心娣花对新养母不适应,还在给女家做工作,可以肯定的是,不久的将来他们又会组成和美的一家三口。阿公在那里还住了一晚,没看出破绽也就放下心,嘱咐娣花一些忠孝贤良的道理就走了。阿嬷听了阿公的话也放心,但对小姑子就有了一点埋怨,认为疑心太盛反倒会毁坏娣花的名声。姑奶奶说你们放心,是因为你们巴不得放心!既然你们亲爹娘都这样,那我从此再也不管。

怎么可能不管。

姑奶奶这回谁也不告诉,再次跑去汕头。那时去汕头的路可是不好走,有车没车完全随机,姑奶奶大半是靠自己的脚底板。好在这次是她最后一次去,因为这次她竟然把娣花成功带回来了。那天她到养父门口已入夜,敲门半天养父才来开,一见是她根本不让进,越不让进她越来劲,发了疯要往里闯,被养父当胸一脚踢坐到地上。她大哭大吼惊动邻舍来查看,她含糊声称养父作风有问题,邻舍立刻兴趣浓厚,也有义愤填膺的要求进屋去查看,养父一慌,她趁乱再闯进去。简直毫无悬念,娣花缩在床边,头发衣服一团糟,背上还有青瘀。养父便给愤怒的人群拖走了。姑奶奶绝不停留,又像娣花幼时一样给她拿外套一裹,趁着天黑,路灯也被之前武斗的人砸得没剩几盏,连夜逃回潮州。

后来跟阿公阿嬷他们讲起来,姑奶奶其实也说是后怕的。潮汕最讲宗族,所有单个人的背后都有一大家、一大族的人,跟任何人冲突都要做好准备跟一个大家族冲突。而且过继孩子,人家也是有手续有字据,两边祠堂虽不像过继男孩那么重视,但总算也知情,冒犯祠堂就跟触犯法律一般。还有那些四邻八舍，其中难免有与养父沾亲带故的，但凡有一人当场伸出援手，娣花乃至姑奶奶自己，都休想出那个家门。所以只要聪明点，胆子再大也不敢到人家地盘上抢人啊。但姑奶奶也说了，大不了"拼命"。

后来乱哄哄的也有汕头的公安来过消息问起这边，最后也不了了之。因为陈家惊讶说压根没有去抢过人哪，现在人丢了他们还想找养父去讨呢。阿公没说谎，因为娣花的确没回来，姑奶奶敏捷，把娣花藏起来了，就藏在镇上一个农户家里——陈大夫的眼皮子底下。所幸那养父根本没力再来找麻烦，娣花在藏了好几个月后终于回到陈家。

本来阿公阿嬷是感谢姑奶奶的，但后来情况又变了。运动过去之后，养父托人来传话，说现在政府归还了家产，他还想着娣花回来，招赘也行，就父女两个生活也行，现在他也老了，希望娣花给他养老送终，之后家产都给娣花。但如果娣花不念多年的父女情，不回来，他就过继族里一个已经成年的侄儿，到时候家产跟娣花可是一点关系都没有了。阿公犹豫，因为知道娣花受过害，多半不想再跟这坏蛋见面。阿嬷却表示可行，说娣花现在已经长大，那养父肯定欺负不动她了，娣花年轻力壮，只要厉害点是完全可以压过老头子的。而且这时候回去招赘，有婿仔保护更不害怕。阿嬷感叹，只要回去了，娣花的生活就会有保障，而陈家能给女儿的，只有嘴头上的教诲，吃不得住不了。

但姑奶奶反对，说已经给娣花想好了出路，出路就是去念书。娣花从汕头回来时基本算个文盲，姑奶奶自己教她不现实，正好农户家的儿子之前念过中专类的学校,就请他教,每个月都会塞给这家人粮票肉票布票作为学费。她还去信给上海的老朋友,求问去上海念书的门路,但那时社会情况太乱太萧条,所有门路都堵死了,直到恢复高考。姑奶奶下了决心,今后要送娣花上大学,所以认为哥嫂这时竟然还有让孩子回那边的想法太过荒唐,跟他们大吵。吵红眼时阿嬷就怪她当初接娣花之前没跟他们打招呼,并且她回来向他们描述的那个情形也太巧合了,养父干坏事偏偏让你撞见,孩子亲爹去怎么一点蛛丝马迹也没有?阿嬷甚至还说姑奶奶,莫不是自己没小孩就想要娣花,想要娣花给她养老,所以才编了这个无影迹的瞎话吧?

  姑奶奶气得发毒誓,说情愿去坐牢,死在牢里,假如那养父冤枉。

  最终娣花还是没有回汕头。而那养父果然过继了族里的侄儿做养子,养子什么也没干就住进了修缮好的祖屋,拿到了全部财产。更羡煞旁人的是,没两个月养父就病死了,非常及时,刚好够那养子扮演一个床前孝子而又完全不辛苦。便宜都让他一个人占尽。阿嬷因此更生气,说回不回去娣花本人并没表态,没回去都怪姑奶奶从中作梗。

  然而这也是错怪,那段时间姑奶奶根本没跟娣花提这事,就怕再提汕头的往事会吓到她。但娣花倒是反过来跟姑奶奶吵了一架,因为说想结婚,姑奶奶不同意。原来她与农户的儿子朝夕相处日久生情。什么念书上学参加高考,之前的种种安排全成了姑奶奶的一厢情愿。娣花并不想走那条奋斗的路,娣花想恋爱，想成家。姑奶奶听完吵完，发现自己里外不是人，就病倒了。

阿公的态度一直不主动不明确，汕头来叫娣花回去，他犹豫。姑奶奶给娣花安排念书考学的路，他不置可否。阿嬷抱怨小姑子鲁莽行事坏了娣花名声以及阻挠她继承遗产，他没有反驳。娣花提出想要结婚，他倒是答应得很快，还喜气洋洋办了婚礼，边吃茶边感慨，陈家祖上积德让他运气这样好，小女儿失而复得，还名正言顺从家里出嫁。

结婚后小姨的日子过得很好，就住在陈大夫的眼皮底下，也就是从后面出去走小路很近的那个地方。农户的儿子，也就是我们的小姨夫，在一个民办厂里做会计，生活过得去。但生下穗穗，穗穗小儿麻痹症落下残疾，这之后日子就开始拮据了。娘家再帮忙也很有限。小姨因而不时地向姑奶奶开口，姑奶奶有时也不等她开口。姑奶奶自己也承认，小姨不肯听她的安排她也没办法，只有能帮一点是一点，毕竟可怜她从小受了大苦大难。小姨也是有良心的孩子，明确告诉姑奶奶要给她养老送终，而且前些年姑奶奶生肺炎，是小姨在医院伺候了两个星期，比对自己亲娘、婆母都尽心。阿公阿嬷是高兴的，她们姑慈侄孝的图景太美好了，让人想起多年前姑妈的心愿，认侄女为女儿，姑妈会以亲娘的身份给她爱和保障，传出去也是老陈家的佳话。阿嬷尤其欢喜，以往那些怨言再也不提。

可等阿公当真提出来要给她们办一个认母认女的仪式，姑奶奶却谢绝了，不肯。原因是：就不肯。阿公阿嬷很吃惊，再一想也觉得情有可原，都叹息姑奶奶的婚姻太离谱，烂尾，颜面尽失，是她人生的污渍，她必定一想到就伤痛，所以当然不想再入正轨。好吧，不办就不办，不给名分没关系，只要心里认这个女儿，给她女儿的实惠就好。阿公去世前不久还向姑奶奶郑重地暗示过，当着家里人说，请妹妹替我照顾好我家这个小的吧。那时阿公已经得病，都明白他日子不长了，这话就是托孤的意思。姑奶奶听了笑道："好。"阿嬷也终于放下心，拥有姑妈这份家产，娣花的未来稳当了。

后来阿嬷最恨姑奶奶这个"好"字，认为她诓骗，哥哥人一走，她就抛弃了侄女。这是怎么发现的呢？有次小姨去姑奶奶家拿钱，姑奶奶却说先等你把之前借的还了吧。小姨惊骇，说家里实在困难，一时拿不出来。姑奶奶淡淡道，那就等你们有偿还能力了再借。阿嬷当时听说，不敢相信人能这么快就变脸，人心能这么快就变质。等了一段时间让小姨再去试探，还是同样的回答。翻过年再去试探，姑奶奶不仅不改口，还抛出一句话的道理：救急不救穷。阿嬷因而知道姑奶奶彻底变卦。更让她绝望的是，前年听说姑奶奶有个学生叫小吴，很得她喜欢，常常在她家中逗留，小姨几乎次次去了都能见到。一开始也只以为她不过慰藉老人寂寞，陪着老师聊天，后来意识到这小吴多半有图谋，想借着跟姑奶奶的情感获取小姨一直渴望的东西。果不其然，姑奶奶被发现在支付小吴去广州学习进修的学费，甚至一部分生活费。阿嬷完全没法接受，认为姑奶奶用原本属于小姨的钱养活了小吴。姑嫂两个吵过一架，从此再没见面。

也就是从那以后，阿嬷开始悄悄地搬运，二舅他们也默默地假装不知道。如果不是这回宝石丢了，他们永远也不会去揭穿那个贼。

四十八

"二舅怎么就能肯定阿嬷是给了小姨啊？"我悄悄问妈妈。

"他们又不是瞎子。小姨每次空着包包来，鼓鼓囊囊走。表面上是吃的喝的不值钱的东西，里面总是有夹带。就上次，檀生闯进阿嬷房间看见我们三个哭，"妈妈苦笑，"临走的时候阿嬷还让我把身上零钱都交出来给小姨呢。"

"可这回人赃并获，阿嬷凭什么不肯交出来呢？"檀生也苦笑，"把咱们坑了，把大舅二舅，把全家都带累了，也要这样偏心她小女儿吗？"

"跟你怎么说，你都不会明白的，"妈妈温柔地看着儿子，好像还有点鄙夷，"你不做母亲就明白不了。"转头向我道："你会，你总有一天会明白。"

"啊……阿嬷刚才说啥了啊？"我问。我记得刚才阿嬷把他们仨轰出来的时候说了几个字，我听不懂，但他们仨都哑口无言，之前振振有词劝了阿嬷那么久。

"阿嬷说，仙屏四岁，四岁已经记事了。"妈妈一直努力憋着的眼泪涌出来。

原来当年小姨是来人直接从阿嬷怀里抱走的，抱去祠堂办手续走过场，阿嬷因为没去祠堂，她们母女的分别就是在灶间。她之前听说汕头那对夫妇因为阿公不给儿子而决定放弃，毕竟那个年代女儿没价值，阿嬷开心至极。没想到人家最终又情愿要了女儿，而且动作很快，进了屋子找到灶间，不由分说抱了就走，阿公不阻拦，只是含泪带他们去了祠堂。那年小姨四岁，阿嬷知道四岁的孩子已经懂得悲伤了，但是做母亲的没有办法，只能听任她悲伤。

四十九

吃过饭快到两点，离原定的出发时间已很近，但没有宝石的话，还去不去呢？妈妈舅舅他们都冲着自己面前的空碗空盘子发呆。

妈妈昨天还说要演练呢，我听那意思，打算从宝石说起，先让我们俩归还宝石，说不该拿，因为值钱，姑奶奶您上了年纪需要保重身体，保重身体需要钱，所以值钱的东西应该您自己留好。然后就该妈妈上场，先批评自己教子无方，差点害姑妈您损失巨大，回头影响养老。再说到您养老就需要孩子的照顾，再说到仙屏就有这个能力，应该让仙屏担起这份责任。说到责任，就该大舅上场，回忆父亲生前的教诲，要做负责任的人，而姑妈您跟父亲一样，是负责任的人，答应过的事情绝不会食言。因为考虑到大舅这个人说话比较耿直，容易让人不那么舒服，所以二舅会在这个时候出来软化一下。二舅要提出仙屏已经跟家里保证要侍奉姑妈您终老，您照顾她那么多年她都记在心里的，实际上她对您的感情比对我们自己母亲的深呢……

这套说辞虽然逻辑上处处硬伤，但只要说出来，我相信姑奶奶就无处可逃。大舅二舅都再三确定阿公去世前不久，他们亲眼看见、亲耳听到姑奶奶说了那个"好"字，如果需要，他们俩还可以绘声绘色地追述还原当时的情形，提醒健忘的姑奶奶。是的，姑奶奶只是健忘而已，不是背信弃义，二舅说。他最体谅人，说不能激化矛盾让姑奶奶下不来台，一定要准备好梯子，随时抬到姑奶奶面前扶她平稳步下。

准备到这个程度，没想到根本没机会表现。不还宝石万事皆休，没道理既拿了人家的重礼，又要求人家"负责任"，我们这家子成什么人了？

二舅妈来收碗盘，说阿嬷一直不吃饭，之前从没有过，就怕她饿出问题。姐弟仨一合计，决定把饭端进她屋去，然后最后再求一次。要再不松口，就想办法把宝石偷回来。"她到时候也没办法，而且说到底她不会怪我们，"妈妈低声说，"只要办成小妹的事。"

就在俩弟弟都点头时，阿嬷开门出来，走到饭桌前，手一松，两个黑丝绒盒子落在桌上。一句话没说，她又回去了，锁上了房门。

妈妈愣了会儿。"出发吧。"她宣布。

五十

我终于亲手摸到了宝石。妈妈让我拿上宝石赶快上楼准备，我一跃而起奔向楼上，一进房间就关上门连檀生都被忘在外面，毛手毛脚打开盒子后，我手指和掌心的皮肤终于贴上了宝石。

总看书上描写宝石的美艳和罪恶，说它们"冰冷"，根本不对。宝石没有温度，除非书上写的都是非洲之星那么大个儿的。这种能降临到我普通人生活中的宝石是温的，你感觉不到你和它之间的温差，等你意识到它的温度时，它早都被捂得比你自己还热了。一热它就能发光。宝石的光，不扎眼睛，它吸纳眼睛。越看越凑近，越凑近就越发现它里面有世界，越钻进那世界就越发现那世界通着宇宙，没有尽头。你占有它不是为了占有它，是为了请它占有你，是为了……

"干吗呢？让我进去啊！"檀生敲门。

我收起了宝石，同时整理了面部肌肉，因为觉得脸上乱麻麻的。好些年后我看电影《指环王》，见到在山洞里捧着魔戒的咕噜，才知道乱麻麻的脸看起来什么样。

二舅在楼下一通忙活，到处搜刮，因为没给姑奶奶准备年礼他着急。幸好二姨送来的礼盒救了场。妈妈问："怎么，你们从不去给姑妈拜年吗？"二舅羞愧一笑，说每次都打电话说要去，但姑妈不让，他们当然乐得省事。

出发了，又是浩浩荡荡一支队伍。我、檀生和阿煌走在最前面，爸爸和大舅走在中间，妈妈和二舅走在最后。阿煌没带他的偃月刀，前几天都不离手的。实际上中午还是我替他捡起来立在院墙下面，我看他也没去寻，也许他就想忘了它。他爸爸本来不带他出来，要跟姑奶奶说正事不能带，但他非跟不可，并且保证就在院子里等着我们不乱跑。他倒的确乖乖的，路上也不闹腾，上次我们的队伍走在巷子里他还猢狲一样上蹿下跳逢人就打招呼，这回檀生逗他他也不怎么搭腔。他爸爸也看出来了，悄悄说他"心重"。

谁的心轻啊？我越走越别扭。大年初一响晴白日，我们这一行人看上去手提礼盒光明正大要去给长辈拜年，但揣的什么心思很难说出口呢。妈妈和舅舅们一路还在推演，万一姑奶奶这么说我们该怎么回话，那么说又该怎么回话，又再三明确各人的分工以及临场如何补位。

"我说——"爸爸忽然开口了。之前他好久都没有发表意见，只一直陪着妈妈。他把大家赶到路边站定，"我听你们说半天了，我再问一句啊，现在这一趟，你们到底想达到什么目的？你们希望从姑妈那里得到什么？"妈妈舅舅说就想请姑妈给我们一个保证，如果小妹给她养老送终，那她能不能……照顾小妹的生活……

"什么什么?"爸爸显出一点急躁,"又来了,什么叫'照顾小妹的生活'?别老含含糊糊。"

"就是讲,我们希望她明确地承诺将来由小妹继承她的遗产。"妈妈说。

"但这实际上是一个前提——她明确地承诺将来由小妹继承她的遗产,在这个前提下,小妹才给她养老送终?"

"这不是两全其美的事吗?"大舅不解。

"你们是在揣着明白装糊涂?"爸爸脸红了,他已经生气,"这不就是要挟吗?你要不答应,那小妹就不给你养老送终,不就这意思吗?"

"可是她之前答应过阿公的啊,我们都在场。"大舅老老实实地解释,"阿公说请她'照顾好我最小的小女儿',她说'好',我们都听到的。"

"万一当时她就是那么一说呢,出于礼貌,总不能拒绝吧?当着人她没法儿、不好意思拒绝,这也是合理的吧?"爸爸压着火儿。

"答都答应了……"大舅嘀咕,"她肯定也想过自己将来的处境吧,没儿没女。到时候她没有小妹照顾怎么活啊。"

大舅的话虽然很刺心,却不得不承认它实际。但浪漫主义诗人不肯苟同。妈妈看着爸爸,笑说:"你自己看着办。"她了解他。

"那我不去了,"爸爸笑笑,"这是去夺人家产呐。"说完竟转身往回走。檀生也笑笑:"我也不去了,我爸说得在理。"说完就看我,我没动弹,拍拍包。他指指他妈,我摇了摇头。他说那我在楼下等你,完事儿你下来找我。我说算了,他说也行,就去追他爸了。阿煌犹豫一下,也追着檀生跑了。

"走吧,"妈妈说,一点没生气,"他们反正也是外人。"不等我反应,她伸手拍拍我背,"菜百啊!你自己挑。"她微笑道。我说:"不是啊妈妈,我那个……"她催我快走快走。

过会儿她忽然想起来什么,就问大舅二舅:"之前你们都没去姑妈那里问问清楚吗?"他们都摇头。二舅说大哥是长子,长子才能代表陈家嘛,大舅说你是爸爸的接班人,你才有资格啊,两个人讪笑推让。妈妈似乎冷笑了一声。

走到小区门口,远远看见一个人从姑奶奶家门洞里出来倒垃圾,倒完垃圾他转过头,我发现这不是小吴的男朋友吗,大年初一还来打卡,太敬业了。我招呼他:"欸——"我不知道他名字。他循声看见我,我们,脸色一变转身就走,走走还跑起来了,跑回门洞里。我很吃惊,他干吗呢这是?二舅听说这人是小吴男朋友:"啊这……"有点尴尬的样子。因为冬天那会儿发生过一桩"不太光彩的事"。

简而言之就是,小姨在姑奶奶家跟小吴发生争执,原本鸡毛蒜皮,可小姨脱口说小吴没安好心,想骗老太太的钱。小吴口齿不伶俐,小姨叽里呱啦历数了这些年小吴在姑奶奶家赖着不走的无耻行径,而她作为姑奶奶的亲人、保护人,早就警惕了,要小吴放老实点。二舅当时在诊所接到姑奶奶的电话,她疾言厉色叫他过去把小姨拉走,说她家不欢迎小姨。二舅赶到时,楼里围了好些看热闹的人,小姨还告诉人家要当心骗子,现在骗子太多。经过这事二舅以为小吴从此不好意思再来了吧,没想到我们去那天小吴竟又在,而且还带上了男朋友。

说着已经到了门口,二舅鼓起勇气敲门:"姑妈?姑妈——我们给你拜年来了。"里面没回声,他又用潮州话重复一遍,还是没回声。妈妈也是用双语说了"我是锦屏啊姑妈"之后,听见姑奶奶缓缓弱弱的声音:"哦。"妈妈赶紧说我们来给您拜年了。姑奶奶说:"好啊,也给你们拜年。"但就不来开门。二舅趴在门上听,摇头,又说:"姑妈,我们给你带来些东西,过年的吃的玩的……"里面打断道:"不用给我,你们自己留着。"二舅闭了下眼睛很绝望:"那我们给你放在家门口,你自己取一下囖。"里面传出笑声,两个人的,姑奶奶和小吴,姑奶奶道:"我不用,给蟑螂吃吗?"二舅气得翻白眼。

我明白那小子为啥一见我们撒腿就跑了,他是回来报信儿的,免得小吴一不留神开门放了我们进去,被姑奶奶责备。

妈妈轻轻说"走吧",二舅他们只得提了东西跟着。姑奶奶真的,好绝。

五十一

　　往回时经过一片正开白花的菜地，大舅说田里种的是大骨芥蓝，因为要收集种子所以任由它们长高开花。其实刚才去的路上就经过了，但竟然没注意到，这会儿才闻到它们若有若无的苦香味。从姑奶奶家出来，我们都有点垂头丧气。两个舅舅一个比一个走得快。大舅急着回家，怕阿茂出去瞎玩。二舅急着回诊所，怕患者太多三舅忙不过来。走到芥兰花田尽头，妈妈忽然站住，把手里拎的礼盒交给那俩，说拜拜，她要在附近转转。

　　她说的转转，不过是又去了池塘边，在她自己那老位子坐下。让我独个儿去走，走累了回来找她。我不想走远，就围着池塘慢慢溜达。一圈两圈三圈，我走我的，她几乎没怎么动，老盯着水面，水面上有几片落叶，风大起来，涟漪把落叶推向她。

　　就快五点，忽然她站起身朝我招手，叫我过去。我在更靠近阿嬷家的位置，她应该向我走过来才对嘛。但我抵达那一刻，她又出发了，向着跟阿嬷家相反的方向。"我们去姑妈家。"她给我个后脑勺。

　　我们到院外正赶上小吴两个离开，不过他们没看见我们。他俩的背影手舞足蹈的，一看就特别开心，大概是因为今天可以一起离开吧，年轻情侣怎么会喜欢总跟老太太厮守在一起。

而且"那帮讨厌的人既然来过就不可能再来了",他们肯定这么想。哪里知道我们还有一招回马枪。这回妈妈一个人跟姑奶奶谈判,三个人的角色她一个人扮,三个人的气势她一个人撑,那一整套逻辑,洋洋洒洒几千字的晓之以理动之以情,我不知道她要怎么干。而且同上次一样,姑奶奶还是压根不给开门怎么办?我得站她背后扶着点,妈妈万一情绪失控……我有点不敢想。

笃笃笃。

笃笃笃。

"谁啊?"姑奶奶说的潮州话。

"姑妈是我。"妈妈也说的潮州话,"我和我小孩媳妇。"

"你们有什么事吗?"姑奶奶迟疑一下,改用普通话问。

"姑妈,我来就是想跟您商量我家小妹的事。"妈妈也改成普通话,"我知道您不想谈。小妹呢,您比我了解,她没受过正式教育,做人糊涂,一张嘴只会说错话伤人心。我是她大姐,我来替她谈吧。您要是觉得我也不值得您理会,那我们把礼物还给您就走,绝不打扰。"

妈妈的普通话虽然很成问题,但她一句虚头巴脑的都没有,不像二舅老是毕恭毕敬好多客套话。我伸出去准备"扶着点"的手放下了。但她这通发言里说了好几个"您"字,她每说一个我都听得很担心,因为她说得太吃力,前鼻音说成后鼻音,而且拖得老长,长得有种讥讽的意味。姑奶奶听了不知道什么感受。

没有回音。妈妈叫我拿出丝绒盒子,她又从自己包里扯了个塑料袋把盒子装进去，正踅摸到底该挂在什么地方呢，门咔嗒一声开了。

五十二

跟上回来不一样，今天窗帘全都打开，过厅变明亮了。可落地灯也没关，这大概是种习惯吧。小圆几上一只饭碗一只汤碗，汤碗里很丰富。姑奶奶应该是刚坐下吃饭来着。

她叫我们进，却没有马上安排座次，妈妈进来以后东瞄西瞄都没找着能坐的地方，只好先站着，站在过厅中间。这尴尬劲儿我上回可是尝过。她也看到了酒柜尽头那张泛黄的黑白照片："哎呀！"立刻过去把镜框捧在手里，"他们那时才二十多一点噢……"她指着其中一对男女说，"呐，这就是阿公阿嬷。"又看祖阿公祖阿嬷，又看其余的人，摩挲了好一阵儿，好像都忘了自己身在何处了。

"你去搬过来。"姑奶奶叫我去隔壁搬椅子，相信我熟门熟路。

妈妈一边坐，一边向姑奶奶道歉打扰她吃饭了，请她一定不要客气接着吃就好，不用管我们。她说完姑奶奶正好一口汤咽下去，根本没受打扰。

"我们有多久没见了？"姑奶奶问。妈妈一算竟有十八年。

姑奶奶点点头继续喝汤。

"您这吃的是什么呀?"我问姑奶奶。妈妈偷偷朝我笑笑,我知道她有点紧张,这我上回也体验过。

"什么都有。"姑奶奶敷衍我,"你这些年怎么样,在北京?"她问妈妈。妈妈回答说还行,只是随着年纪增加会经常思念故乡,有时候也有叶落归根的想法冒出来,还和爱人商量过,也许可以每年回来住一段时间,冬天就很好,北京冬天没法出门,我们可以在潮州过完整个冬天,我爱人您很早以前是见过的,您有印象吗?他今天没过来但他问您好,不知道您记不记得他年轻时在潮州生活过,当时在部队里做医务方面的工作,所以他对潮州的感情是很深的……妈妈一直说,因为姑奶奶一直不打断她,只顾自己喝汤吃菜。

"不要回来,回来做什么。"姑奶奶终于道,"北京很好,大都市,工作上发展好。"她好像没听见妈妈说只是回来过冬,而且妈妈已经退休,还管什么发展不发展的。

"对对,北京有这个优点。"

"见得多,学习的机会多。"

"是的是的,这方面确实。"

"你在单位怎么样呢?"

"我在单位吗……已经退休了啊。"

"我记得你喜欢跳远什么的对吧,现在还做吗?"

"现在我……跳不远啦。"

妈妈被姑奶奶牵着到处遛,半天了进不了正题。刚才在门外，我还以为她们两个铁娘子见面就要唇枪舌剑呢。

陈恒女士今天穿一件深蓝色圆领针织衫，翻出里面浅蓝衬衣的尖领。袖口也露出一道窄窄的浅蓝衬衣袖。裤子是卡其色西裤，裤脚似乎截短后重新锁了边。她喝汤只发出轻微吞咽的声音，吃菜吃饭一点不拖泥带水，细嚼慢咽时嘴巴包得牢牢的，筷子和汤勺的切换也从容，整个人轻灵至极。我打量姑奶奶时，发现妈妈也在打量她，眼里的赞叹、惊讶藏不住。妈妈以前提起姑奶奶总流露一种尊敬但无奈的神情，我因此觉得她对她感情不深。现在看起来这姑侄二人虽然的确生分，但老太太风度迷人，侄女油然倾倒。

她吃完了，用手绢擦擦嘴，并不把碗筷送去厨房而是简单地摞到一起就放在茶几上。我有种预感，她想速战速决。

"你跑去北京，我是赞同的，当时。"姑奶奶说。四十多年前的事情她说得像发生在上个月，"你爸爸信里还表示希望我从青岛过去看一下你，我说不用，她是你们全家最有主见的。"

妈妈害羞笑了："我那时其实是盲目的，没有为家庭考虑，长大才知道，觉得真是对不起爹妈……"

"没有什么对不起，什么对得起对不起。"姑奶奶哂笑一声，"人要有主见。我喜欢有主见的人。我愿意帮有主见的人。"

我和妈妈听着直点头，姑奶奶逐渐深入了，这是我们期待的。

"所以我的态度你们也知道了。"姑奶奶轻轻推了下碗筷。

"啊，什么，您的什么态度啊？"妈妈瞪眼问。

"咦,你今天来不就是问我的态度吗?对仙屏的。我的态度就是我不会帮她。"

"我还没说具体的呢,仙屏是想……"

"我早就知道了啊,她想给我养老送终,然后继承我的遗产,不就是这个事情吗?我跟她讲过了,救急不救穷。我现在还是这个态度。"

"您……不需要她照顾您吗?到时候,怎么可能呢?我们做侄子侄女的不可能看着您没人照顾啊。仙屏她小时候您对她那么好,我们都知道您那个时候都要跟那坏蛋拼命了……她要是不照顾您,她怎么对得起您……"

"什么对得起对不起,不要讲,我今天明明白白地告诉你,我死以后不想她继承我的遗产,所以不要求她来照顾我。"姑奶奶毫无顾忌地说什么死啊遗产啊。

"为什么啊姑妈?我是说您为什么不让仙屏来照顾您呢,您就这么不喜欢仙屏吗?她是做什么不好的事情了吗?"

"没什么,不用去讲了。"姑奶奶叠手绢,叠好以后看了看妈妈的脸,从鼻子里轻轻哼出气。妈妈脸颊的肌肉有细小的跳动,不知道来自哪条神经的牵引。

"是不是因为仙屏那时没有按您说的做,她没有按照您给她铺好的路走?"

姑奶奶不说话,眼睛看着碗筷。

"她不愿意念书考大学?她没有主见早早结了婚?她一辈子窝在家里不求上进?她辜负了您为她设计好的生活?"

姑奶奶看着手绢。

"——是因为这些吧,您看不上她?"

"没用的东西!没主见的东西!"姑奶奶突然嚷道,"豪溜!钻泥土!"手绢使劲丢出来掉在自己鞋面上。刚才的温文尔雅一点都不剩,连前额被抿得服服帖帖的白发都奓起来,口腔里不断地喷出唾沫和食物碎渣,而且一旦开闸,她收不住了,"什么也不会给她!越求我越不给!一点没有知识,也不知道羞耻,一辈子做豪溜!钻泥土!"

"但是姑妈你想过没有啊,仙屏她就是想爱啊!她从小那么苦,没有得到爱,她想要人爱她呀!"

"我没有爱她吗?我没有爱吗?我去了多少次找她?我给坏人打,她亲爹娘都不要她我去抢她,我不爱她?我不爱她我给她找出路?我不爱她我给她补课?你知道我省下的钱、粮票、布票,还有我阿爹阿妈留给我的东西,我卖掉了多少,为了准备她的学费?——我不爱她?"

"我懂,姑妈我懂,您给她的已经太多了,她哪怕脑袋清楚一点点都会知道您是最爱她的,您要把自己认为最好的东西给她——"

"豪溜!钻泥土!"

"但是姑妈,难道她只有跟您一模一样才会幸福吗?跟您不一样行不行?她想做豪溜就让她做豪溜,让她有豪溜的幸福,行不行?"

两个人都在叫喊,两个人都泣不成声。我也跟着哭。我不知道她们谁是对的,只知道她们两个都没有错。

"您知道仙屏是爱您的,她说要服侍您终老并不完全为了继承遗产,她是爱您的,她也担心您被坏人欺骗……"

"你还有脸替她圆谎!你们真是为了要钱脸都不要了!埋迷破!担心我被坏人骗?我跟你讲,你们不就是讲小吴吗?你以为我不知道她讨好我,来照顾我是有目的的?我会看不出来?我跟你讲,我愿意!我还要跟你讲,小吴要出国留学,今年夏天就去法国,一年的学费、生活费,我替她付!四十五万!"

妈妈惊呆了,但姑奶奶还有话:

"这个房子,到明年我们单位说就可以办手续,到时候就是我自己的房产。等我不好了我就卖掉,钱我拿去交给养老院,我死了没用完就还会由小吴处理。你听明白了吗?陈仙屏什么也得不到。你去跟她讲,也跟你家里讲,我就是这个态度。"

说完,姑奶奶就捡起手绢擤鼻涕,好大声音。妈妈坐了一会儿,用袖子擦干泪。"拿出来吧。"对我说。我拿出丝绒盒子放到姑奶奶面前的茶几上。

"什么?做什么?"她不明白,看着我,"还给我?已经送给你了啊!"

"是的,谢谢您姑奶奶,但是我们不能要,太贵重了!我妈说……"我刚提到妈妈就被姑奶奶的哂笑打断了。"没主见。"她说,并不再看我。

"我记得您在我父亲去世前曾经答应过他要照顾仙屏的,您还记得吗?"妈妈逐渐冷静下来。

"记得啊。"

"您记得？那您不打算……"

"我记得，但是我反悔了。怎么呀，你又要讲我怎么对得起死去的哥哥，对吧？——没意思的，这些没意思，什么对得起对不起，都是客套话呀。死都死了还对不起。"姑奶奶满脸的不耐烦不在乎。妈妈听完，一句话都不再跟她说了。

"走吧。"跟我说。

"我谁也没有对不起，我一个也没有。"我们出门时姑奶奶已经站起来把碗筷往厨房送，边走边冷笑道。

五十三

妈妈一到家就回了卧室。爸爸、二舅还问我们去哪玩了这么久，我把妈妈再去姑奶奶家的情况说了一遍，他们都愣在那儿。"妈妈还说请二舅打个电话跟小姨约明天，明天上午她去小姨家看他们。"

从姑奶奶家出来，妈妈好像很疲惫，抓着扶手往下走，走到门洞外边站住了，笑笑说："倒也好。"回来的路上再没说话，快到家门口才叮嘱我去给二舅传话。她说小姨家明天她独自去，不用我们跟着了，小姨肯定受不了，多半会大大哭闹一场，她不愿意叫我们小辈看见小姨的狼狈相。还叫我抓紧时间跟檀生出去玩,去开元寺、韩文公祠、广济桥,还有海边,好好去玩吧,还抱歉说这趟回潮汕真替我不值。

爸爸在卧室陪了一会儿,出来就找二舅拿感冒药,说你大姐头疼,又问我她怎么着凉了。我说可能是她坐池塘边那一小时受了寒气,爸爸点点头,"我就不该……"不该什么也没说出来。

檀生带着阿煌比我们回来得还晚,他一进门就大呼小叫:"挨宰了挨宰了!今天!大放血啊我!"原来镇上的鞭炮点已经不能满足他们的需要,一打听到潮汕最大的鞭炮商铺都集中在潮安庵埠,他立刻带了阿煌直奔。哥俩抬回来一个一米见方的纸箱子,里面极尽奢华各种名炮,降落伞这种沙沙碎根本排不上号。"你说说我们潮汕人多会做生意,街上啥店都关门了,就鞭炮店、玩具店开着!"檀生笑怨。

再一看阿煌手里——"好剑!"我不禁惊叹,"这就是史书上记载的青锋宝剑吗?"我也很会凑趣。阿煌得意地朝我挥舞一下,我赶紧尖叫躲开,叫他去跟檀生厮杀,他表示不肯。他可舍不得伤着这个土豪大哥呢。檀生看向我眯眼一乐,邀功的意思呗,我毫不犹豫抱住他腰。青锋剑替下偃月刀,哈哈。

等我把妈妈和姑奶奶的唇枪舌剑学给他听,他就笑不出来了:"这么厉害……"

"你说的哪个啊?"

"两个都是啊,都够厉害的……"檀生摇摇头,"我还以为我妈他们仨肯定能把老太太拿下呢,气势汹汹那样儿,"又压低声道,"大舅二舅之前没跟老太太谈过,非等我妈回来?"

"就是说啊,我刚才跟二舅说妈妈怎么谈的,压根儿就没按照他们在之前排好的那样,你猜二舅啥反应?"

"啊,啥反应?"

"吃惊,惊呆了,说明啥?"

"啊,啥?"

"说明他从来没想过,没真正想过这个事儿!妈妈说小姨从小没得到过家里人的爱才会想早点结婚,她这辈子第一次尝到爱嘛!姑奶奶虽然爱她,救她、给她铺路,可小姨那么小那么年轻懂不了啊,她饿她要吃米饭,姑奶奶非给她喂参汤!"我说着,越来越意识到这一大家子人,大概只有妈妈能这么深切地明白小姨的处境心思。又想起姑奶奶原话——"她是你们全家最有主见的"。

"那姑奶奶这边呢,失望透顶了,不顾自己安危救你,省吃俭用为了你,创造那么好的前途给你,结果你说你不要,你坐井里挺好的,还能看见天呢。"我说完不由自主两手一摊。

"是啊,姑奶奶真够冤的,老了还被惦记家产……不过呢,姑奶奶老觉得就她自己那条路是好路,能成事儿,这也不那么对劲。"

"小姨家真的那么穷吗?贫困户那种?"我这个问题已经憋了好久。

"这哪至于,她虽然下岗了但小姨夫工作挺稳定,婆家还有地呢。"

"那……她就非争不可吗……"我马上开动脑筋算计了一下姑奶奶的资产,即使刨去四十五,也至少还剩百八十,光房子就应该折到五十呢。另外谁知道还有多少"不值钱不值钱"的珠宝。的确叫人惦记,猫挠心似的,我向自己吐了实话。

"她为了穗穗。"檀生轻轻说。

对啊穗穗。这瞬间我很吃惊,妈妈还说檀生不做母亲就永远不会懂母亲。我看着他,他睫毛垂下来盖住了棕眼睛。

"她不会罢休,"他摇头,"还得闹,肯定。"

"你们在讲什么?嗯?在讲我坏话?"阿煌挤进来。

"我们在讨论一个词儿,潮州话,很深奥,"我表现出对知识的渴求,"——豪溜是什么意思?"

阿煌哈哈大笑:"就是泥鳅啊。"

五十四

晚上还是吃剩的,妈妈不许做新的,还叫爸爸去警告二舅妈"她要发火"。二舅妈三舅妈只好单煮了粿条,给大家用剩卤剩汤做浇头。妈妈下来看到一大桌子卖相奇差的菜肴非常满意,"这才像过年的样子",还表扬。

二舅说已经打电话跟小妹约了明天去她家:"我叫她在家等你。"妈妈点点头:"姑妈的态度你给她打预防针了吧?"二舅说大概说了一下："我怕她还抱希望,把我们今天怎么去怎么被赶走,你又怎么再去求她,你还受凉生病这些都告诉她了,就是说姑妈,姑妈这个人,"二舅停了下,好像是打算说姑妈的坏话了,"相当地难以沟通。"妈妈听了点点头,停下又摇摇头:"不好这样讲,姑妈有姑妈的委屈,一片苦心。"二舅点头不迭。

"那个钱数你没告诉她吧？我怕她知道受不了。"

"什么钱数？"

"小吴留学的学费啊。"妈妈说完忽然意识到,马上看我,我摇下头。妈妈点点头。"对的。"二舅一看就明白了,"不告诉我们是对的,我们还是不知道的好。"他笑道,又小声说,"也别告诉阿嬷。"

阿嬷也出来吃饭了,还是阴沉着脸,显然也得知了姑奶奶的态度,但二舅肯定在转述的时候又删掉了一些内容,不然她应该还躺着呢。"阿嬷和姑奶奶之间是死扣。"妈妈说别费力去解了,想都不用想。

正吃着,门外传来电瓶车声,三舅说伤员又来了,不知道又给鞭炮炸到哪里。他加快扒拉完最后几口。"诊所现在是旺季,"他苦笑自嘲,"而且旺季很长,我们潮汕过年起码要过一个月。"

可进来的是小姨夫,还有小姨。他们俩都拎着礼盒,四手占满,走近饭桌,叫阿嬷大姐大姐夫二哥二嫂三哥三嫂叫了一个遍。"吃饭噢？我们吃好了,吃好了来的。"又说客套话。

妈妈放下碗走向小姨。"去阿嬷房间吧。"又拉上阿嬷,娘儿仨一进去就关上了门。

剩下的人装作很随意的样子拉小姨夫坐下,外面下雨了吗你头发有点湿?哦哦是汗水啊。等下吃好饭饮茶啦。"不是讲好明天吗,大姐过去?"二舅笑道。小姨夫说了句潮州话,指指阿嬷房门。二舅拍拍他胳膊:"不用心急啊,大姐他们过几天才走呢,急什么。"

小姨夫带来的礼物由二舅妈正式接收了,二舅从楼上跑下来交给他一个红包,不许小姨夫推辞:"穗穗不想来就不想来,你们不用讲她呀,年轻人的想法我们搞不懂的。"红包好像蛮厚。

爸爸舅舅他们一再确认小姨夫的确吃过晚饭而不是客气,才踏踏实实继续吃。小姨夫看了会儿没看明白,问爸爸:"大姐夫,你们吃的什么呢?"大家都笑,"没有猪蹄的猪蹄粿。""没有牛肉的牛肉粿。""我这是没有乌鸡的乌鸡粿。"

表面上轻轻松松,实际可能所有人都悬着心呢。小姨肯定会极度失望,毕竟这就相当于最终的、决定性的结论,关于她到底能不能取得继承权。她急了会怎么样这很难说,应该不会选择打官司吧,她没有那么硬气的证据,她会打上门去闹?去折腾姑奶奶?姑奶奶上年纪的人,万一给她闹出心脏病……我提心吊胆听着,听阿嬷房间会不会传出叫嚷,总觉得下午在姑奶奶家的那场必定在这边又来一遍,但一直没有,阿嬷房间静悄悄的。

实际上家里到处都静悄悄的。他们客套话很快就说尽,餐桌上只有吃粿的声音。堂屋八仙桌上积了一圈蜡梅落花。这两天家里事多,梅枝都成光杆了也没人管,往年不会这样吧。水仙花开得太盛,茎叶也太壮,头重脚轻本已摔倒,中午二舅妈拿一截红绳拦腰给它拴了一圈才稳住。堂灯的强光照下来，每个人都成了秃顶，不锈钢碗盘太灿烂，在我眼睛里留下好些灼痕似的虹影。

我们开始收拾桌子时妈妈开门走出来，小姨跟着，阿嬷似乎又躺下了。小姨脸上闪着泪痕，但竟然微微有点笑意。大家不敢搭腔，都等着。

"呷嗲啊。"妈妈笑道。

大家互相瞄瞄，纷纷站起来离了桌，排队上楼去喝茶。

五十五

到多功能厅门口，二舅开灯时犹豫了一下，没打开那彩灯。

烧水沏茶分到小茶杯，第一杯给谁第二杯给谁第三杯给谁，推来让去。大家喝了夸茶好夸水好，喝完交还杯子，滚水涮茶杯又倒水沏茶分杯子喝茶，繁文缛节折腾了好一会儿。第三轮时，二舅终于才含笑问小姨有什么打算。小姨笑道：我没什么，我看你们的安排呀。二舅吃了一惊，"我们？"我也很吃惊，小姨自己不拿主意的吗？

"那明天去开元寺吧？"妈妈笑道。小姨说：好啊，我们年前把轮椅借好了，就想带穗穗去近点的地方。"那后天去韩文公祠？"妈妈又说。小姨说：好啊，去韩文公祠，韩文公祠门口有个绣品铺子,不知道过年开张没有,大姐可以挑挑带回去送人的。妈妈说想买一套潮绣的枕套被罩,小姨说那我带你去一个仓库,我跟他们很熟的,哎呀不行过年放假了。妈妈说倒也不急,有好的你帮我留心着。

这姐妹俩只管说些闲话,提都不提姑奶奶。她们不提,二舅也不好再追着问,这到底是小姨的私事。他瞟瞟爸爸,爸爸也很蒙,三舅也看着他大姐发愣。小姨夫向他们笑道:"可以安排大家去凤凰镇茶园参观啊,不太远。"但没人理他。

听了那姐妹俩一阵闲话,二舅忽然不耐烦了,放下水壶道:"怎么回事啊,上次根本不是这样讲的啊?你们这样搞全都给你们搞乱。"跑回卧室去拿了一个软皮横线本,翻开几页大声道:"哦对,开元寺是明天去,这个你们讲对了,但后天原定去南澳岛呀,讲好的,韩文公祠是最后一天去,为什么呢?因为考虑到从南澳岛回来大姐大姐夫会感觉比较累——我做计划最周详的。"又阐述他的计划包括哪十全哪十美。大家不得不赞叹一番。我注意到二舅从卧室回来的时候顺手把彩灯打开了,立刻赤橙黄绿青蓝紫,整个多功能厅沉浸在庆祝的气氛中。虽然过年团圆本就该是这个气氛,但小姨和妈妈,以及阿嬷,甚至整个老陈家,今天不是受了……相当于……挺大的打击吗?

庆祝活动在天黑后更上层楼,檀生和阿煌把鞭炮箱子抬到露台,一支接一支,老陈家楼上漫天花雨,吸引好多公路边上的人来看,阿煌非常享受他们的艳羡。都快九点了小姨他们才告辞,我们从露台上看着他们的电瓶车一前一后驶过后面的小路,背上是礼花忽明忽暗的缤纷。

"喂您好，不好意思打扰您啊，对对，我是他表哥……哦哦好的好的，谢谢谢谢。"檀生挂了大哥大，向三舅说："人家说他吃过晚饭就回家了……说白天他们是在一起的。"三舅笑笑："嗯嗯，好好，他回去就行了，没事的。"

"你们回去吧，明天也不用早。"二舅笑道。爸爸妈妈也都叫三舅他们回去了，妈妈摸出个红包交给他："今天是你不对。"三舅只是点头笑。

等他们都走了，二舅显出急不可耐的样子："大姐?!"

妈妈两手握着保温杯，笑着坐进一把破藤椅里，"我们真是小看小妹了。"

"小妹什么都知道，早就知道。"妈妈叹口气，"怎么可能不知道呢？姑妈根本也没有瞒过她呀，姑妈的性格。"原来姑奶奶早就叫小姨停止再打继承的主意，"甚至，"妈妈摇摇头，"连小吴留学的学费是多少她都知道，四十五万，她自己讲出来的嘛，我们还说不敢告诉她，她去年就知道了。"

"四十五万?!"二舅猛地耸起两肩，不知扯了伤手的哪根筋又"嗷"地叫声痛。到底还是知道了，之前都说还是不知道的好。果然吓得失声叫嚷。"她知道了她没闹？"二舅忧急。

妈妈摇头笑笑："要闹去年就闹了。"

"但她……就是不死心对吧？"二舅缓缓坐下，坐在鞭炮箱子的折角上，"她就是想我们去问，去给姑妈造成一点压力，叫姑妈改主意，是这个意思吧？"

"对,她不死心,就想让我们去一趟,就是想给姑妈造成压力。但是,她今天听说我们三个去的,我又跟她仔仔细细讲了我跟姑妈怎么谈的,姑妈怎么说我怎么说,姑妈想怎么样我们想怎么样,最后我们吵架,很凶。"

"啊,很凶。"二舅愣愣重复道,声音瑟缩,好像连想都不敢去想当时情形。

"我全都讲给她。"

"啊,讲给她。"

"她听完说她——很欢喜。"

"欢喜?"

"欢喜。"

"欢喜?"二舅稍一失控纸箱子立刻一瘪,他差点坐地上。

"欢喜。"妈妈点头,"她讲她太欢喜,因为她有哥哥姐姐,哥哥姐姐向着她,为她的事情出力,就算得罪姑妈也要替她讲话,把话讲出来,她就欢喜。至于姑妈的态度,她早就认了。"妈妈停了一下,轻轻道:"她一直等的是咱们,咱们自己的态度,咱们家里人的态度。"

二舅讲不出话。

"她跟我讲了一句话,我,哎呀,我听了受不了,"妈妈又迸出眼泪,"她讲大姐,我回来家里好多年了,但是今天才是真的回来了。"

五十六

　　这趟回潮汕的最后几天,为了"补偿"我们,家里给安排的全是一日多游,恨不得把潮汕最好的风景、美味在几天内全部灌进我们的身体。每天一睁眼就参加一场半马。其中有两天达到了铁人三项的强度。比如上午去开元寺烧香,下午在凤凰镇品茶,中午受邀到湘桥一个亲戚家吃饭。烧香和品茶听上去完全是静止的,不需要什么体能,可神经却始终绷着,因为要听大舅讲解开元寺来历、进香采取什么姿势标准,要听二舅介绍潮汕茶文化对岭南礼节礼仪的促生。最考验人的是,他们一要边走边讲,移步换景方能别开生面;二会时不常出题测验我们到底有没有认真听,有没有记在心。去韩文公祠那天游客太多,我们还企图趁机钻进人堆里逃避繁重的课业,但舅舅们围追堵截,一定要传授昌黎先生生平,而且从幼年讲起。去南澳岛我们坐渡轮赶上潜流汹涌,胃里都翻江倒海了,耳中也必须是嘉靖年间戚家军如何英勇善战。

　　天后娘娘啊。

　　只有在他俩发生争执的时候,我们才能喘口气,比如"永祥昌绸缎咩羽疋头"后四个字普通话到底怎么念,招牌明明写着"绸缎",店铺里为啥一寸绸缎都没有,为啥刚才路过的人家在墙上挂了一个中华鲎的标本,以及为啥用鲎壳镇宅辟邪有奇效。这种高段位课题带来的交锋,使兄弟俩用尽平生所学,同时花费大量时间,同时忘记了我们。累极的时候我们不得不努力制造交锋。

晚上到家恨不得倒头就睡,可阿煌还不放过我们,因为欠了太多寒假作业他不得不采取些见不得人的手法。叫我负责赶语文和思想品德,檀生负责赶数学和自然。"我也没有玩啊!"看我们赖不唧唧不肯合作他马上弹压,"四篇作文全归我呢!"他愤愤道。对的,而且还要监督我们,不停叫我"字写丑点字写丑点!"叫檀生"不要都做对呀!要错一些!"我们给逼得没办法,直到上飞机前一天晚上还在赶。好歹赶完了,可以说是一大本保质保量的寒假作业,除了缺四篇作文。

作为回报他继续为我们翻译,秘密地。有天吃早饭,阿嬷冷着脸对妈妈说了一堆话,口气像质问数落,妈妈默默地,最后才说了一两句,听着是认认真真地解释,可阿嬷似乎不为所动。阿煌告诉我们,这说的还是姑奶奶和小姨的事。阿嬷说后悔,当时就不该把宝石交出来,因为送回去没有任何意义,最终小姨还是,处处竹篮打水。妈妈说小妹并没有因为这事多么绝望多么伤心,小妹觉得家里人感情好是最好的。阿嬷说那她还不是竹篮打水?我等下下去没法跟阿公交代了,我对不起阿公。

我们听了悄悄叹口气,又来了,"对不起阿公"。

大舅二舅那天也说起将来怎样应对姑奶奶,弟兄俩异口同声道:"要管,不会不管,我们到那时,不然lǐ字上就过不去。"不知lǐ是理还是礼。他俩表情庄重,一个长子一个陈大夫。阿嬷听见,嘀咕几句,大意是"夫家没法回去,孤身一人,无后"。听不出来是因为这些可怜小姑子呢,还是趁愿解气,还是两者都有。虽然仍咬定"她对不起阿公",但对孩子们"要管"她倒也没反对。

后来我问妈妈为啥老陈家这些事,总听见阿公怎么说怎么做,阿公什么反应阿公什么想法,阿嬷呢阿嬷上哪去了?妈妈仔细回忆一下苦笑笑,"在煮饭吧,要么就是——九蒸九晒。"

那天趁着人多,连穗穗都来了,终于照成全家福,就在堂屋里,请一个一只眼包了纱布的患者用照相机咔嚓了好几张。可惜缺二姨二姨夫,还有阿康。三舅说阿康前去车站迎接老板。我们一听都有点紧张,总觉得这情形在《古惑仔》里见过,马上就想到会不会跟警察交火,会不会替他们老板挡子弹。但三舅笑道:"阿康说的,那个生意没有谈成,现在形势太严太坏,那条路走不通,老板心里很受打击。"

"这是好事儿啊!"我们欢呼,这才放心,向三舅道贺。虽然有点愧对雄心壮志的阿康。

其实那天人来得那么齐是为了一个仪式,主角竟然是,我。

晚上大家吃好饭都走上楼,连二舅妈三舅妈都没急着去收拾饭桌,三舅临时歇业,二舅把大门都锁了。多功能厅里彩灯闪烁人头攒动,大舅宣布那就开始吧。我还不知道要往哪里看呢,就看见大家都看我,小舅妈捞起我的手笑道:"我家最寒酸,我们先来。"往我手里塞了一个细长的盒子，跟之前二姨送我那个很像，我这才知道他们要做什么。正要朝妈妈看，小舅妈笑道不用看她，你收下就好。妈妈点点头，小声叮嘱："要记住每个是谁送的哦。"果然后面一下子收了好多，长的短的圆的扁的盒子，以及对我来老陈家当外孙媳妇的感谢。

阿嬷那时在沙发上居中坐着，把一个四方盒子交给檀生，让檀生交给我。檀生又打千儿请她向我们训话。阿嬷摸他脑袋抑扬顿挫说了四个字，爸爸译道："百年好合。"大舅说得很长，阐述多年来老陈家在此地的突出贡献，我作为新加入的晚辈完全可以相当骄傲；大舅妈一边低声重复一边拍我胳膊，同时一直踩着我的脚。二舅说得也不短，畅谈这种潮汕礼仪的宝贵和美好；二舅妈催了两次都不管用，只好向我挤挤眼。三舅一句话没有只是笑。小舅说"大舅代表我了"。

轮到小姨，她在给我一个扁盒子时附耳笑道："对不起噢。小姨这个是便宜货啦——跟那个宝石没法比的。"我尴尬，正要客气她却使劲捏我手，笑瞪我不许我多话，表示我的心思她怎么会不懂。

那天热闹到好晚，又打麻将又吃宵夜又饮茶唱歌，爸爸妈妈大派红包，最后送客就送了半天，因为我们出发回北京那天好些人要上班上学不能过来正式话别了。妈妈拉着搂着弟弟妹妹又哭了一阵，最终约好要实现她的过冬计划，大家才又开心。妈妈擦泪向爸爸笑道，这趟回家真的"无憾了"。爸爸虽瞪眼道"我听着怎么这么别扭"，但也点头叹气。

整个房子静下来时已经过了零点。

"你就说这趟回得值不值吧?"檀生揶揄道,看我正颤抖着打开那一堆盒子。

"今晚的礼物——打我妈的口头禅,仨字儿。"他一边收拾行李,一边出了个谜语。

"都是项链啊,"我一件一件拿出来,托在掌心里细看,"这颜色这重量,肯定24K的。"我装作很内行。

"猜不出来吧?"

"打一个妈妈的口头禅?谜面就是这些项链?"我猜不出。

"金器绳——金气绳——精气神儿。怎么样怎么样?"他哈哈大笑,为自己非凡的才情折服。我哪有工夫理他。

我正把全部金器绳往脖子上拴呢。为了突出它们的美和我的美是多么地相得益彰,我特意只穿了件吊带背心,把青春的皮肤献作衬底。怕它们被重叠遮掩,我把最短的戴上脑门儿,让一颗大大的鸡心沉沉坠在鼻尖;最长的一条绕腕三匝,让三朵牡丹花盛开在手背;还有一条我从左耳挂到右耳,让祥云、月牙和星辰刚好横过人中。打扮停当,我开了大灯,找了一个位置站定,那是在四季花果、烛酒钢琴的图片之后,洋人宝宝之前。这个位置好,我站这儿像是把这条逻辑中隐藏的环节挑明了。

"怎么样怎么样?"我问檀生,觉得自己就是个西亚公主,美艳绝伦。

"快穿上穿上,冻着!"他低吼,马上关了大灯抱怨,"窗帘都没拉!全让外边看见了!"

其实根本看不见,外边哪有人,只有风,带着海、柴油、芥兰花、羹汤和硝烟的气息。

"值。"我说。

那几天出来进去的,不止一次望见姑奶奶家的楼。第一次从那丁字路口经过时没认出来,只觉得眼熟,木头老房子,树冠浓密的香樟,还有晒台上蓝绿色的琉璃瓶子栏杆。第二次一眼就能找到她的后窗。我故意落下众人几步,去盯着那个窗户,想象她已吃好晚饭,端着小吴续上热水的茶杯站在窗边,放眼俯瞰后巷。又去想象她的视线,不知她眼角能不能扫到我,一个没主见的。

〔全文完〕

团圆记

作者_杨云苏

产品经理_来佳音　装帧设计_好天气　技术编辑_丁占旭
责任印制_刘淼　出品人_曹俊然

营销团队_刘冰　闫冠宇　物料设计_廖淑芳

果麦
www.guomai.cn

以 微 小 的 力 量 推 动 文 明

图书在版编目（CIP）数据

团圆记 / 杨云苏著. -- 杭州：浙江文艺出版社，
2024.7（2025.1重印）. -- ISBN 978-7-5339-7651-4

Ⅰ．I267.1

中国国家版本馆 CIP 数据核字第 2024YX8532 号

责任编辑：余文军
产品经理：来佳音
装帧设计：好天气

团圆记

杨云苏 著

出版	浙江文艺出版社
地址	杭州市环城北路 177 号　邮编 310003
经销	浙江省新华书店集团有限公司
	果麦文化传媒股份有限公司
印刷	北京盛通印刷股份有限公司
开本	880 毫米 ×1230 毫米　1/32
字数	188 千字
印张	9.5
印数	25,001—30,000
版次	2024 年 7 月第 1 版
印次	2025 年 1 月第 3 次印刷
书号	ISBN 978-7-5339-7651-4
定价	58.00 元

版权所有　侵权必究

如发现印装质量问题，影响阅读，请联系 021-64386496 调换。